出版说明

　　胡立根、谢晨先生主编的"经典阅读课"丛书，致力于传承中华优秀文化基因，提升青少年核心素养，帮助中小学生在阅读经典中建构并丰富自己的精神图式。在编辑过程中，我们按照现代出版规范对选文进行了统一处理，对部分选文做了删减，力求提供一套符合现代文字规范的青少年读物，以建立对纯洁汉语的认知和体悟。敬请作者、译者见谅。

　　另外，我们已经联系到大部分选文的作者和译者，他们同意将作品列入"经典阅读课"丛书，但由于作者面广，仍有部分作者和译者无法取得联系。请作者和译者看到本丛书后，尽快与我们联系，以便奉寄样书和稿酬。

　　诚致谢意！

　　联系人：蒋鸿雁
　　电话：0755-83460371
　　Email：984213171@qq.com

深圳市海天出版社有限责任公司
2018年7月

青少年核心素养
经典阅读课

情感的咏叹

文学顾问 / 曹文轩

主编 / 胡立根 谢晨

本册主编 / 谢运高

编者 / 谢运高 吴晶 李蕾

·深圳·

图书在版编目(CIP)数据

情感的咏叹 / 胡立根, 谢晨主编. — 深圳：海天出版社, 2018.7（2020.7重印）
（青少年核心素养经典阅读课）
ISBN 978-7-5507-2122-7

Ⅰ.①情… Ⅱ.①胡… ②谢… Ⅲ.①阅读课—中学—课外读物 Ⅳ.①G634.333

中国版本图书馆CIP数据核字(2017)第325453号

情感的咏叹
QINGGAN DE YONGTAN

出 品 人	聂雄前
项目负责人	蒋鸿雁
责 任 编 辑	何志红
责 任 技 编	梁立新
责 任 校 对	熊　星
封 面 设 计	深圳市张达利设计有限公司

出版发行	海天出版社
地　　址	深圳市彩田南路海天综合大厦（518033）
网　　址	www.htph.com.cn
订购电话	0755-83460239（邮购、团购）
排版制作	深圳市龙瀚文化传播有限公司 0755-33133493
印　　刷	深圳市华信图文印务有限公司
开　　本	787mm×1092mm 1/16
印　　张	18.25
字　　数	289千
版　　次	2018年7月第1版
印　　次	2020年7月第2次
定　　价	32.00元

海天版图书版权所有，侵权必究。
海天版图书凡有印装质量问题，请随时向承印厂调换。

总序

阅读需要仰视

　　阅读,是对世界和生命的凝视。未经凝视的世界是毫无意义的。苏格拉底说:"认识你自己。"经由阅读,我们的心沉静下来,开始细心聆听远方的声音,聆听与自己相隔千里万里、相距千年万年的高贵的生命回响,从而更好地认识世界,认识自己。

　　阅读,让灵魂高贵,让生命丰盈。人的精神高度与阅读高度紧密相联,人因读书而高贵。经由阅读,你会获得一种让灵魂生香的高贵气质。阅读,让我们领略另一种不可能经历的时代和生命,让我们用一种新的眼光反思生活,面对人生。

　　阅读与写作相辅相成。阅读是张弓,写作是支箭。要想写作这支箭射得更远,就要让阅读这张弓更强。阅读就像采摘葡萄,在心土的深处发酵久了就变成了葡萄酒,这就是阅读给再创作带来的灵感。

　　阅读,要与高贵的文字结缘。书是有血统的。我们要读有高贵血统的书,这些书能照亮生命的旅程。对于成长中的孩子而言,要让他们在有限的生命长度里读有价值的书,多读能够打精神底子的书,读"有根的书",读经典。经典至高无上,阅读需要仰视。

　　深圳是一座有着自己的人文梦想的城市,深圳读书月已经开展了

18年，深圳青少年阅读也一直是一面迎风招展的旗帜。这些年来，我每年都要到深圳，和深圳的校长、老师、学生，也和更多的市民朋友讲阅读，我一直强调读书要有选择，青少年人生经历有限，学业压力大，读什么书是一个很重大的问题。我在很多情况下讲过，现在的很多孩子读的是没有用的书，没有"根"的书。这个根，就是要有"文脉"，能够传承下去。近年来，深圳市学生文联和胡立根工作室一直在做一件事情，那就是帮助、引导学生阅读经典。基于青少年核心素养的"经典阅读课"丛书，立足人生中必然面对的关于传统、关于生命、关于自然、关于亲情、关于家园、关于哲学、关于历史、关于审美等12大命题，精选古今中外经典名篇，加以导读，汇成12个主题读本。这套"经典阅读课"是知名特级教师胡立根、知名阅读推广人谢晨和他们的团队多年阅读教育和阅读推广实践的集大成，已经数年试用，效果良好。我乐于见到一个青少年经典阅读推广的阳光地带。

"经典阅读课"是一套有"根"的书。愿每一个青少年读者都能懂得仰望经典、凝视生命，在阅读经典的过程中建构精神家园，打好人生底色。

曹文轩
2017年12月于北京大学蓝旗营住宅

序言

传承文化基因，提升核心素养

"春江潮水连海平，海上明月共潮生。滟滟随波千万里，何处春江无月明……"

浩瀚的大海，蕴藏无数珍奇，充满神奇魅力。但是，沧海茫茫，却又令我们无所适从。于是，许多人一个猛子扎进去，纵然喝了满肚子的海水，但最终被淹没在大海之中。有的人跳进去，捞了几只鱼虾，上得岸来，也不管有没有毒，适不适合，便整条整条地吃下去，吃得津津有味，这样，虽是品尝了海味，但终是囫囵吞枣，难免中毒，更不知大海中还有许多更神奇的美味。于是有一些潜水高手，一些渔民，从大海中打捞出各种珍品，一股脑堆在那里，或者胡吃海吃，最终可能导致消化不良，难以有效吸收。

同样，当我们来到人类文化的大海之滨，渺小的我们，会不会像当年张若虚那样，被人类文化的浩渺所震撼，所吸引？面对人类浩如烟海的文化典籍，我们有这样几种做法，一种是一头扎进去，找到几本书，也不知适不适合自己，读了再说。这种阅读，当然有价值，但正如老子所言："吾生也有涯，而知也无涯。以有涯随无涯，殆已！"在信息化的当今时代，各种信息纷至沓来，新的知识层出不穷，令人应接不暇，尤其是学生，课业负担繁重，而大部分学生今后所从事的又并非狭义的文化类工作，哪有那么多时间一本一本地将文化典籍读完呢？这样我们所读的典籍终究有限。

于是我们有许多文人、学者、老师，从大量的文化典籍中遴选出优秀的篇章，编辑了各种各样的读本。这些读本因为经过了认真挑选，剔除了糟粕，浓缩了精华，应该是为读者提供了一定的精神食粮。这些读本虽然也形成了自己的所谓体例，也多是分单元阅读，但基本上是，或按作者，或按朝代，或按国别，或者取一个华美的单元标题，选文之间多缺乏内在的逻辑联系，选本没有形成独立的思维结构，因而仍然脱不了碎片化的嫌疑。大多只是将许多好东西送到了读者的面前，读者读完之后，虽不说是一地鸡毛，但很可能是一锅乱炖。

这就涉及我们今天为什么要阅读经典的问题。其中的一个目的，可能是了解，通过阅读经典，知道往圣先贤的生活、思想状况。但是，了解不应该是主要目的，读经典主要不是为了发思古之幽情。经典的阅读，不是让读者回到过去，更不是让孩子们穿着唐装汉服，摇头晃脑地之乎者也，经典阅读的目的应是指向未来；我们要将往圣先贤请到当下，让他们来指导我们当下的行为。因此经典阅读的目的，固然有丰富知识的因素，但是，知识不是我们的终极目的，经典阅读最终应该指向我们的行为，指向实践。

人类文化经典的形成，并不是一朝一夕之功，而是千千万万的先辈们，面对生命，面对人生，面对世界的诸多问题、诸多困扰，进行探索，从而形成他们的思考，形成他们应对的态度和精神。因此，所谓经典，本质上就是往圣先贤人生实践的精彩总结与记录。其中，最有价值的就是往圣先贤思考问题的方式、他们的精神态度、他们的人生趣味，这一切，我们不妨称之为思维图式、精神图式和审美图式。

早在19世纪，威廉·冯·洪堡特就说："在语言中，个别化和普遍性协调得如此美妙，以至我们可以以为下面两种说法同样正确：一方面，整个人类只有一种语言；另一方面，每个人都有一种特殊的语言。"[1]世界的语言无疑是多种多样的，但洪堡特为什么说整个人类只有一种语言？因为，每一种语言的背后，实际上隐藏着民族共同的认知与思维的方式和情感、价值观、世界观的共同趋向，甚至隐藏着整个人类相近的思维与认知方式，人类相近的情感价值观方向，也就是说，形形色色的语言背后，有民族的、人类的共有的思维图式、精神图式和审美图式在，正因为这样，不同语言的人群之间才能进行沟通和理解。而这些共有的图式，就是洪堡特所谓共有的语言，这些共有的思维图式，实际上就是民族和人类的文化基因。而经典，之所以能成为经典，就是因为承载了民族的、人类的共同的思维与情感的成果，隐含了一个民族甚至整个人类的共有图式。因此，民族的、人类的共有的思维图式、精神图式、审美图式应该是经典的内核。

经典之所以成为经典，固然与经典语言的规范与生动有关，但经典往往并不代表当时语言的最高法则，即使经典的语言代表当时语言的最高法则，这些法则对于当今时代，其价值也是极其有限的。经典的最高价值，是人类和民族某一阶段、某一方面的思维图式、精神图式乃至审美图式的精致的凝固，是民族和人类的思维图式、精神图式、审美图式的瑰宝，是人类文化的优秀基因。这才是我们阅读经典最应关注的东西！对于读者来说，人生也许没有非读不可的书，就像苏轼没有读过《红楼梦》，奥巴马不一定读过《论语》，但是，人生一定有必须面对和思考的问题，所以，《红楼梦》中涉及的许多话题，苏轼都有过深邃的思考，《论语》中涉及的许多问题，奥巴马也应该做过探索。所以，今天读经典，可能并非必须读某一本书，但是，我们应该从经典中吸取往圣先贤应对人生问题的优秀的思维图式、精神图式和审美图式，从而优化我们自己的思维结构、精神世界和审美趣味，进而提升我们的核心素养。

---

[1] 威廉·冯·洪堡特. 论人类语言结构的差异及其对人类精神发展的影响[M]. 姚小平，译. 北京：商务印书馆，1999.

这样，经典阅读，实际上有三个层面，第一个层面是语音、文字、词汇和语法，这是最表层的东西，也是入门的东西；第二个层面是语言的技巧，包括修辞、章法、为文技巧等；第三个层面是思维图式、精神图式和审美图式。而第三个层面，实际上又包括两个层次：一是民族的思维图式和精神图式；二是人类的思维图式和精神图式。第三个层面才是经典阅读的关键所在。

但是，我们怎样从经典中获取这些高贵的文化基因？我们怎样才能掌握人类几千年来传承的思维图式、精神图式和审美图式？按照前文所述的第一种方式，一头扎进去，找几本书读一读，固然可能获取某一个作家的某种文化基因，但，一则可能将不良基因也一并收取，二则所获有限。如果按上述第二种方式，阅读各种优秀文章堆砌的读本，可能避免了不良基因的吸收，但是，这些选本多是文章的碎片化堆砌，并没有从思维图式、精神图式和审美图式的角度进行整合，在阅读中，我们可能只能形成碎片化的记忆，难以形成我们自己的优秀的思维、精神、审美的图式。

基于这样的思考，我们尝试着从人生必须思考的问题出发，精选人生问题的12个主题，研究往圣先贤对这些问题的思考、态度与趣味，从浩如烟海的经典中，抽取我们认为承载了优秀的思维图式、精神图式、审美图式的经典文本，按相关主题，从这三个图式的角度加以梳理，编辑了这一套"青少年核心素养经典阅读课"主题阅读丛书，以求有助于构建我们的思维图式、精神图式和审美图式。

本丛书共分12个主题。包括人生首先必须面对的生命问题、人生发展问题、情感问题，从这个层面，我们编辑了《生命的长河》《人生的智慧》和《情感的咏叹》三个主题读本；然后是人与自然的关系、人与家国的关系和人与历史的关系，从这个层面我们编辑了《自然的密码》《家园的守望》和《历史的声音》三个主题读本；再上升一层是本民族的文化传承、科学的问题和哲学思考，在这个层面，我们编辑了《传统的精髓》《科学的边界》和《智者的哲思》三个主题读本;作为经典的语文读本,我们还从审美的角度选取了三个主题,包括审美与艺术、经典美文、古典诗词,由此编辑了《审美的盛宴》《美文的品鉴》和《诗词的韵味》三个主题读本。

为了引导读者从思维图式、精神图式和审美图式的角度思考相关主题,在编辑中,我们力图体现以下编创原则:

一是经典性。在选文上,力求将人类关于相关主题的思想精华和最具艺术化的作品呈现给读者,尽量让读者占领相关主题的人类思维制高点。

二是建构性。该丛书与其他读本类丛书最大的区别在于,编者以人生必须面对的问题为切入口,以问题的思辨和解决为逻辑主线,选取相关经典,力图以此引导读者建立起相关的精神图式、思维图式。

三是可读性。考虑到本丛书的主要读者对象为青少年,在选文上尽量做到经典性的同时,适当降低了选文难度,难度稍大的选文,在"导读"和"交流之窗"中对阅读做一些梳理性的提示。在导读的用语上也尽量考虑以青少年为读者对象,尽量增强导读的活泼性和可读性。

四是思辨性。在选文上,将思辨性放在优选地位,以期给读者思想启迪,不少章节有意识地选取了一些持不同观点的文章,目的在于形成思想的冲击波。编者还为读者提供了相关主题的研究范本,试图引导读者对相关主题结合当下进行深入思考与研究,帮助读者形成相关主题的健全的意识与感悟、思考。

五是原创性。在编辑中尽量做到体例的原创,导读的原创,注释的部分原创。在体例上,根据相关主题的思维结构设计相关章节,试图以此形成相关主题的完整的思维结构和精神样式。每个主题的每一章设计有相关的导读,每篇选文设计有编者与读者的"交流之窗",以引导读者深入思考。

六是大视野。选材范围力争广阔,力争站在一定的学术高度,所以除了国学主题之外,其他主题所选文章都涉及古今中外。而国学主题的选文则尽量从整个国学史的大视野，提取中华文化的优秀基因，选取国学经典，并从源流上对中华民族的优秀的思维图式、精神图式进行梳理。

  本丛书能够顺利出版，非常感谢胡立根工作室的所有成员及编写工作的所有参与者的辛勤劳动。当然更要感谢促成本丛书出版的谢晨先生，感谢海天出版社的领导和编辑的大力支持。尤其要感谢安徒生文学奖得主曹文轩先生欣然担任本丛书的文学顾问并为本丛书作序，曹先生对本丛书的编辑给予了多方面的指导，提出了许多宝贵的具体建议，才能使本丛书有今天的高度。

  当然，由于编者视野和水平所限，选文、体例、导读等等，难免有不尽如人意的地方，我们期待读者的宝贵意见。

胡立根

2017年12月于深圳羊台山

前言

问世间情为何物

"天若有情天亦老,月如无恨月常圆。"

"天若有情天亦老,世间原只无情好。"

"问世间情为何物,直教生死相许?"

情感常常是作家用来俘获读者的利器。"曾经沧海难为水,除却巫山不是云"的专一;"衣带渐宽终不悔,为伊消得人憔悴"的执着;"天不老,情难绝,心似双丝网,中有千千结"的难言纠结;"人生若只如初见""当时只道是寻常"的意味深长;"物是人非事事休,欲语泪先流"的欲说还休;"天长地久有时尽,此恨绵绵无绝期"的刻骨遗恨;"同是天涯沦落人,相逢何必曾相识"的感同身受;"山无棱,天地合,乃敢与君绝"的吐真情以誓盟;"愿君多采撷,此物最相思"的移痴情于外物……这些似乎都在提醒我们:你所处的世界是一个时刻被情感包围的世界!情感就像空气一样无处不在!

但现实中人类自身又常常受到情感的困扰。蒙田在《论友谊》一文中提到一个故事:罗马执政官在处死提比略·格拉库斯之后,继续迫害格拉库斯最要好的朋友凯尔斯·布洛修斯。莱利马斯当着罗马执政官的面,问布洛修斯愿意为朋友做些什么,布洛修斯的回答是一切事情。莱利马斯又说:"如果他要你烧掉我们的神庙呢?"布洛修斯反驳说:"他绝不会做这样的事情。""但他坚持这样要求呢?"莱利马斯接着追问。

布洛修斯答道:"那我会照办。" 摆在布洛修斯面前的,就是一道情感和道德冲突的两难选择题。

母亲和媳妇同时落水了,你会先救哪个?《红楼梦》的主人公你更喜欢林黛玉还是薛宝钗?为什么我得不到想要的东西,而得到的东西都是我不想要的?"人间自有真情在""人情似纸张张薄"哪个才是事实?家是讲理的地方,还是讲情的地方?感叹"世情熟,则人情易流;世情疏,则交情易阻",如何是好?诸如此类的困惑,其实其背后都与人类的情感有关。情感究竟是什么?它是人类与生俱来的,还是远古以来的文人雅士创造出来的?情感是否属于人类本身所必需?情感讲不讲逻辑?人工智能机器人会有情感吗?情商与智商哪个更重要?类似的情感问题让我们无休止地问问问!

其实,不同的视角,对情感的内涵和外延的理解是不同的。心理学家认为情感是人脑机能的产物,是一种较复杂的心理活动;社会学家认为情感是人的需要的产物,是人对某个客体是否满足自身需要的反应;而伦理学家则认为情感是人对事物价值评判的产物,是人的一种价值观的体现;哲学家对情感的定义则是人类主体对于客观事物的价值关系的一种主观反映。

但在情感重要性上面,人们的认知是一致的。黑格尔说:"人的观念与人的情感是构成世界史的经纬线。"斯密认为,同情是人类的本性,当全社会的成员都具有了同情心,都以此作为行为的准则时,社会就会有和谐、安定和进步。可见,情感它关乎人类健康,正向情感让人身心愉悦,负面的情感让人烦恼痛苦;它关乎人类发展,人类的行为大多受到情感驱动,"情感的力量"是人类价值的驱动器,既决定着社会结构的形成,但也可能摧毁和变革社会结构。

情感因素,是影响一个人成长的核心因素!

当代社会,人们生存的压力陡然倍增,人们的心态问题日益突出。青少年群体碰到情感困境的情况更为普遍:成长的负荷、人际的障碍、沟通的阻塞……理性和正向的情感不足,负向的情感变成不速之客,自私、任性、狭隘、偏激取代了健康情感的发育。

情感问题,俨然已成个人成长中的一个核心问题!

俗话说,良田不种庄稼即长杂草。因此,在青少年心田里种下健康的情感种子，在他们的阅读视野里增加"情感"专题的阅读，是很有必要的。经典阅读，能更好地激发孩子们了解人类自身的内在密码的兴趣，留意、发现并思考萦绕在自己周遭的情感现象，借鉴前人的智慧来处置生活中碰到的情感困惑，从而培育和丰富自己健康的正向情感，进而积极地影响自己的成长和周围的社会。

我们正是把情感研读当作提升青少年核心素养的手段之一而选编了这本书。本书在内容上没有纠结于情感的心理学、社会学、伦理学和哲学的差异，而是抓住人类情感的共性和基础性，以人类的基本情感——亲情、友情、爱情为内容。作品在体例安排上，编者设置了侧重感性体验的作品，希望借助文学的手段引导读者进入情境；以及侧重理性思考的作品，期待通过阅读分享古今中外先贤圣哲的智慧之光；文后"交流之窗"是提供给青少年读者一个思考、交流可以参考的阅读视角。

面对浩如烟海的书山文海，如何选出最合适的文章？这既受制于编者自身水平，也有编者心中所持的选文标准问题。我们想奉献给读者的，是适合青少年读者群体、内容典型、形式活泼、通俗简约、难易有梯度的作品。因此，有些作品虽非出自名家，但仍然视如珍宝延请入室；有些作品尽管经典，但囿于选文标准，也忍痛割爱留作他用。

希望我们的努力能为丰富读者的情感世界、提高核心素养奉献微薄的力量。

编　者

目录 contents

001　**第一编　问世间情为何物**

感性之光

004	我爱这土地	艾　青
005	鲁迅诗歌两首	鲁　迅
007	散步	莫怀戚
009	鲁鲁	宗　璞
013	一碗清汤荞麦面	玲木立夫　万德惠 译
018	只为半小时团圆	周海亮
020	伤心的试验	张之路
023	生命的出口	林清玄
025	感动是一种养分	何　蔚
027	爱是没有理由的心疼	周国平

理性之光

029	爱的需要（节选）	A. M. 马斯洛　许金声 译
031	钱穆短文两篇	钱　穆
035	美与同情	丰子恺
038	放下你，非我薄情	湖心亭看雪客
043	人是情感动物	江　畅

047　**第二编　亲情篇**

感性之光

050	奶奶（节选）	曹文轩
054	玻璃匠和他的儿子	梁晓声

059	我的四个假想敌		余光中
064	合欢树		史铁生
067	孩子，我为什么打你		毕淑敏
070	父亲与我	派·拉格克维斯特	李笠 译
074	我的母亲		胡适
078	恐怖		石评梅
081	目送		龙应台
084	我爹：一份其过失清单	莫里斯·卢瑞尔	沈睿 译
090	我们是怎样过母亲节的——一个家庭成员的自述	斯蒂芬·巴特勒·里柯克	凌山 译
094	弟弟的冰糖	昂格图	照日格图 译
098	我的理想家庭		老舍

理性之光

100	论家庭	弗兰西斯·培根	蒲隆 译
102	父母与孩子之间的爱	埃里希·弗罗姆	李健鸣 译
106	孝道与感恩文化		栾传大
113	我们现在怎样做父亲		鲁迅

123　第三编　友情篇

感性之光

126	往昔的时光	罗伯特·彭斯	王佐良 译
128	千人中的一人	鲁德亚德·吉卜林	傅雷 译
130	交友智慧	《论语》（摘录）	
131	交友之道	《孟子·离娄下》	
132	高山流水	《列子·汤问》	
133	管鲍之交（节选）	《列子·力命》	
135	士为知己者死	《战国策·赵策》	

137	朋友之树	博尔赫斯 佚 名 译
139	朋友如鞋	科林·塞尔 张春波 等译
142	两匹马	乔治·瓦奇拉赫 陈荣生 译
144	掌心化雪	凉月满天
146	最美的距离	子 娟
149	笔友	巴尔扎克 佚 名 译
152	友情（节选）	沈从文
154	宗月大师	老 舍

理性之光

157	论友谊	西塞罗 徐奕春 译
159	关于朋友	亚瑟·叔本华 石冲白 王 成 译
161	谈友谊	梁实秋
164	数数你身边的朋友	张保文 许庆元
166	论友谊和教养	周国平
170	交友之情	易中天
173	什么是真正的交情	钱锺书

181　第四编　爱情篇

感性之光

184	《诗经》两首	
	蒹 葭	《诗经·秦风》
	子 衿	《诗经·郑风》
187	古诗两首	
	上 邪	汉乐府民歌
	涉江采芙蓉	《古诗十九首》之一
189	宋词三首	
	江城子	苏 轼
	鹊桥仙	秦 观
	卜算子	李之仪

191	钗头凤两首		
	钗头凤·红酥手		陆　游
	钗头凤·世情薄		唐　婉
193	元曲两首		
	摸鱼儿·雁丘词		元好问
	我侬词		管道昇
195	离思		元　稹
196	我愿意是急流	裴多菲	兴万生译
199	爱情是一个光明的字	纪伯伦	冰　心译
201	致橡树		舒　婷
203	那一天		仓央嘉措
205	席慕蓉诗两首		
	山　月		席慕蓉
	在黑暗的河流上		席慕蓉
209	为什么我爱你，先生	艾米莉·狄金森	江　枫译
211	当你老了	威廉·巴特勒·叶芝	飞　白译
212	凤求凰		司马相如
214	梁山伯与祝英台		张　读
215	结婚记		三　毛
223	写给张兆和的情书		沈从文
226	再忆萧珊		巴　金
229	宝黛初会		曹雪芹
234	罗密欧与朱丽叶（节选）	莎士比亚	朱生豪译

理性之光

243	论爱情	培　根	何　新译
245	爱	罗　素	刘　勃译
251	恋爱和求婚		林语堂
255	关于恋爱——给傅敏的信		傅　雷
258	爱，有时候是一种错觉		周国平
261	爱情问题		史铁生

第一编

问世间情为何物

⊙ 家国情怀　邹华桢书

问世间情为何物？这个问题好像根本就不是个问题，俗话说，人有七情六欲，情感是我们每一个生命体本身具有的，体验它的存在就好像正常人吃饭、喝水一样自然。然而，为什么其他动物不能具有人类这样丰富复杂的情感？（像人一样有丰富复杂情感的动物只出现在动画片中）为什么那么多人为情所困？情感怎么会有那么大的魔法影响甚至左右着人类？人类有没有驾驭情感的秘籍攻略？这些问题值得我们去思考，因为情感问题可能关系到个人的成长和幸福，可能关系到人际和社会的建设，可能关系到人类的发展和未来……这里头的思考见仁见智，正如一千个读者就会有一千个哈姆雷特。但在破解一个个谜团之前，首先要做的是认识它们。

　　本编的内容分"感性之光"和"理性之光"两部分，你会在阅读中从感性和理性两种不同的角度，领略到世间情感的千姿百态。情感为什么会发生？情感为什么让人纠结？情感对人有什么价值？同一个人会不会同时有对立的情感？不同情感有没有共同的源头？有没有比情感更重要的东西存在呢？拒绝剧透，一睹为快吧！

● 感性之光

我爱这土地

艾 青

艾青(1910—1996)，浙江金华人，现代著名诗人，曾被称为"中国诗坛泰斗"。

假如我是一只鸟，
我也应该用嘶哑的喉咙歌唱：
这被暴风雨所打击着的土地，
这永远汹涌着我们的悲愤的河流，
这无止息地吹刮着的激怒的风，
和那来自林间的无比温柔的黎明……
——然后我死了，
连羽毛也腐烂在土地里面。
为什么我的眼里常含泪水？
因为我对这土地爱得深沉……

（选自《艾青诗选》，人民文学出版社，1955年版）

【交流之窗】

　　这首诗写于日本侵略者的铁蹄猖狂地践踏中国大地的1938年11月，面对生于斯、歌于斯、葬于斯的家园惨遭侵略者践踏，作者写下了这首满怀对祖国的挚爱和对侵略者的仇恨的诗。

　　"为什么我的眼里常含泪水？因为我对这土地爱得深沉……"是备受读者喜爱的经典名句，你认为这两句诗句包含了作者哪些复杂的情感？该怎样吟诵这首诗才能比较准确地体现其中情感？试吟诵并说说体会。

鲁迅诗歌两首

鲁　迅

⊙鲁迅　莫丹绘

鲁迅(1881—1936),原名周树人,浙江绍兴人。五四新文化运动的重要参与者,中国现代文学的奠基人之一。

答客诮①

无情未必真豪杰,怜②子如何不丈夫?
知否兴风狂啸者③,回眸时看小於菟④。

【注释】

①诮:讥讽。
②怜:爱怜。
③兴风狂啸者:指老虎。虎啸风生,形容猛虎之威。
④於菟(wū tú):老虎的别名。《左传·宣公四年》:"楚人谓乳穀,谓虎於菟。"《释文》:"於音乌,菟音徒。"元·迺贤《答禄将军射虎行》:"白额於菟踞当道,城边日落无人过。"清伍涵芬《说诗乐趣》:"虎为百兽尊,谁敢触其怒?惟有父子情,一步一回顾。"

自　嘲

运交华盖①欲何求,未敢翻身已碰头。
破帽遮颜过闹市,漏船载酒泛中流②。
横眉③冷对千夫指,俯首甘为孺子牛④。
躲进小楼成一统,管他冬夏与春秋。

【注释】

①华盖：星座名，旧有若犯了华盖星，人的运气就不好之说。
②中流：河中。
③横眉：怒目而视的样子。
④孺子牛：春秋时，齐景公跟儿子嬉戏，装牛趴在地上，让儿子骑在背上。

（均选自《鲁迅全集》，人民文学出版社，2016年版）

【交流之窗】

　　作为新文化运动的旗手，鲁迅先生是直面对手、迎着洪流前进的从容刚烈勇敢无畏的启蒙者的伟大形象，绝对称得上大丈夫、硬汉子、真豪杰。我们习惯了先生作为启蒙者常常陷身敌阵孤立无援而爆发出的犀利、辛辣、坚韧、无畏，但这两首短诗让读者感受到了他的另一面：有情有义，有刚有柔，有爱有恨，既有冷峻的回击，又有淡定的自嘲……同一个人具有不同的情感面孔，你认为哪个才是真实的鲁迅？你还能说说鲁迅先生的其他情感面孔吗？

散步

莫怀戚

莫怀戚(1951—2014)，重庆人，当代作家、重庆师范大学教授。

我们在田野散步：我，我的母亲，我的妻子和儿子。

母亲本不愿出来的。她老了，身体不好，走远一点就觉得很累。我说，正因为如此，才应该多走走，母亲信服地点点头，便去拿外套。她很听我的话，就像我小时候很听她的话一样。

天气很好。春天来得太迟太迟了，但是春天总算来了。我的母亲又熬过了一个冬季。

这南方初春的田野，大块小块的新绿随意地铺着，有的浓，有的淡；树上的绿芽也密了；田野里的冬水也咕咕地起着水泡。这一切使人想起一样东西——生命。

我和母亲走在前面，我的妻子和儿子走在后面。小家伙突然叫起来："前面也是妈妈和儿子，后面也是妈妈和儿子。"我们都笑了。

后来发生了分歧：母亲要走大路，大路平顺；我的儿子要走小路，小路有意思。不过，一切都取决于我。我的母亲老了，她早已习惯听从她强壮的儿子；我的儿子还小，他还习惯听从他高大的父亲；妻子呢，在外面，她总是听我的。一霎时我感到了责任的重大，就像民族领袖在严重关头时那样。我想找一个两全的办法，找不出；我想拆散一家人，分成两路，各得其所，终不愿意。我决定委屈儿子，因为我伴同他的时日还长。我说："走大路。"

但是母亲摸摸孙儿的小脑瓜，变了主意："还是走小路吧。"她的眼随小路望去：那里有金色的菜花，两行整齐的桑树，尽头一口水波粼粼的鱼塘。"我走不过去的地方，你就背着我。"母亲对我说。

这样，我们在阳光下，向着那菜花、桑树和鱼塘走去。到了一处，我蹲下来，背起了母亲，妻子也蹲下来，背起了儿子。我的母亲虽然高大，然而很瘦,自然不算重;儿子虽然很胖,毕竟幼小,自然也轻。但我和妻子都是慢慢地,稳稳地,走得很仔细,好像我背上的同她背上的加起来,就是整个世界。

(选自《中国青年报》,1985年8月2日)

【交流之窗】

英国哲学家培根说:"哺育子女是动物也有的本能,赡养父母才是人类的文化之举。"这方面全世界数中国人做得最好。生命的传承不仅仅是生物学意义的,更有伦理的、文化的、文明的传承,传承的纽带之一是情感。情感,既与生俱来,也与后天培育息息相关。这样的情感维系,让人类的传承和谐、有序、持续、稳定。

在本文和谐的亲情传递中,请你说说其中有几对人物关系?该如何合理培育彼此之间的情感?

鲁鲁

宗 璞

宗璞，1928年出生，当代女作家，著名哲学家冯友兰之女，曾获中国作家协会首届全国优秀儿童文学奖。

鲁鲁坐在地上，悲凉地叫着。树丛中透出一弯新月，院子的砖地上洒着斑驳的树影和淡淡的月光。那悲凉的嗥叫声一直穿过院墙，在这山谷的小村中引起一阵阵狗吠。狗吠声在深夜本来就显得凄惨，而鲁鲁的声音更带着十分的痛苦、绝望，像一把锐利的刀，把这温暖、平滑的春夜剪碎了。

他大声叫着，声音拖得很长，好像一阵阵哀哭，令人不忍卒听。他那离去了的主人能听见么？他在哪里呢？鲁鲁觉得自己又处在荒野中了，荒野中什么也没有，他不得不用嗥叫来证实自己的存在。

院子北端有三间旧房，东头一间还亮着灯，西头一间已经黑了。一会儿，西头这间响起窸窣的声音，紧接着房门开了，两个孩子穿着本色土布睡衣，蹑手蹑脚走了出来。10岁左右的姐姐捧着一钵饭，6岁左右的弟弟走近鲁鲁时，便躲在姐姐身后，用力揪住姐姐的衣服。

"鲁鲁，你吃饭吧，这饭肉多。"姐姐把手里的饭放在鲁鲁身旁。地上原来已摆着饭盆，一点儿不曾动过。

鲁鲁用悲哀的眼光看着姐姐和弟弟，渐渐安静下来了。他四腿很短，嘴很尖，像只狐狸；浑身雪白，没有一根杂毛。颈上套着皮项圈，项圈上拴着一根粗绳，系在大树上。

鲁鲁原是一个孤身犹太老人的狗。老人住在村上不远，前天死去了。他的死和他的生一样，对人对世没有任何影响。后事很快办理完毕。只是这矮脚的白狗守住了房子悲哭，不肯离去。人们打他，他只是围着房子转。房东灵机一动说："送给范先生养吧。这洋狗只合下江人养。"这小村中习惯地把外省人一律称作"下江人"。于是，他给硬拉到范家，拴在这棵树上，已经三天了。

姐姐、弟弟和鲁鲁原来就是朋友。他们有时到犹太老人那里去玩。他们大概是老人唯一的客人了。老人能用纸叠出整栋的房屋,各房间里还有各种摆设。姐姐、弟弟带来的花玻璃球便是小囡囡,在纸做的房间里滚来滚去。老人还让鲁鲁和他们握手,鲁鲁便伸出一只前脚,和他们轮流握上好几次。他常跳上老人坐椅的宽大扶手,把他那雪白的头靠在老人雪白的头旁边,瞅着姐姐和弟弟。他那时的眼光是驯良、温和的,几乎带着笑意。

现在,老人不见了,只剩下了鲁鲁,悲凉地嗥叫着的鲁鲁。

"鲁鲁,你就住在我们家。你懂中国话吗?"姐姐温柔地说,"拉拉手吧?"三天来,这话姐姐已经说了好几遍。鲁鲁总是突然又发出一阵悲号,并不伸出脚来。

但是,鲁鲁这次没有哭,只是咻咻地喘着,好像跑了很久。

姐姐伸手去摸他的头,弟弟忙拉住姐姐。鲁鲁咬人是出名的,一点不出声音,专门咬人的脚后跟。"他不会咬我。"姐姐说,"你咬吗?鲁鲁?"随即把手放在他头上。鲁鲁一阵战栗,连毛都微耸起来。老人总是抚摸他,从头摸到脊背。那只大手很有力,这只小手很轻,但却这样温柔,使鲁鲁安心。他仍咻咻地喘着,向姐姐伸出了前脚。

"好鲁鲁!"姐姐高兴地和他握手。"妈妈!鲁鲁愿意住在我们家了!"

爸妈走出房来,在姐姐介绍下和鲁鲁握手。妈妈轻声责备姐姐说:"你怎么把肉都给了鲁鲁,我们明天吃什么?"弟弟忙说:"明天我们什么也不吃。"

过了十多天,鲁鲁情绪显然已有好转。有一天,鲁鲁出了门,踌躇了一下,却忽然往山下城里跑去了。他要去解开一个谜。

黄昏时,他进了城,在一座旧洋房前停住了。他坐在门外,不时发出长长的哀叫。这里是犹太老人和鲁鲁的旧住处。主人是回到这里来了吧?怎么还听不见鲁鲁的哭声呢?有人推开窗户,有人走出来看,但都没有那苍然的白发。

鲁鲁在门口蹲了两天两夜。第三天早上,人们气愤起来,拿来绳索棍棒下决心要处理他。他又饿又渴又累,看着屋门,希望在这一瞬间老人会走出来。但是没有。这时他想起了那温柔的小手,便跳起身,冲出重围向城外跑去了。

姐弟俩很难过，傻鲁鲁！怎么能离开爱自己的人呢！你一定会回来的吧？

他们终于等到了鲁鲁回来。姐姐冲过去弯身抱着他的头，他舔着姐弟俩的手，又给爸爸妈妈作揖。那晚全家都高兴极了。

从此，鲁鲁正式成为这个家的一员了。

日本投降的消息传来的那天，整个小村沸腾了。一家人紧紧抱在一起，他们终于可以回北平去了。但路途遥远，交通不便，鲁鲁是不能去的。最后的决定是把他送给T市爱狗的唐伯伯。

T市附近，有一个著名的大瀑布，10里外便听到水声隆隆。车经过这里的那天，姐姐发着烧，还执意要下车去看。于是爸爸在左，妈妈在右，鲁鲁在前，弟弟在后，向观瀑亭走去。

急遽的水流从几十丈的绝壁跌落下来，在青山翠峦中形成一个小湖，水气迷蒙，一直飘到亭上。姐姐觉得那白花花的厚重的半透明的水幔和雷鸣般的轰响仿佛离她很远。她努力想走近些看，但它们越来越远，什么也看不见，倚在爸爸肩上晕了过去。

姐姐因病住进了医院，从此鲁鲁再也没有看见姐姐。没有几天，他就显得憔悴，白毛失去了光泽。唐家的狗饭一律有牛肉，他却嗅嗅便走开，不管弟弟怎样哄劝。

范家人走时，唐伯伯叫人把鲁鲁关在花园里。在飞机上，姐姐和弟弟为了不能再见鲁鲁，一起哭了一场。他们听不见鲁鲁在花园里发出的撕裂了的嗥叫，看不见鲁鲁因为一次又一次想挣脱绳索，磨掉了毛的脖子。他们飞得高高的，遗落了儿时的伙伴。

鲁鲁发疯似的寻找主人。唐伯伯总是试着和他握手，同情地、客气地说："请你住在我家，这不是已经说好了么，鲁鲁。"

有一天，鲁鲁又不见了。过了半年，大家早以为他已离开这世界，他竟又回到唐家。他瘦多了，身上好几处没有了毛。他又一次去寻找谜底后，又历尽辛苦回来，只是为了不违反主人的安排。

但后来他却有了观赏瀑布的癖好。他常常跑出城去，坐在大瀑布前，久久地望着那跌宕跳荡、白帐幔似的落水，发出悲凉的、撞人心弦的哀号。

（选自《鲁鲁/大作家写给小读者》，人民文学出版社，2016年版，有改动）

【交流之窗】

　　鲁鲁是一条有故事的小狗,两次丧家之难,让鲁鲁饱尝与主人特别是小主人之间悲欢离合的苦楚。在儿童的眸子里,鲁鲁就是我们中的一员,表面是动物的悲鸣,内涵是人性的呼喊。作者借鲁鲁的故事,呼唤人性、人与人之间的美好情感,针砭被扭曲的人性关系。动物也有丰富的情感,你能说说动物与人进行情感交流的故事吗?

一碗清汤荞麦面

玲木立夫　　万德惠　译

一

对于面馆来说，生意最兴隆的日子，就是大年除夕了。

北海亭每逢这一天，总是从一大早就忙得不可开交。不过，平时到夜里12点还熙攘热闹的大街，临到除夕，人们也都匆匆赶紧回家，所以一到晚上10点左右，北海亭的食客也就骤然稀少了。当最后几位客人走出店门就要打烊的时候，大门又发出无力的"吱吱"响声，接着走进来一位带着两个孩子的妇人。两个都是男孩，一个6岁，一个10岁的样子。孩子们穿着崭新、成套的运动服，而妇人却穿着不合季节的方格花呢裙装。

"欢迎！"女掌柜连忙上前招呼。

妇人嗫嚅地说："那个……清汤荞麦面……就要一份……可以吗？"

躲在妈妈身后的两个孩子也担心会遭到拒绝，胆怯地望着女掌柜。

"噢，请吧，快请里边坐。"女掌柜边忙着将母子三人让到靠暖气的第二张桌子旁，边向柜台后面大声吆喝，"清汤荞麦面一碗——"当家人探头望着母子，也连忙应道："好咧，一碗清汤荞麦面——"他随手将一把面条丢进汤锅里后，又额外多加了半把面条。煮好盛在一个大碗里，让女掌柜端到桌子上。于是，母子三人几乎是头碰头地围着一碗面吃将起来，"咝咝"的吃吸声伴随着母子的对话，不时传至柜台内外。

"妈妈，真好吃呀！"兄弟俩说。

"嗯，是好吃，快吃吧。"妈妈说。

不大工夫，一碗面就被吃光了。妇人在付饭钱时，低头施礼说："承蒙关照，吃得很满意。"这时，当家人和女掌柜几乎同声回答说："谢谢您的光临，预祝新年快乐！"

第一编　问世间情为何物

二

迎来新的一年的北海亭,仍然和往年一样,在繁忙中打发日子,不觉又到了大年除夕。

夫妻俩这天又是忙得不亦乐乎,10点刚过,正要准备打烊时,忽听见"吱吱"的轻微开门声,一位领着两个男孩的妇人轻轻走进店里。

女掌柜从她那身不合时令的花格呢旧裙装上,一下就回忆起一年前除夕夜那最后的一位客人。

"那个……清汤面……就要一份……可以吗?"

"请,请,这边请。"女掌柜和去年一样,边将母子三人让到第二张桌旁,边开腔叫道,"清汤荞麦面一碗——!"

桌子上,娘儿仨在吃面中的小声对话,清晰地传至柜台内外。

"真好吃呀!"

"我们今年又吃上了北海亭的清汤面啦。"

"但愿明年还能吃上这面。"

吃完,妇人付了钱,女掌柜也照例用一天说过数百遍的套话向母子道别:"谢谢光临,预祝新年快乐!"

在生意兴隆中,不觉又迎来了一年一度的除夕夜。北海亭的当家人和女掌柜虽没言语,但9点一过,二人都心神不宁,时不时地倾听门外的声响。

在那第二张桌上,早在半个钟头前,女掌柜就已摆上了"预约席"的牌子。

终于挨到10点了,就仿佛一直在门外等着最后一个客人离去才进店堂一样,母子三人悄然进来了。

哥哥穿一身中学生制服,弟弟则穿着去年哥哥穿过的大格运动衫。兄弟俩这一年长高了许多,简直认不出来了,而母亲仍然是那身褪了色的花格呢裙装。

"欢迎您!"女掌柜满脸堆笑地迎上前去。

"那个……清汤面……要两份……可以吗?"

"嗳。请,请,呵,这边请!"女掌柜一如既往,招呼他们在第二张桌子边就座,并若无其事地顺手把那个"预约席"牌藏在背后,对着柜台后面喊道:"面,两碗——"

"好咧,两碗面——"

可是,当家人却将三把面扔进了汤锅。

于是,母子三人轻柔的话语又在空气中传播开来。

"昕儿,淳儿……今天妈妈要向你们兄弟二人道谢呢。"

"道谢?……怎么回事呀?"

"因为你们父亲而发生的交通事故,连累人家8个人受了伤,我们的全部保险金也不够赔偿的,所以,这些年来,每个月都要积攒些钱帮助受伤的人家。"

"噢,是吗,妈妈?"

"嗯,是这样,昕儿当送报员,淳儿又要买东西,又要准备晚饭,这样妈妈就可以放心地出去做工了。因为妈妈一直勤奋工作,今天从公司得到了一笔特别津贴,我们终于把所欠的钱都还清了。"

"妈妈,哥哥,太棒了!放心吧,今后,晚饭仍包在我身上好了。"

"我还继续当业余送报员!小淳,我们加油干哪!"

"谢谢……妈妈实在感谢你们……"

这天,娘儿仨在一餐饭中说了很多话,哥哥进行了"坦白":他怎样担心母亲请假误工,自己代母亲去出席弟弟学校家长座谈会,会上听小淳如何朗读他的作文《一碗清汤荞麦面》。这篇曾代表北海道参加了"全国小学生作文竞赛"的作文写道,父亲因交通事故逝世后留下一大笔债务;妈妈怎样起早贪黑拼命干活;哥哥怎样当送报员;母子三人在除夕夜吃一碗清汤面,面怎样好吃;面馆的叔叔和阿姨每次向他们道谢,还祝福他们新年快乐。……

小淳朗读的劲头,就好像在说:我们不泄气,不认输,坚持到底!弟弟在作文中还说,他长大以后,也要开一家面馆,也要对客人大声说:"加油干哪,祝你幸福。……"

刚才还站在柜台里静听一家人讲话的当家人和女掌柜不见了。原来他们夫妇已躲在柜台后面,两人扯着条毛巾,好像拔河比赛各拉着一头,正在拼命擦拭满脸的泪水。……

三

又过去了一年。

在北海亭面馆靠近暖气的第二张桌子上，9点一过就摆上了"预约席"的牌子，老板和老板娘等呵，等呵，始终也未见母子三人的影子。转过一年，又转过一年，母子三人再也没有出现。

北海亭的生意越做越兴旺，店面进行了装修，桌椅也更新了，可是，靠暖气的第二张桌子，还是原封不动地摆在那儿。

光阴荏苒，夫妻面馆北海亭在不断迎送食客的百忙中，又迎来了一个除夕之夜。

手臂上搭着大衣，身着西装的两个青年走进北海亭面馆，望着座无虚席、热闹非常的店堂，下意识地叹了口气。

"真不凑巧，都坐满了……"女掌柜面带歉意，连忙解释说。

这时，一位身着和服的妇人，谦恭地深深低着头走进来，站在两个青年中间。店内的客人一下子肃静下来，都注视着这几位不寻常的客人。只听见妇人轻柔地说：

"那个……清汤面，要三份，可以吗？"

一听这话，女掌柜猛然想起了那恍如隔世的往事——在那年除夕夜，娘儿仨吃一碗面的情景。

"我们是14年前在除夕夜，三口人吃一碗清汤面的母子三人。"妇人说道，"那时，承蒙贵店一碗清汤面的激励，母子三人携手努力生活过来了。"

这时，模样像是兄长的青年接着介绍说：

"此后我们随妈妈搬回外婆家住的滋贺县。今年我已通过国家医师考试，现在是京都医科大学医院的医生，明年就要转往札幌综合医院。之所以要回札幌，一是向当年抢救父亲和对因父亲而受伤的人进行治疗的医院表示敬意；再者是为父亲扫墓，向他报告我们是怎样奋斗的。我和没有开成面馆而在京都银行工作的弟弟商量，我们制订了有生以来最奢侈的计划——在今年的除夕夜，我们陪母亲一起访问札幌的北海亭，再要上三份清汤面。"

一直在静听说话的当家人和女掌柜，眼泪唰唰唰地流了下来。

"欢迎,欢迎,……呵,快请。喂,当家的,你还愣在那儿干吗?!2号桌,三碗清汤荞麦面——"

当家人一把抹去泪水,欢悦地应道:

"好咧,清汤荞麦面三碗——"

(选自《读者文摘》,1989年第11期)

【交流之窗】

本文中译本有另一名为《一碗阳春面》,中文的译者匠心独运,锦上添花,使寻常的荞麦面浮泛春意,更加动人心扉。

据说,这个感人至深的故事,在日本企业内部和政府部门也广为流传。不论首相、议员、著名企业家,还是企业员工、普通百姓,无不为这个故事深深感染,因为在它朴实的语言下,蕴藏着触动灵魂的人格力量和人性光辉。情感万岁!

只为半小时团圆

周海亮

周海亮，1972年生，山东人，职业作家，中国"最受青年读者喜爱的作家"之一。

工厂坐落在山林，正在建设中。作为技术骨干，他和同事从城市来到这里。一切都那样不便，好在他们只需在这里待够一年，一年以后，便会由别人顶替他们。

几个月以后，工厂初具规模，他们的工作也有了些清闲，晚上甚至可以去山林里走一走。可是他并不轻松，甚至干得更加辛苦。他告诉别人，他想多干一些，以便攒够三天假期。

有人问："你攒三天假期干什么？"

他说："回家看看。"

回家，需要从镇上坐车去县里，从县里坐车去市里，再坐车回到他所居住的城市，然后，按照相同的路线返回。三天，也许还没有回到家，就已经超了期限。

可是他说："如果一切顺利，完全可以在车站与家人团聚半个小时。"

同事们大吃一惊："半个小时能干什么呢？"

"看看妻子，看看女儿，说几句话。如果抓紧时间，还能一起去饭馆吃碗馄饨呢。"

"这样千里迢迢地赶回去，再心急火燎地赶回来，就是为了看看她们？万一路上耽搁了呢？"

"那就在半路返回来，"男人说，"总之，我想试试。"

男人果真有了三天假期。天刚亮，他直奔镇上的车站。途中非常顺利，他在一天半以后回到他所生活的城市。妻子和女儿早知道他会回来，一家三口就坐在候车室里聊天，他们轻轻地说着话，等待着返程汽车的检票时间。

男人跑出去一趟,回来,手里拿着三个烤红薯,那是他们的午饭。似乎也只有小小的冒着热气的烤红薯,才可以在这么短的时间里吃完。

随后,男人跟妻子和女儿告别,走向检票口。他说:"下一次回来,该是半年以后了。"

男人按时返回山林里的工厂。

同事们仍然不解。在他们看来,男人的举动太不值了。

男人笑笑,说:"这次回家,我不能够为她们母女带回任何东西,也不能帮她干任何事情,甚至,由于这半个小时的相聚,她们可能会忙一个上午。可是我想,我带给她们的是快乐,这种快乐是任何物质都不能给予的。而且,因为这一次的团聚,在我下次回家前的这段时间里,她们对我的思念,也许会减轻许多吧。"

(选自《文苑》,2014年01期)

【交流之窗】

文中男主人公的回家如果从经济价值角度衡量,那结果是令人沮丧的。如若不回,人们完全有理由给出合理雄辩的注解,也完全有智慧做出更为聪明、更为合理、更有效益的安排。但主人公追求的不是合理,而是合情。情感有时是不讲逻辑的!这让我想起了另一个流行词——仪式感,人世情感绝不能用功利心来衡量。

伤心的试验

张之路

张之路，1945年生于北京，儿童文学作家，现为中国作家协会儿童文学委员会副主任。

一个在农村插过队的朋友给我讲过这样一件事：

18岁那年，他到农村插队，四个男生同住在一间房子里。他们本来就是同学，现在又同吃、同住、同劳动，关系当然很密切。有一天黄昏，下工的时候，我的这位姓郭的朋友突发奇想：我要是突然失踪了，同屋的三个哥们儿不知会怎么找我？……那天他下工比别人稍微早一点，进了门，没有像往常那样拿起饭碗去食堂，而是钻到了自己的床底下——"失踪"了。

不一会儿，他听见三个同伴开门，说话，放铁锹，打水洗手……最后拿着饭碗走出房门。居然没有一个人问"郭某某哪儿去了？"，就连类似的话也没有。我的朋友就这样继续在床底下躺着，一直躺到他们吃完饭回来。此刻，他仍旧巴望着有一个人谈起他，于是别人也猛地想起他。这样，他就可以突然从床底下蹿出来，大家先是惊讶，然后释然地说，我们找了你好久了！接着互相笑骂着演出一场小喜剧。可惜，没有人谈到他，当然也没有人想起他。似乎这屋里本来就住着三个人，根本就没有第四个人存在一样……已经到了点灯的时候，我的这位朋友所企盼的事情依然没有发生。不但没有发生，三个人竟然相约到隔壁打扑克牌去了。他彻底绝望了，悻悻地从床底下爬出来，顾不得掸去身上的尘土，悄悄走到集体户门前的山场上。山里的冬天最像冬天。他抱着一块冰冷的大石头忍不住失声痛哭起来。他想家，他想念父母，甚至想起有一次犯了错误，父亲打了他一巴掌的情景……这时候，就是有人打自己一顿，骂自己一顿，也比人家根本没把你当成一回事儿强啊！

20年后，他给我讲述了这个让人伤心的试验。

我问他为什么没问问，他们为什么没有找你？他说没有，因为不论什么原因都足够让他伤心的。

我又问他如果现在发生这样的事儿,你还会那么痛苦吗?

他说痛苦还会,但绝不会"那么"了。

我又问他现在还会做那样的试验吗?

他说不会了,那会儿他太年轻!

一起谈了好久,当我们把别人的"冷淡"和"无情"谈得很充分的时候,突然发现这试验既严肃又可笑,似乎有点自寻烦恼的味道,它所带来的痛苦好像和我们自身的弱点有关。

毫无疑问,每个人都希望得到别人的关怀!每个人都希望温暖的阳光、和煦的春风、甘甜的雨露来滋润自己。但我们也该想到,你不可能处处事事都置于别人的关怀之中。有时候,不但没有关怀,还会受到冷遇和打击,而更多的时候,是平平常常的日子,平平常常的人,平平常常的事情。

我们应该努力关怀别人,而不要企望总得到别人的关怀;我们关怀别人是为了自己品质高尚。因此,得到别人的关怀,应该心存感激;没有得到别人的关怀,也应该以平常心来对待——正常的事情有什么可埋怨的呢!

至于别人没有及时关怀,可能是没有条件,可能是没有时间,也可能根本没有看见……千万不要总以为,我的大事,别人也一定会把它当成大事;我的痛苦,别人也一定把它看成痛苦。希望得到别人的关怀那是正常的,但一味地想着让别人关怀自己,那便成了对自己的娇惯。太多的娇惯便会使自己感到处处不如意,事事不顺心,神经越来越脆弱……

每个人在相识的人心里都有个位置。这个位置的分量到底有多重?我们只能估计。我们千万不要把它估计得过高。估计过高,人就会"发烧""发傻",做出许多十分可笑的事情来。

我们也不要过于重视和计较自己在别人心中的位置。别把人家不在意的一句话、一个眼神看作是对自己的嘲笑;别以为没有遇到微笑和款待便是受到了冷遇和打击;也别把漫不经心的小议论窝在心里难受好几天……

如果你比别人更看重友谊,你就应该比别人更有胸怀!

如果你觉得自己比别人更坚强,你就应该比别人更有胸怀!

我们应该在意的倒是,默默爱着你的人,你可能从来不知道……

(选自《伤心的试验》,浙江少年儿童出版社,2004年版)

【交流之窗】

　　一件往事为什么久久不能忘记和释怀?因为这件事伤了人的心。古人说,你可以拒绝对方,但不能伤人的心哪!没有比被同伴置于关怀之外更让人受伤的了,即使有疗伤的方法,也需要漫长的疗程,而且并不能确保痊愈!现今流行的一个词——存在感,正是说明了:人,本能地存在着被爱、被关怀、被尊重的情感需求。人的存在感不仅基于肉体的存在,更离不开情感的满足。重要啊,情感!

生命的出口

林清玄

林清玄,1953年出生,台湾高雄人,当代著名作家、学者。

坐在窗边喝茶看报纸,读到一则消息:一个高中女生为情跳楼自尽,第二天,她的男友从桥上跳入河心,也自杀了。

这时候,一只小黄蜂从窗户飞了进来,在室内绕了两圈,再回到原来的窗户,竟然就飞不出去了。

可怜小黄蜂不知道世上竟有"玻璃"这种东西,明明看见屋外的山,却飞不出去,在玻璃窗上撞得"咚咚"作响。

忙了一阵子,眼看无路可走了,它停在玻璃上踱步,好像在思考一样,想了半天,小黄蜂突然飞起来,绕了一圈,从它闯进来的纱窗缝隙飞了出去,消失在空中。

小黄蜂的举动使我感到惊奇,原来黄蜂是会思考的,在无路可走之际,它会往后回旋,寻找出路。

对照起来,人的痴迷使我感到迷茫了。

对于陷入情感里的男女,是不是正像闯入一个房子的小黄蜂,等到要飞出时已找不到进入的路口?是不是隔在人与生活中的情感玻璃使我们陷入绝境呢?隔着玻璃看见的山水和没有玻璃相隔的山水是一样的,但为什么就走不出去呢?

在这样的绝境,为什么人不会像小黄蜂退回原来的位置,绕室一圈,来寻生命的出口呢?

是不是人在情感上比小黄蜂还要冲动?

是不是由于人的结构更细密,所以失去像小黄蜂那种单纯的思维?

是不是一只小黄蜂也比人更珍惜生命呢?

对这一层一层涌起的问题,我也无力回答,我只知道人在深陷绝境时,更应该懂得静心,懂得冷静地思维。在生命找不到出路时,更要后退一步,观照全局。或者，就在静心与观照时，生命的出路就显现出来了。

　　昨日当我们年轻时，在情感挫折的时候，都会想过了结生命，以解脱一切的苦痛与纠葛。

　　但是今日回观，并没有必死之理，那是因为情感的发展只是一个过程接一个过程，乃是因缘幻灭，如果情爱受挫折就要自尽，这世界上的人类早就灭绝了。

　　何况，活着，或者死去，世界并不会有什么改变，情感也不会变得更深刻，反而失去再创造再发展的生机，岂不可惜复可怜？

　　正如一只山上飞来的黄蜂，如果刚刚撞玻璃而死，山林又有什么改变呢？现在它飞走了，整个山林都是它的，它可飞或者不飞，它可以跳舞或者不跳舞……它可以有生命的许多选择，它的每一个选择都会比死亡更生动而有趣呀！

　　第一次情感失败没有死的人，可能找到更深刻的情感。

　　第二次情感受挫折没有死的人，可能找到更幸福的人生。

　　许多次在情感里困苦受难的人，如果有体验，一定会更触及灵性的深处。

　　我这样想着，但是，我并不谴责那些殉情的人，而是感到遗憾，他们自己斩断了一切幸福的可能。

　　我的心里有深深的祝福，祝福真有来生，可以了却他们的爱恋痴心。

　　可叹的是，幸福的可能是今生随时可能创造的，而来生，谁能知道呢？

　　　　　　　　　　　（选自《风不能把阳光打败》，花山文艺出版社，2004年版）

【交流之窗】

　　因为有了情感，生命才变得如此美丽斑斓！但情感也有可能受挫，若不能为情感找到出口，生命就有可能被情感绑架，情感就成了生命的负累甚至变成凶手。情感的烈马一旦脱缰，就需要借助冷静和理智来驯服它；人不能成为情感的奴隶，要做情感的主人！走出情感挫折的人生更加厚重丰盈！

感动是一种养分

何 蔚

何蔚，60后，武汉市文联签约作家。

常常有一些无法言说的感动。

譬如看见果实坠地，从一棵树的手腕上，一枚青涩的苹果或一只熟透的蜜桃，冷不丁地跳到地上，在尘土中灼下一道轻痕，打下一个水印，或者连一点儿蛛丝马迹也不曾留下，可就在这一瞬间，它已经深深地感动了我。譬如看见一只小鸟，在我的窗台上跳跃盼顾，抖动漂亮的羽毛冲着我叫了那么一声，甚至只有半声，而后又匆匆飞走。譬如看见一个朋友久违的眼神和手势，看见一颗滚动在草叶上的露珠被风摔碎之前的最后一次闪耀，看见一群蚂蚁抬着一只蜜蜂在大地上缓缓行进时所表现出的那种小心谨慎与肃穆庄严……总之，感动我的有时是一种声音，一种复杂的隐喻了生命幻象的声音；有时是一种色彩，一种沉重的、负载了诸多情感信息的色彩；有时是一种状态，一种含蓄的、超越了明示话语的状态。也有时候，感动我的竟是一种细微、寻常得极容易被人忽略的场景，正如一群蚂蚁抬着一只蜜蜂的残骸亦惨亦烈地向前移动，最终，它们几乎全部移进了我的内心，默化成一曲悲壮的挽歌和一场永久的仪式。更有时候，感动我的仿佛什么也不是，即使是，也仅仅是事物的一粒元素而已。

不知道为什么会感动。

但有一点是可以肯定的：若是没有感动，我想我就会于不痛不痒中丢弃自己。因为我知道，这个世界上连一朵花一茎草一湖水一尾鱼，都那么持久地拥有着令人感动的特质。所有的生命几乎都离不开感动。如果对美视而不见，对春天无动于衷，那么还有什么理由在美和春天之间迈动双脚？想一想，一朵花因为什么而鲜艳妩媚，一茎草因为什么而摇曳多姿，一湖水因为什么而清波漾溢，一尾鱼因为什么而跃出河面？

许多时候，我就是这样不可抗拒地被一些极小的事物感动着，被极小的感动润泽着。只是，我好像从来没有留心将每一次感动的具体根由仔细地探究，一条一款地罗列起来，为诱发下一次感动埋好伏笔。我想，谁如果真这么愚蠢地对待感动的话，那他就不可能拥有更多的感动了。感动是不能提前准备的，如同做梦一样，因此也没有必要在事后对它做一番精彩的归纳、总结或者赏析。

　　常常被感动而充满激情的人是有福的。

　　我或许属于其中之一。故我想：感动是由于我深爱着世上一切美好的事物，甚至比别人更留意也更钟情于它们。而这些美好的事物也仿佛是我的朋友和亲人，也同样爱着、留意着、钟情着我。我们永远保持着那种和谐友善、亲密真挚的联系，保持着深层的感情交流、碰撞与沟通。彼此间相互提醒、暗示，相互期许、关怀和给予。每次小小的感动都会洗净我灵魂中某个小小的斑点和污渍，每一次深深的感动都有可能斩断我性情中某一段深深的劣根。日复一日，年复一年，感动使我的内心变得清洁、明亮、丰富而又宽敞，使我面对每一轮崭新的日出都能赢得一个全新的自我。

　　对于我，感动始终是一种崇高的养分，如同丰盈甘美的母乳；对于感动，我则始终都是一个受益不尽的吮吸者，吸着母乳的精华渐渐长高，长大，健康、强壮，享有智慧与激情。

　　因此我敢说，一个人，只要他还能感动，就不至于彻底丧失良知与天性。只要能感动，即使将你放在生活的最边缘，你也决不会轻易放弃做人的资格以及与生俱来的发言权。

（选自《时文选粹》，南方出版社，2006年版）

【交流之窗】

　　你一定很期望享受情感的滋润！懂得感恩的人一定更能得到情感的滋润。因为感恩是生命的净化器，选择感恩就过滤了人生杂质，萃取留住了生命中的一切美好。但感恩要有感动打底，感动，让你时刻与外界保持亲密互动，时刻与自己深层友善交流，感动的涓滴最终汇聚成美好情感的大河。世上并不缺少美，缺少的是发现美的眼睛，以及对美感动的情感荡漾的心灵。

爱是没有理由的心疼

周国平

⊙ 周国平 莫丹绘

周国平，1945年出生于上海，中国当代著名学者、作家、哲学研究者。

爱是一份伴随着付出的关切，我们往往最爱我们倾注了最多心血的对象。

爱，就是没有理由的心疼和不设前提的宽容。

人在爱时都太容易在乎被爱，视为权利，在被爱时又都太容易看轻被爱，受之当然。如果反过来，有爱心而不求回报，对被爱知珍惜却不计较，人就爱得有尊严、活得有气度了。

与是否被爱相比，有无爱心是更重要的。一个缺少被爱的人是一个孤独的人，一个没有爱心的人则是一个冷漠的人。孤独的人只要具有爱心，他仍会有孤独中的幸福，如雪莱所说，当他的爱心在不理解他的人群中无可寄托时，便会投向花朵、小草、河流和天空，并因此而感受到心灵的愉悦。可是，倘若一个人没有爱心，则无论他表面上的生活多么热闹，幸福的源泉已经枯竭，他那颗冷漠的心是绝不可能真正快乐的。

一个只想被人爱而没有爱人之心的人，其实根本不懂得什么是爱。他真正在乎的也不是被爱，而是占有。爱心是与占有欲正相反的东西。爱本质上是一种给予，而爱的幸福就在这给予之中。许多贤哲都指出，给予比得到更幸福。一个明显的证据是亲子之爱，有爱心的父母在照料和抚育孩子的过程中便感受到了极大的满足。在爱情中，也是当你体会到你给你所爱的人带来了幸福之时，你自己才最感到幸福。

对于个人来说，最可悲的事情不是在被爱方面受挫，例如失恋、朋友反目等等，而是爱心的丧失，从而失去了感受和创造幸福的能力。对于一个社会来说，爱心的普遍丧失则是可怕的，它的确会使世界变得冷如冰窟，荒凉如沙漠。在这样的环境中，善良的人们不免寒心，但我希望他们不要因此也趋于冷漠，而是要在学会保护自己的同时，仍葆有一颗爱心。

应该相信，世上善良的人总是多数，爱心必能唤起爱心。不论个人还是社会，只要爱心犹存，就有希望。

爱的反义词不是孤独，也不是恨，而是冷漠。孤独者和恨者都是会爱的，冷漠者却与爱完全无缘。如果说孤独是爱心的没有着落，恨是爱心的受挫，那么，冷漠就是爱心的死灭。无论对于个人来说，还是对于社会来说，真正可怕的是冷漠，它使个人失去生活的意义，使社会发生道德的危机。在我看来，当今社会最触目惊心的现象之一便是人心的冷漠。在一个太重功利的社会里，冷漠会像病毒一样传播，从而使有爱心的人更感到孤独，甚至感到愤恨。不过，让我们记住，我们不要由孤独和愤恨而堕入冷漠，保护爱心、拒绝冷漠乃是我们对于自己的灵魂的一份责任，也是我们对于社会的一份责任。

凡正常人，都兼有疼人和被人疼两种需要。在相爱者之间，如果这两种需要不能同时在对方身上获得满足，便潜伏着危机。那惯常被疼的一方最好不要以为，你遇到了一个只想疼人不想被人疼的纯粹父亲型的男人或纯粹母亲型的女人。在这茫茫宇宙间，有谁不是想要人疼的孤儿？

多么纯粹和热烈的爱，只要是人间的真实的爱，就必然具有人间性，沾染了人间的烟火味。如果罗密欧与朱丽叶真能喜结良缘，日久相伴，两人一定也会发生或大或小的摩擦。我们都生活在现象之中，都只能通过现象来体悟本质，没有人直接生活在爱的本质之中。如果有谁把自己的生活当作爱的本质展示给人们看，不用说，那肯定是在做秀，而且做得很不高明。

（选自《新民晚报》，2015年10月）

【交流之窗】

白朗宁说：失去爱，世界将变成一座坟墓。我们庆幸：因为有了爱，世界才变成了美好的人间。一只蝴蝶柔弱双翅的微微扇动，有可能酿就一场能量无穷的飓风；人间的百般情爱，或许仅仅是源自一次甚至不需要理由的心疼；人类不可或缺的亲情、友情、爱情，皆源于爱且归于爱。爱，唤醒了恻隐和善良，激发了责任和勇敢，生成了希望和力量。爱心不止，世界永生！

• 理性之光

爱的需要（节选）

A. M. 马斯洛　　许金声　译

假如生理需要和安全需要都很好地得到了满足，爱、情感和归属的需要就会产生，并且以新的中心重复着已描述过的循环。

现在，个人空前强烈地感到缺乏朋友和心爱的人、妻子或孩子。也就是说，他一般渴望同人们有一种充满深情的关系，渴望在他的团体和家庭中有一个位置，他将为达到这个目标而做出顽强努力。他将希望获得一个位置，胜过希望获得世界上的任何其他东西。他甚至可以忘掉，当他感到饥饿的时候对爱做出的嘲笑。

在我们的社会中，从适应不良和更严格的病理学的案例来看，这些需要的挫折是最普遍的基本的核心。爱和情感，以及它们在性方面的表现，一般看来是有矛盾心理的，习惯上包括有许多限制和禁忌。实际上，所有精神病理学家都强调，爱的需要的挫折是适应不良的基本原因。因此，在临床研究方面，有许多关于爱的研究。除了生理需要外，我们对于它的了解也许比对其他需要的了解更多。

我们必须强调的是爱和性并不是同义的，性可以作为一种纯粹的生理需要来研究。一般的性行为是由多方面决定的，也就是说不仅由性的需要，也由其他需要决定，其中主要是爱和感情的需要。爱的需要既包括给予别人的爱，也包括接受别人的爱，这是一个不应忽视的事实。

【**注释**：马斯洛认为人有五组基本需要的目标，它们是生理、安全、爱、自尊和自我实现。这五组需要本身按照强烈程度梯状排列。】

（选自马斯洛1943年发表的论文《人的激励理论》）

【交流之窗】

情感与生俱来,同时情感又为生而往!因为情感是人类成长中的一个激励因素。当人类的生理需要得到满足后,更高层次的需求——爱的需要,情感和归属的需要就会产生、成长,正是如此重复和循环,才让人类的生命和生活品质得到螺旋式的提升和发展。

钱穆短文两篇

钱 穆

⊙钱穆 莫丹绘

钱穆（1895—1990），江苏无锡人，现代著名历史学家、思想家、教育家，"中央研究院"院士，故宫博物院特聘研究员。中国学术界尊之为"一代宗师"。

情感人生

人与人间的生活，简言之，主要只是一种情感的生活。人类要向人类自身找同情，只有情感的人生，始是真切的人生。喜怒哀乐爱恶欲，最真切的发现，只在人与人之间。其最真切的运用，亦在人与人之间。人生可以缺乏美，可以缺乏知，却不能缺乏同情与互感。没有了这两项，哪还有人生？只有人与人之间始有同情互感可言，因此情感即是人生。人要在别人身上找情感，即是在别人身上找生命。人要把自己情感寄放在别人身上，即是把自己的生命寄放在别人身上了。若人生没有情感，正如沙漠无水之地一棵草，礓石瓦砾堆里一条鱼，将根本不存在。人生一切的美与知，都需在情感上生根，没有情感，亦将没有美与知。人对外物求美求知，都是间接的，只有情感人生，始是直接的。无论初民社会，乃及婴孩时期，人生开始，即是情感开始。剥夺情感，即是剥夺人生。情感的要求，一样其深无底。千千万万年的人生，所以能不厌不倦，无穷无尽，不息不止地前进，全借那种情感要求之不厌不倦，无穷无尽，不息不止在支撑，在激变。然而爱美与求知的人生可以无失败，重情感的人生则必然会有失败。因此爱美与求知的人生不见有苦痛，重情感的人生则必然有苦痛。只要你真觉得那物美，那物对你也真成其为美。只要你对那物求有知，那物也便可成为你之知。因不知亦便是知，你知道你对他不知，便是此物已给你以知了。因此说爱美求知可以无失败，因亦无苦痛。只有要求同情与互感，便不能无失败。母爱子，必要求子之同情反应。子孝母，也必要求母之同情反应。但有时对方并不能如我所要求，这是人生最失败，也是最苦痛处。你要求愈深，你所感到的失败与苦痛也愈深。母爱子，子以同情孝母，子孝母，母以同情爱子，这是人生之最成功处，也即是最快乐处。你要求愈深，你所感到的成功与快乐也愈深。人生一切悲欢离合，可歌可泣，全是情感在背后做主。夫妇，家庭，朋友，社团，废寝忘食，死生以之的，一切的情与爱，交织成一切的人生，写成了天地间一篇绝妙的大好文章。人生即是文学，文学也脱离不了人生。只为人生有失败，有苦痛，始有文学作品来发泄，来补偿。人类只有最情感的，始是最人生的。只有喜怒哀乐爱恶欲的最真切最广大最坚强的，始是最道德的，也即是最文学的。换言之，却即是最艺术最科学的，也可说是最宗教的。

（选自《湖上闲思录》，生活·读书·新知三联书店，2000年版）

【交流之窗】

　　人生一切的美与知，都需在情感上生根；人生一切悲欢离合，可歌可泣，全是情感在背后做主；剥夺情感，即是剥夺人生。你认为国学大师钱穆的观点是夸大其词的故弄玄虚，还是洞察人性深入本质的高见？人是群居动物，人际维系靠什么？血缘？利益？情感？价值观？答案可能见仁见智，但肯定有最趋同的普遍认知。古语云：世事洞明皆学问，人情练达即文章。此之谓也。

人生悲喜剧《四郎探母》

中国人生以内心情感为重……

…………

　　又次再当言及《四郎探母》之一剧。四郎之父杨老令公，亦为中国戏剧中一悲剧人物，《李陵碑》一剧为其代表。四郎军败被俘，改易姓名，获辽王萧太后宠爱，得为驸马，尚主居辽宫，安享富贵。民族国家大防，遗弃无存。而其家世所传，为边疆统帅忠君死敌之高风亮节，亦堕地难收。大节已丧，其人本无足论。乃犹有一节，堪值同情。方其居辽宫，已垂十五年，一旦忽闻其老母其弟重临前线，自思自叹，欲期一见，以纾泄其心中之郁结。乃苦于无以为计。其不安之心情，终于为辽公主识破。又侦得其姓名家世之真，乃不加斥责，又深付以诚挚之同情，愿于其母处盗取一令箭，俾四郎得托辞出关，一见其母。而更不虑其一去而不归，冒此大险，夫妇爱情至此可谓已达极顶。而四郎归宋营，见其母，见其弟，见其妹，见其前妻，其悲喜交集之心情，亦可谓人世所稀觏。而终又不得不辞母离妻而去。其母其弟其二妹皆无以强留，而其前妻十五年守寡，一面永诀，从此天壤隔绝，将更无再见面之机会。但除嚎啕痛哭外，亦更有何术可加挽回？此探母之一出，亦诚可谓极人生悲剧之最上乘。任何人设身处地，亦惟有洒一掬同情之泪而止。而四郎返辽，其事已为辽王侦破，将处以极刑。公主乞情不获，其二舅代公主设计，教以从怀中幼婴身上博取老祖母回心，此幼婴即公主前夕凭以取得老祖母身前之令箭者。老祖母亦终于以慈其幼孙而回心转意。四郎获释，而一家夫妇祖孙重得团圆。遂亦以一大喜剧终。而在此回令之一幕中，亦复充满人情味，有夫妇情，有母女情，有兄妹情，有祖孙情，人情洋溢，乃置军国大计民族大防于不顾。若为不合理，而天理不外于人情，则为中国文化传统一大原则。故中国戏剧乃无不以人情为中心。人情深处，难以言语表达，故中国戏剧又莫不以歌唱为中心。惟有歌唱，乃能回肠荡气，如掬肺腑而相见也。

近代国人，一慕西化，于自己传统喜加指摘。乃嫌此剧不顾民族国家大防，终是一大憾事。有人于回令一幕重加改造，四郎终于为宋破辽，以赎前愆。此终不免于情感至高之上又羼进功利观，转令此至高无上之一幕人生悲剧，冲淡消失于无形中。而或者又谓，满洲皇帝亦以外族入主中华，故特欣赏此剧，得于宫中演唱。此尤浅薄之见，无足深辩。其他京剧在宫中演唱者，岂尽如《探母》一剧之漫失民族与国家之大防乎？四郎之失误处，乃在其被俘不死之一念上。此后之获荣宠、享富贵，皆从此贪生之一念生。所谓一失足成千古恨。此后探母一幕，四郎之内心遗恨，已透露无遗。在其回令重庆再生一喜剧之后，四郎之内心亦岂能于其探母及再见前妻之一番心情遗忘无踪，再不重上心头。可见所谓千古恨者，乃恨在四郎之心头，所以得为四郎一人千古之恨。果使四郎被俘时，能决心一死，以报国家民族，亦以报其杨门之家风，则地下有知，亦可无恨。岂复有此下回营探母一幕悲剧之发生。亦将再不成为回令重生之后此一悲剧之长在心头，而成其为一人千古之恨矣。惟在四郎被俘而荣为驸马之一段期间，则全不在此一剧中演出，然此正为国家民族大防所在。果使善观此剧，同情四郎，则于此大防与四郎之失足处，亦自可推想得之。所谓王道天理不外人情，其最深涵义亦正在此见。惟其于荣为驸马安享富贵十五年之久之后，而犹不免于探母一悲剧之发生，斯则四郎所以犹得为一人，犹能博得百年千年后千万他人之同情。但其终不免有失足处，亦从此而见民族国家之大防，皆从人心之情感上建立。苟无此情感，又何来有此大防乎？

……中国人重国重天下，重治平大道，皆重情。而夫妇则为人伦之首，此意甚深，可以体会，难以言宣也。

（选自《中国文学论丛》，生活·读书·新知三联书店，2005年版）

【交流之窗】

所谓千古恨者，乃恨在四郎之心头，所以可称为四郎一人的千古之恨。佩服钱先生的眼光，人情复杂难言，但大师选择了一个端口，抓住一个典型——杨四郎，便将难言之人情言未尽而意已明，所谓喜怒哀乐爱恶欲，夫妇情、母女情、兄妹情、祖孙情、家国情、悲喜交集之情……条分缕析、纤毫毕现、入木三分。男儿有泪不轻弹，只是未到伤心处；男儿无泪非无情，只是旁观难分明！

美与同情

丰子恺

丰子恺（1898—1975），浙江嘉兴人，画家、散文家，尤以中西融合画法创作漫画著名。

世间的物有各种方面，各人所见的方面不同。譬如一株树，在博物家，在园丁，在木匠，在画家，所见各人不同。博物家见其性状，园丁见其生息，木匠见其材料，画家见其姿态。

但画家所见的，与前三者又根本不同。前三者都有目的，都想起树的因果关系，画家只是欣赏目前的树的本身的姿态，而别无目的。所以画家所见的方面，是形式的方面，不是实用的方面。换言之，是美的世界，不是真善的世界。美的世界中的价值标准，与真善的世界中全然不同，我们仅就事物的形状、色彩、姿态而欣赏，更不顾问其实用方面的价值了。所以一枝枯木，一块怪石，在实用上全无价值，而在中国画家是很好的题材。无名的野花，在诗人的眼中异常美丽。故艺术家所见的世界，可说是一视同仁的世界，平等的世界。艺术家的心，对于世间一切事物都给以热诚的同情。

故普通世间的价值与阶级，入了画中便全部撤销了。画家把自己的心移入于儿童的天真的姿态中而描写儿童，又同样地把自己的心移入于乞丐的病苦的表情中而描写乞丐。画家的心，必常与所描写的对象相共鸣共感，共悲共喜，共泣共笑；倘不具备这种深广的同情心，而徒事手指的刻、划，决不能成为真的画家。即使他能描画，所描的至多仅抵一幅照相。

画家须有这种深广的同情心，故同时又非有丰富而充实的精神力不可。倘其伟大不足与英雄相共鸣，便不能描写英雄；倘其柔婉不足与少女相共鸣，便不能描写少女。故大艺术家必是大人格者。

艺术家的同情心，不但及于同类的人物而已，又普遍地及于一切生物、无生物；犬马花草，在美的世界中均是有灵魂而能泣能笑的活物了。

诗人常常听见子规的啼血,秋虫的促织,看见桃花的笑东风,蝴蝶的送春归;用实用的头脑看来,这些都是诗人的疯话。其实我们倘能身入美的世界中,而推广其同情心,及于万物,就能切实地感到这些情景了。画家与诗人是同样的,不过画家注重其形式姿态的方面而已。没有体得龙马的活力,不能画龙马;没有体得松柏的劲秀,不能画松柏。中国古来的画家都有这样的明训。西洋画何独不然?我们画家描一个花瓶,必其心移入于花瓶中,自己化作花瓶,体得花瓶的力,方能表现花瓶的精神。我们的心要能与朝阳的光芒一同放射,方能描写朝阳;能与海波的曲线一同跳舞,方能描写海波。这正是"物我一体"的境涯,万物皆备于艺术家的心中。

············

在这里我们不得不赞美儿童了。因为儿童大都是最富于同情的。且其同情不但及于人类,又自然地及于猫犬、花草、鸟蝶、鱼虫、玩具等一切事物,他们认真地对猫犬说话,认真地和花接吻,认真地和人偶(doll)玩耍,其心比艺术家的心切而自然得多!他们往往能注意大人们所不能注意的事,发现大人们所不能发现的点。所以儿童的本质是艺术的。换言之,即人类本来是艺术的,本来是富于同情的。只因长大起来受了世智的压迫,把这点心灵阻碍或消磨了。唯有聪明的人,能不屈不挠,外部即使饱受压迫,而内部仍旧保藏着这点可贵的心。这种人就是艺术家。

西洋艺术论者论艺术的心理,有"感情移入"之说。所谓感情移入,就是说我们对于美的自然或艺术品,能把自己的感情移入于其中,没入于其中,与之共鸣共感,这时候就经验到美的滋味。我们又可知这种自我没入的行为,在儿童的生活中为最多。他们往往把兴趣深深地没入在游戏中,而忘却自身的饥寒与疲劳。《圣经》中说:"你们不像小孩子,便不得进入天国。"小孩子真是人生的黄金时代!我们的黄金时代虽然已经过去,但我们可以因了艺术的修养而重新面见这幸福、仁爱而和平的世界。

一九二九年九月八日

(选自《丰子恺散文集》,太白文艺出版社,2008年版)

【交流之窗】

　　世间并不缺少美,缺少的是发现。艺术家是美的发现者,将自己深广的同情心及于万物,潜入其中,发现世间之美;同时,艺术家又是美的搬运工,将其所得,入诗入文入画制成作品,推广分享,共鸣共感。艺术家是上帝派往人间的天使,但他首先必须是位合格的情感天使。没有情感,何来美感?你认同吗?

第一编　问世间情为何物

放下你，非我薄情

湖心亭看雪客

很多年前，我读到李叔同在杭州出家的一段——

西湖边杨柳依依、水波潋滟，没有比西湖更合适送别的场景了。1918年的春天，一个日本女人和她的朋友，寻遍了杭州的庙宇，最终在一座叫"虎跑"的寺庙里找到了自己出家的丈夫。

38岁的他原来是西湖对岸浙江省立第一师范学校的教员，不久前辞去教职离开学校，在这里落发为僧。10年前他在日本留学时与妻子结识，此后经历了多次的聚散离合，但这一次已经是最后的送别，丈夫决定离开这繁华世界，皈依佛门。

几个人一同在岳庙前临湖素食店，吃了一顿相对无言的素饭。丈夫把手表交给妻子作为离别纪念，安慰她说："你有技术，回日本去不会失业。"岸边的人望着渐渐远去的小船失声痛哭，船上的人连头也没有再回过一次。

这个可怜的日本女人，可能至死也不会明白她的丈夫缘何薄情寡义至此……是啊，世间还有什么比此情此景更残忍，更让人心碎的呢？我读到此放声大哭，泪如雨下。

那时候我还很年轻，我对绝世才子李叔同恨得咬牙切齿，视他为世间最薄情寡义、最自私自利的男人。他的万般才情，在我的心目中顷刻间化为云烟。从此，世间再无那个会作诗、会填词、会书法、会作画、会篆刻，又会音乐、会演戏……的李叔同，只有一代名僧弘一法师！

若干年后，我读到了李叔同在出家前写给日本妻子的一封信：

诚子：

关于我决定出家之事，在身边一切事务上我已向相关之人交代清楚。上回与你谈过，想必你已了解我出家一事，是早晚的问题罢了。经过了一段时间的思索，你是否能理解我的决定了呢？若你已同意我这么做，请来信告诉我，你的决定于我十分重要。

对你来讲硬是要接受失去一个与你关系至深之人的痛苦与绝望,这样的心情我了解。但你是不平凡的,请吞下这苦酒,然后撑着去过日子吧,我想你的体内住着的不是一个庸俗、怯懦的灵魂。愿佛力加被,能助你度过这段难挨的日子。

做这样的决定,非我寡情薄义,为了那更永远、更艰难的佛道历程,我必须放下一切。我放下了你,也放下了在世间累积的声名与财富。这些都是过眼云烟,不值得留恋的。

我们要建立的是未来光华的佛国,在西天无极乐土,我们再相逢吧。

为了不增加你的痛苦,我将不再回上海去了。我们那个家里的一切,全数由你支配,并作为纪念。人生短暂数十载,大限总是要来,如今不过是将它提前罢了,我们是早晚要分别的,愿你能看破。

在佛前,我祈祷佛光加持你。望你珍重,念佛的洪名。

叔　同
戊午七月一日

(1918年,农历的正月十五,李叔同正式皈依佛门。剃度几个星期后,他的日本妻子,与他有过刻骨爱恋的日籍夫人伤心欲绝地携了幼子千里迢迢从上海赶到杭州灵隐寺,抱着最后的一线希望,劝说丈夫切莫弃她出家。这一年,是两人相识后的第11年。然而叔同决心已定,连寺门都没有让妻子和孩子进,妻子无奈离去,只是对着关闭的大门悲伤地责问道:"慈悲对世人,为何独独伤我?"他的妻子知道已挽不回丈夫的心,便要与他见最后一面。清晨,薄雾西湖,两舟相向。李叔同的日本妻子:"叔同——"李叔同:"请叫我弘一。"妻子:"弘一法师,请告诉我什么是爱?"李叔同:"爱,就是慈悲。")

我很庆幸我是在信佛学佛以后读到这封信的。换作以前,我是断断不能理解,也不能宽恕的。而今读来,虽然有泪盈眶,但心里是温暖的。时隔多年,我才终于了悟弘一法师的"有情"。他哪里是"无情",分明是"道是无情却有情"啊!

很多年来,在我的心目中,李叔同就是杭州那个决绝、冷酷、看破红尘、心如死灰的僧人形象。很多年里,我也一直视皈依佛门为一种不负责任的自我逃避。

然而,事实却并非如此。他在出家前曾预留了三个月的薪水,将其分为三份，其中一份连同自剪下的一绺胡须托老朋友杨白民先生，转交给自己的日籍妻子，并拜托朋友将妻子送回日本。从这一细节可以看出弘一大师内心的柔情和歉疚以及处事的细心和周到。

据说，李叔同出家的消息在当时引起了轰动和诸般猜测。世人大多无法理解，最不能理解的是那些被他的诗文打动的读者，尤其是那些多愁善感的女读者，一时间失去寄托，可谓痛不欲生。有一位女读者，死心塌地爱上了李叔同，在他剃度之后，天天来寺里找他，求他还俗。弘一法师怎么处理此事？他派人送给那女子一首诗，其中有这么两句："还君一钵无情泪，恨不相逢未剃时。"

多么温柔慈悲啊！他不但不责备那女子扰人清修，反而用一种很遗憾的语气对那女子说：不是我不肯接受你，怪只怪我们相遇太晚了，今生没缘分呐，只有对你无情了。我们可以肯定那女子读了诗之后一定若有所悟，百感交集，即便不甘心，也只有认命了。事实上她也就哭着走了，不再打扰弘一法师了。

至于李叔同为什么要出家，年轻的时候，我会百思不得其解，且一直追问下去。而今，我已经连问都觉得是多余了。读读他写给妻子的那封信，就再明白不过了。

他的学生丰子恺曾经这样解释：他怎么由艺术升华到宗教呢？当时人都诧异，以为李先生受了什么刺激，忽然"遁入空门"了。我却能理解他的心，我认为他的出家是当然的。我以为人的生活，可以分作三层：一是物质生活，二是精神生活，三是灵魂生活。物质生活就是衣食。精神生活就是学术文艺。灵魂生活就是宗教。"人生"就是这样的一个三层楼。懒得（或无力）走楼梯的，就住在第一层，即把物质生活弄得很好，锦衣玉食，尊荣富贵，孝子慈孙，这样就满足了。这也是一种人生观。抱这样的人生观的人，在世间占大多数。其次，高兴（或有力）走楼梯的，就爬上二层楼去玩玩，或者久居在里头。这就是专心学术文艺的人。他们把全力贡献于学问的研究，把全心寄托于文艺的创作和欣赏。这样的人，在世间也很多，即所谓"知识分子""学者""艺术家"。还有一种人，"人生欲"很强，脚力很大，对二层楼还不满足，就再走楼梯，爬上三层楼去。这就是宗教徒了。他们做人很认真，满足了"物质欲"还不够，满足了"精神欲"还不够，必须探求人生的究竟。他们以为财产子孙都是身外之物，学术文艺都是暂时的美景，连自己的身体都是虚幻的存在。他们不肯做本能的奴隶，必须追究灵魂的来源，宇宙的根本，这才能满足他们的"人生欲"。这就是宗教徒。世间就不过这三种人。

我虽用三层楼为比喻，但并非必须从第一层到第二层，然后得到第三层。有很多人，从第一层直上第三层，并不需要在第二层勾留。还有许多人连第一层也不住，一口气跑上三层楼。不过我们的弘一法师，是一层一层地走上去的。弘一法师的"人生欲"非常之强！他的做人，一定要做得彻底。他早年对母尽孝，对妻子尽爱，安住在第一层楼中。中年专心研究艺术，发挥多方面的天才，便是迁居在二层楼了。强大的"人生欲"不能使他满足于二层楼，于是爬上三层楼去，做和尚，修净土，研戒律，这是当然的事，毫不足怪的。做人好比喝酒：酒量小的，喝一杯花雕酒已经醉了，酒量大的，喝花雕嫌淡，必须喝高粱酒才能过瘾。文艺好比是花雕，宗教好比是高粱。弘一法师酒量很大，喝花雕不能过瘾，必须喝高粱。我酒量很小，只能喝花雕，难得喝一口高粱而已。但喝花雕的人，颇能理解喝高粱者的心。故我对于弘一法师的由艺术升华到宗教，一向认为当然，毫不足怪的。艺术的最高点与宗教相接近。二层楼的扶梯的最后顶点就是三层楼，所以弘一法师由艺术升华到宗教，是必然的事。

丰子恺的"人生三层楼"说，一扫世俗们对李叔同出家因由所推测的破产说、遁世说、幻灭说、失恋说、政界失意说等等他心测度，切合实际，振聋发聩。我想，丰子恺应该是最了解他的老师的吧。

以我凡夫之眼，我终其一生都无法体悟弘一法师的道心和境界。

林语堂说："他曾经属于我们的时代，却终于抛弃了这个时代，跳到红尘之外去了。"张爱玲说："不要认为我是个高傲的人，我从来不是的——至少，在弘一法师寺院围墙的外面，我是如此的谦卑。"赵朴初评他是"无尽奇珍供世眼，一轮圆月耀天心"。

其实他才不要当什么奇珍和明月，他不过是为了自己的心罢了。他出家既不是为了当律宗第十一世祖，更不是为了能和虚云、太虚、印光并称"民国四大高僧"。弃家毁业不为此，大彻大悟不消说。那些虚名，他是不要的。真实的他，63个流年，在俗39年，在佛24年，恪遵戒律，清苦自守，传经授禅，普度众生，却自号"二一老人"：一事无成人渐老，一钱不值何消说。

弘一法师圆寂时有两件小事令人深思。一是他圆寂前夕写下的"悲欣交集"的帖子,无论是这句话本身,还是他所写的墨宝,都使人看到一位高僧在生死玄关面前的不俗心境,既悲且欣,耐人寻味。二是他嘱咐弟子在火化遗体之后,记得在骨灰坛的架子下面放一钵清水,以免将路过的虫蚁烫死。活着的时候怜惜蝼蚁命并不奇怪,这是对修道之人的一般要求,但是快死了还惦记勿伤世上的生灵,这份心思的细腻非真正的大慈大悲者不能有,真真令世人闻之生敬!

电影《一轮明月》中有这么一个场景:清晨,薄雾西湖,两舟相向。雪子:"叔同——"李叔同:"请叫我弘一。"雪子:"弘一法师,请告诉我什么是爱?"李叔同:"爱,就是慈悲。"

以前,我只知道那一句唐诗:"还君明珠双泪垂,恨不相逢未嫁时。"岂知这句"还君一钵无情泪,恨不相逢未剃时",比起那一句的无奈,又多了几分慈悲呢!

因为懂得,所以慈悲。

爱,就是慈悲!

(选自《凤凰博报》)

【交流之窗】

李叔同大师才情盖世,却绝情弃俗出家,此需何等道心何等境界方得放下?问世间情为何物?直教人生死相许。于大师而言,因为懂得,所以放下。终使天地之间有了永远的、大彻大悟、大慈大悲、普度众生的高僧弘一法师。天地之间,是不是唯情为大?或许是,又或许不是。

人是情感动物

江 畅

江畅，湖北浠水人，湖北大学哲学学院教授，博士生导师。

人是复杂的高级动物，有理性的方面，也有感性的方面；有理智的方面，也有情感的方面。人是理性的、理智的动物，也是感性的、情感的动物。根据心理学家弗洛伊德的研究，人的心理就像海洋里的冰山，其理性的、理智的意识方面只不过是露出水面上的山尖，而感性的、情感的、欲望的、本能的无意识方面则是水面下的巨大山体。使人成其为人的不只是水面上的山尖，而且是包括水面下的山体的整座山。按照哲学家莱布尼茨的说法，人是一个包括理智和意志，也包括微知觉、知觉和本能、欲望的"单子"。这"整座山"或"单子"才是完整的人，才是完整的心灵。如果没有了那些感性的、情感的方面，人也许是天使，但决不再是真正意义上的人。

从我们日常的经验看，任何正常人也都是有情感的，只是有些人可能情感浅薄一些、单一一些，有些人可能深刻一些、丰富一些，但不可能一点情感都没有。这正如人人都有理智，只存在着程度的差别一样。人们经常谈到某某人是"冷血动物"、某某人"铁面无情"。这种说法通常都是就某人的某一方面而言的。传说历史上的包拯包青天"铁面无情"，但这只是就办案而言的，他对待他的母亲就不是这样，否则他就不是一位名扬千古的大孝子。人们常说的"冷血动物"通常是就他对他人特别是亲人而言的，而这样的人往往对功名利禄有着巨大的热情。也许正是对这些功名利禄的感情过分强烈而导致对他人的情感冷淡。人的情感是多维度、多层次的，一个人某一个方面的情感淡薄或缺乏，并不意味着他其他方面的情感也如此，我们更不能由此得出这个人没有情感的结论。我们认为，人不存在有无情感问题，只存在情感正常不正常、健康不健康、丰富不丰富、持久不持久、强烈不强烈、高尚不高尚、美好不美好的问题。

人生来就有情感，但这并不是说人的一切情感都是与生俱来的。情感如同理智一样，人与生俱来的是潜能，而这种潜能是通过人在一定环境中生活才变为现实的。这里就有一个从潜能变为现实的广度问题、深度问题、各种情感的结构及其总体取向问题。这些方面的状况如何取决于三方面的因素：一是生活环境。最重要的也许是家庭环境和社会环境，它们对人们情感的广度、深度、结构和发展方向的一般状况有根本性影响。二是教育。情感可以通过教育培养，培养的过程就是使人们的情感从潜能变为现实的过程，教育可以对人的情感从潜能变成什么样的现实发挥重要作用。三是个人的作为。个人是情感的主体，情感的广度、深度、结构和发展方向如何最终取决于个人，个人的能动性在情感从潜能变成什么样的现实方面具有决定性作用。人情感的潜能不能正常地变成现实，人的情感就会发生问题，人的生活也会发生问题，这就如同人理智的潜能不能正常地变成现实，人的理智、人的生活会发生问题一样。

无论是正常变成现实的情感还是不正常变成现实的情感，都是人的一种心理能量，这种能量可以而且需要得到必要的调节和释放。调节主要是运用理智对情感进行引导和控制。释放主要有两种途径：一是宣泄，即将喜怒哀乐等情感发泄出来，这种宣泄通常是无对象的，当然不排除希望别人分享或引起别人的共鸣。二是表达，即将自己的情感表达出来，这种表达通常是有对象的，并希望引起对象的反响或被对象接受。如果人的情感得不到必要的释放，就是说人的情感需要宣泄时不能得到宣泄，需要表达时得不到表达，或表达了没有反应，人就会感到压抑、郁闷，人的生活就会因此发生问题，久而久之，人的情感也会萎缩、变异，并从而影响人的正常生活。

古希腊著名哲学家亚里士多德曾经断言，"人是理性动物"，这一论断影响了人类文明两千多年。在这一名言的强有力影响下，人们更多地想到自己是理性的，与此同时却渐渐地淡忘了自己也是情感的，忽略了人既是理性动物或理智动物，也是情感动物。随着以理性为基础和价值取向的现代文明的昌盛，人的情感不仅被进一步边缘化，而且被压抑，被扭曲，被替代，被湮没。今天的人类，情感问题普遍突出，已经成为困扰人类的一个重大生存问题。

当代人类的情感问题主要表现在以下几个方面：一是情感的潜能被

忽视，被压抑。人们更多地关注人的理智潜能的开发和培养，而忽视了人的情感潜能的开发和培养。社会的价值取向和导向是理智型的，工具理性盛行，科学技术昌明，唯才是举，学校教育实际上是智育至上。在这种社会环境和教育的影响下，个人所追求的也主要是怎样成为有用的人才，而不关心自己情感的培养和呵护。这样一来，生活在这样的社会之中的人的情感潜能不仅被搁置，而且被过分开发的理智潜能所挤压、所抑制。二是情感的释放渠道受阻，人们的情感需求普遍得不到满足，情感被边缘化。现代社会是一种理性化的科技统治的天下，发泄和表达情感常被看作是不理性、不理智的举动和表现，人们自觉不自觉地不断努力压抑人的喜怒哀乐情感，不敢甚至也不愿意对情感对象表达自己的真实情感，使自己日益理性化、理智化，成为单面的冷漠动物。三是某些不正常、不健康的负面情感被强化，社会不仅缺乏真情，而且还充斥着自私、贪婪、猜忌、嫉妒、愤懑、哀怨，以及由此引起的敌对、争斗和陷阱，成为可怕的社会。人的情感潜能得不到正常的开发和培养，情感就有可能得到不正常、不健康的生长，那些对人类生存不利的情感就有了可乘之机。例如，如果缺乏教育的影响，人的那种天然的自利倾向就可能演变成一种极端自私的情感。另一方面，人的情感得不到必要的释放，就有可能积聚成可怕的破坏性能量，这种能量可能使人患上贪婪、抑郁、歇斯底里、精神分裂等精神性心理疾病，而且可能扭曲变形为敌对、仇视、破坏等对待社会和他人的可怕态度和恐怖行为。

情感原本是人的有机组成部分，一旦被湮没，被扭曲，人就不再那么像人了，或者不如说，人不再是原本意义上的人。这样的人当然是畸形的、可怕的，成了这样的人，其人生就再也没有人生原有的乐趣和幸福，相反始终与痛苦和不幸相伴随。

（选自《情感与人生：伦理学视野的审视》，《伦理学研究》杂志，2009年第4期）

【交流之窗】

有人说，人是理性的动物，也有人说，人是情感的动物。究竟孰是孰非？正如苏格拉底所说，认识自己最难。而认识自己内在的东西又更难！人的情感是以本能和欲望为基础，受理智影响和控制的心理感受。它是人生的一个非常重要方面，对人生幸福有着深刻而又广泛的影响。这个古老的话题，在现代文明背景下的今天更是一个困扰许多人的难题，值得我们每一个人去关注、思考和探讨。

第二编

亲情篇

⊙ 秦秋寒印

亲情是我们出生便已获得的一种基于血缘关系的特殊情感。无论人的地位尊崇或是卑下，经济富有或是贫困，身体健康或是残疾，都不能让这种与生俱来的情感显得高贵或卑微。它似乎很真实又很虚拟，很朴素又很珍贵，很平淡又很浓烈，让我们在拥有时习以为常，在享受时又常无动于衷。它不会让我们兴奋，却能让我们安静；它不会给我们刻骨难忘的体验，却始终为我们提供着不可或缺的营养。

有人说：亲情体现了一种深度，友情体现了一种广度，爱情则体现了一种纯度。朋友之情贵在有共同的志趣爱好，爱情则乃爱其强，不爱其弱。而父母对子女的亲情是爱其强，更爱其弱，一个先天有缺陷的孩子，父母爱他会更加倍。七十岁老妪在百岁的父母面前也是稚子可爱，父母对儿女爱护的时间太久，太久。从儿女呱呱落地，到长大成人，一直延伸到儿女的下一代，再下一代……它堪称人世间最为深厚而又稳固的情感，筑就了人类社会爱之广厦的坚实底座。

和美的亲情流动应该是双向的。上有舐犊之情，下有反哺之心，父慈子孝，兄友弟恭，人伦天性，平淡而美好！请珍视你所拥有的亲情吧，今日你拥有的习以为常的亲情在他日可能是永远不可找回的无价之宝，今日你拥有的习以为常的亲情在有些不幸的人眼中可能是无比羡慕却又永难获得的爱的源泉！

● 感性之光

奶奶（节选）①

曹文轩

曹文轩，北京大学教授，当代儿童文学作家，2016年获"国际安徒生奖"。

　　开镰了，收割了，新稻登场了。
　　青铜的爸爸赶着拖着石磙的牛，碾着稻子。稻粒不像麦粒那样容易从禾秆上碾下，碾一场稻子，常常需要七八个小时。所有的稻子，几乎是一起成熟的，秋天又爱下雨，因此，全村的劳力，都必须被发动起来，不停地收割，不停地装运，不停地碾场。
　　深夜，爸爸的号子声在清凉、潮湿的空气中飘荡着，显得有点儿凄凉。
　　碾上几圈儿，就要将地上的稻子翻个身再碾。通知大家来翻场的，是锣声。
　　锣一响，大家就拿了翻场的叉子往场上跑。
　　夜里，疲倦沉重的人们一时醒不来，那锣声就会长久地响着，直到人们一个个哈欠连天地走来。
　　第一场稻子碾下来，很快就按人口分到了各户。当天晚上，人们就吃上了新米。
　　那新米有一层淡绿色的皮，亮亮的，像涂了油，煮出来的无论是粥还是干饭，都香喷喷的。
　　面黄肌瘦的大麦地人，吃了几天新米，脸上又有了红润，身上又有了力气。
　　这一天晚上，奶奶对全家人说："我该走亲戚了。"
　　奶奶是要去东海边她的妹妹那儿。奶奶说，她活不了太久，趁还能走动，她要去会一会妹妹。

---
① 标题为编者自拟。

爸爸妈妈倒也同意。但是，他们没有想到奶奶去东海边还有更重要的原因。过去的这段日子里，青铜家借了别人家不少粮食，等将这些粮食还了，青铜家的粮食又很紧张了。奶奶想，她去她妹妹家住上一段时间，就会省出一个人的口粮。妹妹家那边相对富裕。还有，妹妹家那边，是一个大棉区，每到采摘棉花的季节，就会雇很多人采摘棉花，工钱是钱或是棉花。她想弄些棉花回来，给青铜和葵花做棉袄、棉裤，马上就要过冬了。日子过得这么清贫，这两个小的，却一个劲地蹿个儿，原先的棉袄、棉裤，即使没有破破烂烂，也太短了，胳膊和腿，去年冬天就有一大截露在了外面，让人心疼。

然而，奶奶只说去看看她的妹妹。

奶奶走后，青铜一家人，心里总是空空落落的。

过了半个月，奶奶没有回来，也没有一点儿音信。

妈妈开始对爸爸抱怨："你不该让她去的。"

爸爸说："她一定要去，你拦得住吗？"

妈妈说："就是该拦住她。她那么大年纪，不能出远门了。"

爸爸很心烦，说："再等些日子吧，再不回来，我就去接她回来。"

又过了半个月，爸爸托人捎信到海边，让奶奶早日回家。那边捎话过来，说奶奶在那边挺好的，再过个把月，就回来了。

不出半个月，海边却用船将奶奶送回来了。船是夜里到的。陪奶奶回来的，是爸爸的表兄。他是背着奶奶敲响青铜家门的。

全家人都起来了。

爸爸打开门，见到这番情景，忙问表兄："这是怎么啦？"

表兄说："进屋再说。"

全家人都觉得，奶奶变得又瘦又小。奶奶却微笑着，竭力显出一副轻松的样子。

爸爸从表兄的背上将奶奶抱起，放到妈妈铺好的床上。爸爸抱起奶奶时，心里咯噔一下：奶奶轻得像一张纸！

一家人开始忙碌起来。

奶奶说："天不早了，一个个赶紧睡吧，我没事的。"

爸爸的表兄说："她老人家在那边已经病倒十多天了。我们本想早点儿告诉你们的，但她老人家不肯。我们想：那就等她好些吧，好些，再通知你们。没想到,她的病非但不见好转,倒一天一天地加重了。"他回头看了一眼床上的奶奶,声音有点儿颤抖,"她是累倒的。"

"她到了我家后,也就歇了两天,就去棉花田摘棉花了。别人无论怎么劝她别去摘,她就是不听。直到有一天中午,她晕倒在棉花地里。幸亏被人看到了,把她送了回来。从那一天起,她就再也没有能起床。天底下,没有见过这样的老人。躺倒了,还惦记着去地里摘棉花,说要给青铜、葵花做棉袄棉裤。我母亲说,青铜、葵花做棉袄棉裤的棉花,从我们家拿就是了,就别再惦记着了。她说,我们家的都是陈棉花,她要挣两大包新棉花。她摘了那么多棉花,要是以棉花算工钱,差不多也够给青铜、葵花做棉袄棉裤了。可她偏说不够。她说冬天冷,她要给青铜、葵花做厚棉袄厚棉裤……我们那地方的人都认识她,都说,没有见到过这样好的老人……"

青铜和葵花一直守候在奶奶的床边。

奶奶的脸似乎缩小了一圈,头发白得像寒冬的雪。

她伸出颤颤抖抖的手,抚摸着青铜和葵花。

青铜和葵花觉得奶奶的手凉丝丝的。

与奶奶一起回来的,只有两大包棉花。第二天,在阳光下打开这两包棉花时,那棉花之白,看到的人都怔住了!都说,没有见过这么好的棉花。

妈妈用手抓了一大把棉花,手一紧,它们变成了一小团,手一松,它们就又像被气吹了似的,一下子又蓬松开来。她看了一眼在床上无声无息地躺着的奶奶,转过身去,眼泪就下来了……

奶奶怎么也起不了床了。

她安静地躺在床上,听着外面的风声、鸟声和鸡鸭的叫唤声。

奶奶说:"我没有生病,我只是老了,到时候了,就像一头牛。"

(选自《青铜葵花》,标题为编者自拟,人民文学出版社,2010年版)

【交流之窗】

　　文本作者以悲悯、高雅的情怀,将在特殊岁月里的一位慈祥、勤劳、善良的奶奶带到了读者面前,生动地展现了困境之中普通劳动人民善良纯朴的优良品格以及流淌在彼此血液中的骨肉至情。在这位老人和老人一家的身上,我们读出了现实的苦难和沉重,但更多的是艰难岁月里一家人互相守护的温暖,面对苦难的顽强抗争以及温润灵魂的美的追求!

玻璃匠和他的儿子

梁晓声

梁晓声,1949年生,中国现当代以知青文学成名的代表作家之一,被当作平民的代言人。

20世纪80年代以前,城市里总能见到这样一类游走匠人——他们背着一个简陋的木架街行巷现,架子上分格装着些尺寸不等、厚薄不同的玻璃。他们一边走一边招徕生意:"镶——窗户!……镶——镜框!……镶——相框!……"

他们被叫做"玻璃匠"。

有时,人们甚至直接这么叫他们:"哎,镶玻璃的!"

他们一旦被叫住,就有点儿钱可挣了。或一角,或几角。总之,除了成本,也就是一块玻璃的原价,他们一次所挣的钱,绝不会超过几角去。一次能挣五角钱的活,那就是"大活"了。他们一个月遇不上几次大活的。一年四季,他们风里来雨里去,冒酷暑,顶严寒,为的是一家人的生活。他们大抵是些由于这样或那样的原因而被拒在"国营"体制以外的人。

按今天的说法,是些当年"自谋生路"的人。有"玻璃匠"的年代,城市百姓的日子普遍都过得很拮据,也便特别仔细。不论窗玻璃裂碎了,还是相框玻璃或镜子裂碎了,那大块儿的,是舍不得扔的。专等玻璃匠来了,给切割一番,拼对一番。要知道,那是连破了一只瓷盆都舍不得扔专等锔匠来了给锔上的穷困年代啊!

玻璃匠开始切割玻璃时,每每都吸引不少好奇的孩子围观。孩子们的好奇心,主要是由玻璃匠那一把玻璃刀引起的。玻璃刀本身当然不是玻璃的,刀看去都是样子差不了哪儿去的刃具,像临帖的毛笔,刀头一般长方而扁,其上固定着极小的一粒钻石。玻璃刀之所以能切割玻璃,完全靠那一粒钻石。没有了那一粒小之又小的钻石,一把新的刀便一钱不值了。玻璃匠也就只得改行,除非他再买一把玻璃刀。而从前一把玻璃刀一百几十元,相当于一辆新自行车的价格。对于靠镶玻璃养家糊口的人,谈何容易！并且，也极难买到。

因为在从前，在中国，钻石本身太稀缺了。所以从前中国的玻璃匠们，用的几乎全是从前的也即新中国成立前的玻璃刀，大抵是外国货。新中国成立前的中国还造不出玻璃刀来。将一粒小之又小的钻石固定在铜的或钢的刀头上，是一种特殊的工艺。

可想而知，玻璃匠们是多么爱惜他们的玻璃刀！与侠客对自己兵器的爱惜程度相比，也是不算夸张的。每一位玻璃匠都一定为他们的玻璃刀做了套子，像从前的中学女生总为自己心爱的钢笔织一个笔套一样。有的玻璃匠，甚至为他们的玻璃刀做了双层的套子。

一层保护刀头，另一层连刀身都套进去，再用一条链子系在内衣兜里，像系着一块宝贵的怀表似的。当他们从套中抽出玻璃刀，好奇的孩子们就将一双双眼睛瞪大了。玻璃刀贴着尺在玻璃上轻轻一划，随之出现一道纹，再经玻璃匠的双手有把握地一掰，玻璃就沿纹齐整地分开了，在孩子们看来那是不可思议的……

我的一位中年朋友的父亲，便是从前年代的一名玻璃匠，他的父亲有一把德国造的玻璃刀。那把玻璃刀上的钻石，比许多玻璃刀上的钻石都大，约半个芝麻粒儿那么大。它对于他的父亲和他一家，意味着什么不必细说。

有次我这位朋友在我家里望着我父亲的遗像，聊起了自己曾是玻璃匠的父亲，聊起了他父亲那一把视如宝物的玻璃刀。我听他娓娓道来，心中感慨万千！

他说他父亲一向身体不好，脾气也不好。他十岁那一年，他母亲去世了，从此他父亲的脾气就更不好了。而他是长子，下面有一个弟弟一个妹妹。父亲一发脾气，他就首先成了出气筒。年纪小小的他，和父亲的关系越来越紧张，也越来越冷漠。他认为他的父亲一点儿也不关爱他和弟弟妹妹。他暗想，自己因而也有理由不爱父亲。他承认，少年时的他，心里竟有点儿恨自己的父亲……

有一年夏季，他父亲回老家办理他祖父的丧事。父亲临走，指着一个小木匣严厉地说："谁也不许动那里边的东西！"——他知道父亲的话主要是说给他听的。同时猜到，父亲的玻璃刀放在那个小木匣里了。但他也毕竟是个孩子啊！别的孩子感兴趣的东西，他也免不了会对之产生好奇心呀！何况那东西是自己家里的，就放在一个没有锁的、普普通通的小木匣里！于是父亲走后的第二天他打开了那小木匣，父亲的玻璃刀果然在内。但他只是将玻璃刀从双层的绒布套子里抽出来欣赏一番，比划几下而已。他以为他的好奇心会就此满足，却没有。

  第二天，他又将玻璃刀拿在手中，好奇心更大了，找到块碎玻璃试着在上边划了一下，一掰，碎玻璃分为两半，他就觉得更好玩了。以后的几天里，他也成了一名小玻璃匠，用东捡西拾的碎玻璃，为同学们切割出了一些玻璃的直尺和三角尺，大受欢迎。然而最后一次，那把玻璃刀没能从玻璃上划出纹来，仔细一看，刀头上的钻石不见了！

  他这一惊非同小可，心里毛了，手也被玻璃割破了，他怎么也没想到，使用不得法，刀头上那粒小之又小的钻石，是会被弄掉的。他完全搞不清楚是什么时候掉的，可能掉在哪儿了。就算清楚，又哪里会找得到呢？就算找到了，凭他，又如何安到刀头上去呢？他对我说，那是他人生中所面临的第一次重大事件。甚至，是惟一的一次重大事件。以后他所面临过的某些烦恼之事的性质，都不及当年那一件事严峻。他当时可以说是吓傻了……

  由于恐惧，那一天夜里，他想出了一个卑劣的办法——第二天他向同学借了一把小镊子，将一小块碎玻璃在石块上仔仔细细捣得粉碎，夹起半个芝麻粒儿那么小的一个玻璃碴儿，用胶水黏在玻璃刀的刀头上了。那一年是1972年，他十四岁……

  三十余年后，在我家里，想到他的父亲时，他一边回忆一边对我说："当年，我并不觉得我的办法卑劣。甚至，还觉得挺高明。我希望父亲发现玻璃刀上的钻石粒儿掉了时，以为是他自己使用不慎弄掉的。那么小的东西，一旦掉了，满地哪儿去找呢？既找不到，哪怕怀疑是我搞坏的，也没有什么根据，只能是怀疑啊！"

  他的父亲回到家里后，吃饭时见他手上缠着布条，问他手指怎么了。他搪塞地回答，生火时不小心被烫了一下。父亲没再多问他什么。

  翌日，父亲一早背着玻璃箱出门挣钱去。才一个多小时就回来了，脸上阴云密布。他和他的弟弟妹妹吓得大气儿都不敢出一口。然而父亲并没问玻璃刀的事，只不过仰躺在床，闷声不响地接连吸烟……

  下午，父亲将他和弟弟妹妹叫到跟前，依然阴沉着脸但却语调平静地说:"镶玻璃这种营生是越来越不好干了。哪儿哪儿都停产,连玻璃厂都不生产玻璃了。玻璃匠买不到玻璃,给人家镶什么呢?我要把那玻璃箱连同剩下的几块玻璃都卖了。我以后不做玻璃匠了,我得另找一种活儿挣钱养活你们……"他的父亲说完,真的背起玻璃箱出门卖去了……

以后,他的父亲就不再是一个靠手艺挣钱的男人了,而是一个靠力气挣钱养活自己儿女的男人了。他说,以后他的父亲做过临时搬运工,做过临时仓库看守员;做过公共浴堂的临时搓澡人,居然还放弃一个中年男人的自尊,正正式式地拜师为徒,在公共浴堂里学过修脚……

而且,他父亲的暴脾气,不知为什么竟一天天变好了,不管在外边受了多大委屈和欺辱,再也没回到家里冲他和弟弟妹妹宣泄过。那当父亲的,对于自己的儿女们,也很懂得问饥问寒地关爱着了。这一点一直是他和弟弟妹妹们心中的一个谜,虽然都不免奇怪,却并没有哪一个当面问过他们的父亲。

到了我的朋友三十四岁那一年,他的父亲因积劳成疾,才六十多岁就患了绝症。在医院,在曾做过玻璃匠的父亲的生命之烛快燃尽的日子里,我的朋友对他的父亲孝敬倍增。那时,他们父子的关系已变得非常深厚了。一天,趁父亲精神还可以,儿子终于向父亲承认,二十几年前,父亲那一把宝贵的玻璃刀是自己弄坏的,也坦白了自己当时那一种卑劣的想法……

不料他父亲说:"当年我就断定是你小子弄坏的!"

儿子惊讶了:"为什么,父亲?难道你从地上找到了……那么小那么小的东西啊,怎么可能呢?"

他的老父亲微微一笑,语调幽默地说:"你以为你那种法子高明啊?你以为你爸就那么容易骗呀?你又哪里会知道,我每次给人家割玻璃时,总是习惯用大拇指抹抹刀头。那天,我一抹,你黏在刀头上的玻璃碴子扎进我大拇指肚里去了。我只得把揣进自己兜里的五角钱又掏出来退给人家了。我当时那种难堪的样子就别提了,那么些大人孩子围着我看呢!儿子,你就不想想,你那么做,不是等于要成心当众出你爸的洋相吗?"

儿子愣了愣,低声又问:"那你,当年怎么没暴打我一顿?"他那老父亲注视着他,目光一时变得极为温柔,语调缓慢地说:"当年,我是那么想来着。恨不得几步就走回家里,见着你,掀翻就打。可走着走着,似乎有谁在我耳边对我说，你这个当爸的男人啊，你怪谁呢？你的儿子弄坏了你的东西不敢对你说，还不是因为你平日对他太凶吗？你如果平日使他感到你对于他是最可亲爱的一个人，他至于那么做吗？一个十四岁的孩子，那么做是容易的吗？换成大人也不容易啊！不信你回家试试，看你自己把玻璃捣得那么碎，再把那么小那么小的玻璃碴黏在金属上容易不容易？你儿子的做法，是怕你怕的呀！……我走着走着，就流泪了。那一天，是我当父亲以来，第一次知道心疼孩子。以前呢，我的心都被穷日子累糙了，顾不上关怀自己的孩子们了……"

"那，爸你也不是因为镶玻璃的活儿不好干了才……"

"唉，儿子你这话问的！这还用问吗？"

我的朋友，一个三十四岁的儿子，伏在他老父亲身上，无声地哭了。

几天后，那父亲在他的两个儿子一个女儿的守护之下，安详而逝……

我的朋友对我讲述完了，我和他不约而同地吸起烟来，长久无话。

那时，夕照洒进屋里，洒了一地，洒了一墙。我老父亲的遗像，沐浴着夕照，他在对我微笑。他也曾是一位脾气很大的父亲，也曾使我们当儿女的都很惧怕。可是从某一年开始，他忽然似的判若两人，变成了一位性情温良的父亲。

我望着父亲的遗像，陷入默默地回忆——在我们几个儿女和我们的父亲之间，想必也曾发生过类似的事吧？那究竟是一件什么事呢？——可我却没有我的朋友那么幸运，至今也不知道。而且，也不可能知道了，将永远是一个谜了……

（选自《与大师面对面精品丛书》，首都师范大学出版社，2013年版）

【交流之窗】

有人评论说，文中的玻璃匠父亲虽然只是一个为生计而终日奔波的社会底层人，但是却有令人尊敬的精神世界，你觉得呢？

我的四个假想敌

余光中

⊙余光中 莫丹绘

余光中(1928—2017),被誉为"艺术上的多妻主义者",代表作有《白玉苦瓜》等。

  二女幼珊在港参加侨生联考,以第一志愿分发台大外文系。听到这消息,我松了一口气,从此不必担心四个女儿通通嫁给广东男孩了。
  我对广东男孩当然并无偏见,在港六年,我班上也有好些可爱的广东少年,颇讨老师的欢心,但是要我把四个女儿全都让那些"靓仔""叻仔"掳掠了去,却舍不得。不过,女儿要嫁谁,说得洒脱些,是她们的自由意志,说得玄妙些呢,是因缘,做父亲的又何必患得患失呢?何况在这件事上,做母亲的往往位居要冲,自然而然成了女儿的亲密顾问,甚至亲密战友,作战的对象不是男友,却是父亲。等到做父亲的惊醒过来,早已腹背受敌,难挽大势了。
  在父亲的眼里,女儿最可爱的时候是在十岁以前,因为那时她完全属于自己。在男友的眼里,她最可爱的时候却在十七岁以后,因为这时她正像毕业班的学生,已经一心向外了。父亲和男友,先天上就有矛盾。对父亲来说,世界上没有东西比稚龄的女儿更完美的了,唯一的缺点就是会长大,除非你用急冻术把她久藏,不过这恐怕是违法的,而且她的男友迟早会骑了骏马或摩托车来,把她吻醒。
  我未用太空舱的冻眠术,一任时光催迫,日月轮转,再揉眼时,怎么四个女儿都已依次长大,昔日的童话之门砰地一关,再也回不去了。四个女儿,依次是珊珊、幼珊、佩珊、季珊。简直可以排成一条珊瑚礁。珊珊十二岁的那年,有一次,未满九岁的佩珊忽然对来访的客人说:"喂,告诉你,我姐姐是一个少女了!"在座的大人全笑了起来。
  曾几何时,惹笑的佩珊自己,甚至最幼稚的季珊,也都在时光的魔杖下,点化成"少女"了。冥冥之中,有四个"少男"正偷偷袭来,虽然蹑手蹑足,屏声止息,我却感到背后有四双眼睛,像所有的坏男孩那样,目光灼灼,心存不轨,只等时机一到,便会站到亮处,装出伪善的笑容,叫我岳父。我当然不会应他。哪有这么容易的事!我像一棵果树,天长地久在这里立了多年,风霜雨露,样样有份,换来果实累累,不胜负荷。而你,偶尔过路的小子,竟然一伸手就来摘果子,活该蟠地的树根绊你一跤!

而最可恼的,却是树上的果子,竟有自动落入行人手中的样子。树怪行人不该擅自来摘果子,行人却说是果子刚好掉下来,给他接着罢了。这种事,总是里应外合才成功的。当初我自己结婚,不也是有一位少女开门揖盗吗?"堡垒最容易从内部攻破",说得真是不错。不过彼一时也,此一时也。同一个人,过街时讨厌汽车,开车时却讨厌行人。现在是轮到我来开车。

好多年来,我已经习于和五个女人为伍,浴室里弥漫着香皂和香水气味,沙发上散置皮包和发卷,餐桌上没有人和我争酒,都是天经地义的事。戏称吾庐为"女生宿舍",也已经很久了。做了"女生宿舍"的舍监,自然不欢迎陌生的男客,尤其是别有用心的一类。但自己辖下的女生,尤其是前面的三位,已有"不稳"的现象,却令我想起叶慈的一句诗:

一切已崩溃,失去重心。

我的四个假想敌,不论是高是矮,是胖是瘦,是学医还是学文,迟早会从我疑惧的迷雾里显出原形,一一走上前来,或迂回曲折,嗫嚅其词,或开门见山,大言不惭,总之要把他的情人,也就是我的女儿,对不起,从此领去。无形的敌人最可怕,何况我在亮处,他在暗里,又有我家的"内奸"接应,真是防不胜防。只怪当初没有把四个女儿及时冷藏,使时间不能拐骗,社会也无由污染。现在她们都已大了,回不了头,我那四个假想敌,那四个鬼鬼祟祟的地下工作者,也都已羽毛丰满,什么力量都阻止不了他们了。先下手为强,这件事,该乘四个假想敌还在襁褓的时候,就予以解决的。至少美国诗人纳许(Ogden Nash, 1902—1971)劝我们如此。他在一首妙诗《由女婴之父来唱的歌》(Song to Be Sung by the Father of Infant Female Children)之中,说他生了女儿吉儿之后,惴惴不安,感到不知什么地方正有个男婴也在长大,现在虽然还浑浑噩噩,口吐白沫,却注定将来会抢走他的吉儿。于是做父亲的每次在公园里看见婴儿车中的男婴,都不由神色一变,暗暗想道:"会不会是这家伙?"想着想着,他"杀机陡萌"(My dreams, I fear, are infanticiddle),便要解开那男婴身上的别针,朝他的爽身粉里撒胡椒粉,把盐撒进他的奶瓶,把沙撒进他的菠菜汁,再扔头优游的鳄鱼到他的婴儿车里陪他游戏,逼他在水深火热之中挣扎而去,去娶别人的女儿。足见诗人以未来的女婿为假想敌,早已有了前例。

不过一切都太迟了,当初没有当机立断,采取非常措施,像纳许诗中所说的那样,真是一大失策。如今的局面,套一句史书上常见的话,已经是"寇入深矣"!女儿的墙上和书桌的玻璃垫下,以前的海报和剪报之类,还是披头士,拜丝,大卫·凯西弟的形象,现在纷纷换上男友了。至少,滩头阵地已经被入侵的军队占领了去,这一仗是必败的了。记得我们小时候,这一类的照片仍被列为机密要件,不是藏在枕头套里,贴着梦境,便是夹在书堆深处,偶尔翻出来神往一番,哪有这么二十四小时眼前供奉的?

这一批形迹可疑的假想敌,究竟是哪年哪月开始入侵厦门街余宅的,已经不可考了。只记得六年前迁港之后,攻城的军事便换了一批口操粤语的少年来接手。至于交战的细节,就得问名义上是守城的那几个女将,我这位"昏君"是再也搞不清的了。只知道敌方的炮火,起先是瞄准我家的信箱,那些歪歪斜斜的笔迹,久了也能猜个七分;继而是集中在我家的电话,"落弹点"就在我书桌的背后,我的文苑就是他们的沙场,一夜之间,总有十几次脑震荡。那些粤音平上去入,有九声之多,也令我难以研判敌情。现在我带幼珊回了厦门街,那头的广东部队轮到我太太去抵挡,我在这头,只要留意台湾健儿,任务就轻松多了。

信箱被袭,只如战争的默片,还不打紧。其实我宁可多情的少年勤写情书,那样至少可以练习作文,不致在视听教育的时代荒废了中文。可怕的还是电话炸弹,那一串串警告的铃声,把战场从门外的信箱扩至书房的腹地,默片变成了身历声,假想敌在实弹射击了。更可怕的,却是假想敌真的闯进了城来,成了有血有肉的真敌人,不再是假想了好玩的了,就像军事演习到中途,忽然真的打起来了一样。真敌人是看得出来的。在某一女儿的接应之下,他占领了沙发的一角,从此两人呢喃细语,嗫嚅密谈,即使脉脉相对的时候,那气氛也浓得化不开,窒得全家人都透不过气来。这时几个姐妹早已回避得远远的了,任谁都看得出情况有异。万一敌人留下来吃饭,那空气就更为紧张,好像摆好姿势,面对照相机一般。平时鸭塘一般的餐桌,四姐妹这时像在演哑剧,连筷子和调羹都似乎得到了消息,忽然小心翼翼起来。明知这僭越的小子未必就是真命女婿(谁晓得宝贝女儿现在是十八变中的第几变呢?),心里却不由自主升起一股淡淡的敌意。也明知女儿正如将熟之瓜,终有一天会蒂落而去,却希望不是随眼前这自负的小子。

当然,四个女儿也自有不乖的时候,在恼怒的心情下,我就恨不得四个假想敌赶快出现,把她们统统带走。但是那一天真要来到时,我一定又会懊悔不已。我能够想象,人生的两大寂寞,一是退休之日,一是最小的孩子终于也结婚之后。宋淇有一天对我说:"真羡慕你的女儿全在身边!"真的吗?至少目前我并不觉得自己有什么可羡之处。也许真要等到最小的季珊也跟着假想敌度蜜月去了,才会和我存并坐在空空的长沙发上,翻阅她们小时的相簿,追忆从前,六人一车长途壮游的盛况,或是晚餐桌上,热气蒸腾,大家共享的灿烂灯光。人生有许多事情,正如船后的波纹,总要过后才觉得美的。这么一想,又希望那四个假想敌,那四个生手笨脚的小伙子,还是多吃几口闭门羹,慢一点出现吧。

袁枚写诗,把生女儿说成"情疑中副车",这书袋掉得很有意思,却也流露了重男轻女的封建意识。照袁枚的说法,我是连中了四次副车,命中率够高的了。余宅的四个小女孩现在变成了四个小妇人,在假想敌环伺之下,若问我择婿有何条件,一时倒恐怕答不上来。沉吟半晌,我也许会说:"这件事情,上有月下老人的婚姻谱,谁也不能篡改,包括韦固,下有两个海誓山盟的情人,'二人同心,其利断金',我凭什么要逆天拂人,梗在中间?何况终身大事,神秘莫测,事先无法推理,事后不能悔棋,就算交给21世纪的电脑,恐怕也算不出什么或然率来。倒不如故示慷慨,伪作轻松,博一个开明父亲的美名,到时候带颗私章,去做主婚人就是了。"

问的人笑了起来,指着我说:"什么叫做'伪作轻松'?可见你心里并不轻松。"

我当然不很轻松,否则就不是她们的父亲了。例如人种的问题,就很令人烦恼。万一女儿发痴,爱上一个耸肩摊手口香糖嚼个不停的小怪人,该怎么办呢?在理性上,我愿意"有婿无类",做一个大大方方的世界公民。但是在感情上,还没有大方到让一个臂毛如猿的小伙子把我的女儿抱过门槛。现在当然不再是"严夷夏之防"的时代,但是一任单纯的家庭扩充成一个小型的联合国,也大可不必。问的人又笑了,问我可曾听说混血儿的聪明超乎常人。我说:"听过,但是我不希罕抱一个天才的'混血孙'。我不要一个天才儿童叫我Grandpa，我要他叫我外公。"问的人不肯罢休："那么省籍呢？"

"省籍无所谓，"我说，"我就是苏闽联姻的结果，还不坏吧？当初我母亲从福建写信回武进，说当地有人向她求婚。娘家大惊小怪，说'那么远！怎么就嫁给南蛮！'。后来娘家发现，除了言语不通之外，这位闽南姑爷并无可疑之处。这几年，广东男孩锲而不舍，对我家的压力很大，有一天闽粤结成了秦晋，我也不会感到意外。如果有个台湾少年特别巴结我，其志又不在跟我谈文论诗，我也不会怎么为难他的。至于其他各省，从黑龙江直到云南，口操各种方言的少年，只要我女儿不嫌他，我自然也欢迎。"

"那么学识呢？"

"学什么都可以。也不一定要是学者，学者往往不是好女婿，更不是好丈夫。只有一点：中文必须精通。中文不通，将祸延吾孙！"

客又笑了。"相貌重不重要？"他再问。

"你真是迂阔之至！"这次轮到我发笑了，"这种事，我女儿自己会注意，怎么会要我来操心？"

笨客还想问下去，忽然门铃响起。我起身去开大门，发现长发乱处，又一个假想敌来掠余宅。

（选自《余光中散文选》，吉林文史出版社，2008年版）

【交流之窗】

这是一个机智、幽默又风趣的父亲，他内心矛盾复杂：明知女大当嫁，却又无端割舍不下；内心无法轻松，只好故示明达，自为宽解；既将女儿的男友们视为假想敌，却又郑重其事地提出种种条件。从夹杂着些微自嘲意味的豁达平和的语言背后你感受到了父亲对女儿的拳拳父爱了吗？

合欢树

史铁生

史铁生(1951—2010),散文家,代表作有《我与地坛》《务虚笔记》等。

世界上有一种最美丽的声音,那便是母亲的呼唤。——但丁

10岁那年,我在一次作文比赛中得了第一。母亲那时候还年轻,急着跟我说她自己,说她小时候的作文作得还要好,老师甚至不相信那么好的文章会是她写的。"老师找到家来问,是不是家里的大人帮了忙。我那时可能还不到10岁呢。"我听得扫兴,故意笑:"可能?什么叫'可能还不到'?"她就解释。我装作根本不在意她的话,对着墙打乒乓球,把她气得够呛。不过我承认她聪明,承认她是世界上长得最好看的女的。那时,她正给自己做一条蓝底白花的裙子。

我20岁时,我的两条腿残废了。除去给人家画彩蛋,我想我还应该再干点别的事,先后改变了几次主意,最后想学写作。母亲那时已不年轻,为了我的腿,她头上开始有了白发。医院已明确表示,我的病目前没法治。母亲的全副心思却还放在给我治病上,到处找大夫,打听偏方,花了很多钱。她倒总能找来些稀奇古怪的药,让我吃,让我喝,或是洗、敷、熏、灸。"别浪费时间啦,根本没用!"我说。我一心只想着写小说,仿佛那东西能把残疾人救出困境。"再试一回,不试你怎么知道会没用?"她每说一回都虔诚地抱着希望。然而对我的腿,有多少回希望就有多少回失望。最后一回,我的胯上被熏成烫伤。医院的大夫说,这实在太悬了,对于瘫痪病人,这差不多是要命的事。我倒没太害怕,心想死了也好,死了倒痛快。母亲惊惶了几个月,昼夜守着我,一换药就说:"怎么会烫了呢?我还总是在留神呀!"幸亏伤口好起来,不然她非疯了不可。

后来她发现我在写小说。她跟我说:"那就好好写吧。"我听出来,她对治好我的腿也终于绝望。"我年轻的时候也喜欢文学,跟你现在差

不多大的时候,我也想过搞写作。你小时候的作文不是得过第一吗?那就写着试试看。"她提醒我说。我们俩都尽力把我的腿忘掉。她到处去给我借书,顶着雨或冒着雪推我去看电影,像过去给我找大夫、打听偏方那样,抱了希望。

30岁时,我的第一篇小说发表了,母亲却已不在人世。过了几年,我的另一篇小说也获了奖,母亲已离开我整整7年了。

获奖之后,登门采访的记者就多。大家都好心好意,认为我不容易。但是我只准备了一套话,说来说去就觉得心烦。我摇着车躲了出去。坐在小公园安静的树林里,想:上帝为什么早早地召母亲回去呢?迷迷糊糊的,我听见回答:"她心里太苦了。上帝看她受不住了,就召她回去。"我的心得到一点安慰,睁开眼睛,看见风正在树林里吹过。

我摇车离开那儿,在街上瞎逛,不想回家。

母亲去世后,我们搬了家。我很少再到母亲住过的那个小院子去。小院在一个大院的尽里头,我偶尔摇车到大院儿去坐坐,但不愿意去那个小院子,推说手摇车进去不方便。院子里的老太太们还都把我当儿孙看,尤其想到我又没了母亲,但都不说,光扯些闲话,怪我不常去。我坐在院子当中,喝东家的茶,吃西家的瓜。有一年,人们终于又提到母亲:"到小院子去看看吧,你妈种的那棵合欢树今年开花了!"我心里一阵抖,还是推说手摇车进出太不易。大伙就不再说,忙扯到别的,说起我们原来住的房子里现在住了小两口,女的刚生了个儿子,孩子不哭不闹,光是瞪着眼睛看窗户上的树影儿。

我没料到那棵树还活着。那年,母亲到劳动局去给我找工作,回来时在路边挖了一棵刚出土的绿苗,以为是含羞草,种在花盆里,竟是一棵合欢树。母亲从来喜欢那些东西,但当时心思全在别处,第二年合欢树没有发芽,母亲叹息了一回,还不舍得扔掉,依然让它留在瓦盆里。第三年,合欢树不但长出了叶子,而且还比较茂盛。母亲高兴了好多天,以为那是个好兆头,常去侍弄它,不敢太大意。又过了一年,她把合欢树移出盆,栽在窗前的地上,有时念叨,不知道这种树几年才开花。再过一年,我们搬了家,悲哀弄得我们都把那棵小树忘记了。

与其在街上瞎逛,我想,不如去看看那棵树吧。我也想再看看母亲住过的那间房。我老记着,那儿还有个刚来世上的孩子,不哭不闹,瞪着眼睛看树影儿。是那棵合欢树的影子吗?

　　院子里的老太太们还是那么喜欢我,东屋倒茶,西屋点烟,送到我跟前。大伙都知道我获奖的事,也许知道,但不觉得那很重要;还是都问我的腿,问我是否有了正式工作。这回,想摇车进小院儿真是不能了。家家门前的小厨房都扩大了,过道窄得一个人推自行车进去也要侧身。我问起那棵合欢树,大伙说,年年都开花,长得跟房子一样高了。这么说,我再看不见它了。我要是求人背我去看,倒也不是不行。我挺后悔前两年没有自己摇车进去看看。

　　我摇车在街上慢慢走,不想急着回家。人有时候只想独自静静地待一会。悲伤也成享受。

　　有那么一天,那个孩子长大了,会想起童年的事,会想起那些晃动的树影儿,会想起他自己的妈妈。他会跑去看看那棵树。但他不会知道那棵树是谁种的,是怎么种的。

　　　　　　　　　　(选自《史铁生作品集》,中国社会科学出版社,2000年版)

【交流之窗】

　　史铁生用朴实无华的语言演绎深深的母爱,读者不禁为文中那位因为儿子,苦得早早地去了另一个世界的母亲而泪眼婆娑。《合欢树》除了颂扬母爱,表现那普天之下所有儿女"子欲养而亲不待"的深沉苦痛,你还读出了作者的哪些思考吗?

孩子，我为什么打你

毕淑敏

⊙ 毕淑敏　武更年绘

毕淑敏，1952年出生于新疆伊宁，当代著名作家、注册心理咨询师。

有一天与朋友聊天，我说，就是在"文化大革命"中当红卫兵，我也没打过人。我还说，我这一辈子，从没打过人……

你突然插嘴说：妈妈，你经常打一个人，那就是我……

那一瞬屋里很静很静。那一天我继续同客人谈了很多的话，但所有的话都心不在焉。孩子，你那固执的一问，仿佛爬山虎无数细小的卷须，攀满我的整个心灵。面对你纯正无瑕的眼睛，我要承认：在这个世界上，我只打过一个人。不是偶然，而是经常，不是轻描淡写，而是刻骨铭心。这个人就是你。

在你最小最小的时候，我不曾打你。你那么幼嫩，好像一粒包在荚中的青豌豆。我生怕任何一点儿轻微的碰撞，将你稚弱的生命擦伤。我为你无日无夜地操劳，无怨无悔。面对你熟睡中像合欢一样静谧的额头，我向上苍发誓：我要尽一个母亲所有的力量保护你，直到我从这颗星球上离开的那一天。

你像竹笋一样开始长大。你开始淘气，开始恶作剧……对你摔破的盆碗、拆毁的玩具、遗失的钱币、污脏的衣着……我都不曾打过你。我想这对于一个正常而活泼的儿童，都像走路会摔跤一样应该原谅。

第一次打你的起因，已经记不清了。人们对于痛苦的记忆，总是趋向于忘记。总而言之，那时你已渐渐懂事，初步具备童年人的智慧：它混沌天真又我行我素，它狡黠异常又漏洞百出。你像一匹顽皮的小兽，放任无羁地奔向你向往中的草原，而我则要你接受人类社会公认的法则……为了让你记住并终生遵守它们，在所有的苦口婆心都宣告失效，在所有的夸奖、批评、恐吓以及奖赏都无以建树之后，我被迫拿出最后一件武器——这就是殴打。

假如你去摸火,火焰灼痛你的手指,这种体验将使你一生不会再去抚摸这种橙红色抖动如绸的精灵。孩子,我希望虚伪、懦弱、残忍、狡诈这些最肮脏的品质,当你初次与它们接触时,就感到切肤的疼痛,从此与它们永远隔绝。

我知道打人犯法,但这个世界给了为人父母者一项特殊的赦免——打是爱。世人将这一份特权赋予母亲,当我行使它的时候臂系千钧。

我谨慎地使用殴打,犹如一个穷人使用他最后的金钱。每当打你的时候,我的心都在轻轻颤抖。我一次又一次问自己:是不是到了非打不可的时候?不打他我还有没有其他的办法?只有当所有的努力都归于失败,孩子,我才会举起我的手……每一次打过你之后,我都要深深地自责。假如惩罚我自身可以使你汲取教训,孩子,我宁愿自罚,哪怕它将苛烈10倍。但我知道,责罚不可以替代也无法转让,它如同饥馑中的食品,只有你自己嚼碎了咽下去,才会成为你生命体验中的一部分。这道理可能有些深奥,也许要到你也为人父母时,才会理解。

打人是个重体力活儿,它使人肩酸腕痛,好像徒手将一千块蜂窝煤搬上五楼。于是人们便发明了打人的工具:戒尺、鞋底、鸡毛掸子……

我从不用那些工具。打人的人用了多大的力,便是遭受到同样的反作用力,这是一条力学定律。我愿在打你的同时,我的手指亲自承受力的反弹,遭受与你相等的苦痛。这样我才可以精确地掌握数量,不至于失手将你打得太重。

我几乎毫不犹豫地认为:每打你一次,我感到的痛楚都要比你更为久远而悠长。因为,重要的不是身累,而是心累……

孩子,我多么不愿打你,可是我不得不打你!我多么不想打你,可是我一定要打你!这一切,只因为我是你的母亲!

孩子,听了你的话,我终于决定不再打你了。因为你已经长大,因为你已经懂得了很多的道理,毫不懂道理的婴儿和已经很懂道理的成人,我认为都不必打。只有对半懂不懂、自以为懂其实不甚懂得道理的孩童,才可以打,以助他们快快长大。

孩子,打与不打都是爱,你可懂得?

(选自《毕淑敏作品精选》,长江文艺出版社,2009年版)

【交流之窗】

　　这篇文章,作者以对孩子谈话的口吻,真实地剖析了自己在"打孩子"时的痛苦心理,用冷静并且饱含激情的语言,叙说着一位母亲对孩子深挚而又明理的厚爱。有人说:一个人的成长过程,就是母亲痛并忍受着的过程。你对这句话是怎么理解的呢?你的母亲有打过你吗?读完本文后,你有什么新的体会吗?

父亲与我

派·拉格克维斯特   李笠 译

派·拉格克维斯特（1891—1974），1951年瑞典学院以"由于在作品中为人类面临的永恒疑难寻求解答所表现出的艺术活力和真正独立的见解"的评价，给他颁发了诺贝尔文学奖。

记得是一个星期天的下午，那时我快满十岁，父亲拉着我的手，一块儿去森林，去那里听鸟的歌声。我们挥手同母亲告别，她留在家里，因为要做晚饭，不能与我们同去。太阳暖暖地照着，我们精神抖擞地上了路。其实，我们并不把去森林、听鸟鸣看做一件了不起的大事，好像有多么稀奇或怎么的。父亲和我都是在大自然的怀抱中长大的，熟悉了他的一切，去不去森林，是并不打紧的。当然，我们也不是今天非去不可，只是趁礼拜天，父亲休息在家罢了。我们走在铁路线上，这里一般是不让走的，但父亲在铁路工作，便享受了这份权利。这样，我们也就可以直接去森林，无需绕圈子、走弯路了。

我们刚走入森林，四周便响起了鸟雀的啁啾和其他动物的鸣叫。燕雀、柳莺、山雀和歌鸫在灌木丛里欢唱，它们悦耳的歌声在我们的身边飘荡。地面上铺满了一层厚厚的银莲花，白桦树刚绽出淡黄的叶子，松树吐出了新鲜的嫩芽，四周弥漫着树木的气息。在太阳的照射下，泥土腾起缕缕蒸气。这里处处充满了生机。野蜂正从它们的洞穴里钻出；昆虫在沼泽里飞舞；一只鸟突然像子弹似的从灌木丛中穿出，去捕捉那些虫类，尔后，又用同样速度拍翼而下。正当万物欢悦的时候，一列火车呼啸着向我们驶来，我们跨到路基旁，父亲把两指对着礼帽，朝车上的司机行礼，司机也舞动一只手向我们回敬。这一切都是在瞬间完成的。我们继续踏着枕木往前走。枕木上的沥青在烈日的暴晒下正在融化。这里交杂着各种气味，有汽油的，有杏花的，有沥青的，也有石楠树的。我们迈着大步，尽量踩在枕木上，因为轨道上的石子太尖，会把鞋底磨坏的。路轨两旁竖着一根根的电线杆，人从旁边擦过时，它们会发出歌一般的声音。这真是一个迷人的日子！天空晶蓝透明，不挂一丝云彩。父亲说，这种天气是不多见的。过不久，我们来到铁轨右侧的燕麦地里。我们在这里认识的那个佃户，有一块火烧地，燕麦长得又整齐又稠密，父亲带着行家的表情观察着它们，随后脸上露出满意的神态。那时，我对农家之事不怎么懂，因为我长时间住在城里。我们走过一座桥，桥下的小河很少有过这么多的水，河水在欢腾着流动。我们手拉着手，以免从枕木间掉下去。过桥不一会，便到了护路工的小屋，小屋掩映在浓密的翠绿之中，四周是苹果树和醋栗。我们走进去，和里面的人打招呼，他们请我们喝牛奶。然后，我们去看他们养的猪、鸡和盛开着鲜花的果树。看完了，又继续赶路。我们想去那条大河，那里的风景比哪儿都好，而且很别致。河流蜿蜒着北去，流经父亲童年的家乡。我们通常得走好长的路才返回，今天也一样。走了很久，几乎到了下一个车站，我们才收住脚。父亲只想看看信号牌是否放在不适当的位置，他真细心。我们在河边停了下来，河水在烈日下轻缓地拍击着两岸，发出悠扬的声音。沿岸苍苍的落叶林把影子投在波光涟涟的河面上。这里，所有的一切都明亮、新鲜。微风从前面的湖上吹来。我们走下坡，顺着河岸走了一阵，父亲指点着钓鱼的地方。小时候，他常常一整天地坐在石上，垂着鱼竿静候鲈鱼，但往往连鱼的影子都见不着。不过，这种生活是很悠闲快活的。但现在没时间钓鱼了。我们在河边闲逛着，大声笑闹着，把树皮抛入河里，水波立刻将它们带走，又向河里扔小石块，看谁扔得远。父亲和我都快活极了。最后，我们感到有点累了，觉得已经尽兴，便开始往家里走。

这时，暮色降临了，森林起了变化，几乎快变成一片黑色。我们加快起脚步，母亲现在一定焦急地等待我们回家吃饭。她总是提心吊胆，怕有什么事会发生。这自然是不会的。在这样好的日子里，一切都应该安然无事，一切都会叫人称心如意的。天空越来越暗，树的模样也变得奇怪，它们伫立着静听我们的脚步声，好像我们是奇异的陌生人。在一棵树上，有只萤火虫在闪动，它趴着，盯视黑暗中的我们。我紧紧抓住父亲的手，但他根本不看这奇怪的光亮，只是走着。天完全黑了，我们走上那座桥，桥下可怕的声响仿佛要把我们一口吞掉，黑色的缝隙在我们的脚下张大着嘴，我们小心地跨着每道枕木，使劲拉着手，怕从上面坠下去。我原以为父亲会背我走的，但他什么也不说。也许，他想让我和他一样，对眼前的一切置之不理。我们继续走着。黑暗中的父亲神态自若,步履匀稳,他沉默着,在想自己的事。我真不懂,在黑暗中,他怎会如此镇定。我害怕地环顾四周,心扑通扑通地狂跳着。四下一片黑暗,我使劲地憋着呼吸。那时,我的肚里早已填满了黑暗。我暗想:好险呵,一定要死了。我清楚地记得那时我确实是这样想的。铁轨陡然地斜着,好像陷入了黑暗无底的深渊。电线杆魔鬼似的伸向天空,发出沉闷的声音,仿佛有人在地底下喁语,它上面的白色瓷帽惊恐地缩成一团,静听着这些可怕的声音。一切都叫人毛骨悚然,一切都像是奇迹,一切都变得如梦如幻,飘忽不定。我挨近父亲,轻声说:

"爸爸,为什么黑暗中,一切都这样可怕呀?"

"不,孩子,没什么可怕的。"他说着,拉着我的手。

"是的,爸爸,真可怕。"

"不,孩子,不要这样想,我们知道上帝就在世上。"

我突然感到我是多么孤独,仿佛是个弃儿。奇怪呀,怎么就我害怕,父亲一点也没什么,而且,我们想的不一样。真怪,他也不说帮助我,好叫我不再担惊受怕,他只字不提上帝会庇护我。在我心里,上帝也是可怕的。呵,多么可怕!在这茫茫黑暗中,到处有他的影子。他在树下,在不停絮语的电线杆里——对,肯定是他——他无处不在,所以我们才总看不到的。

我们默默地走着,各自想着心事。我的心紧缩成一团,好像黑暗闯了进去,并开始抱住了它。

我们刚走到铁轨转弯处,一阵沉闷的轰隆声猛地从我们的背后扑来,我们从沉思中惊醒,父亲蓦地将我拉到路基上,拉入深渊,他牢牢地拉着我。这时,火车轰鸣着奔来,这是一辆乌黑的火车,所有的车厢都暗着,它飞也似的从我们身旁掠过。这是什么火车?现在照理是没有火车的!我们惊惧地望着它,只见它那燃烧着的煤在车头里腾扬着火焰,火星在夜色里四处飞蹿,司机脸色惨白,站着一动不动,犹如一尊雕像,被火光清晰地映照着。父亲认不出他是谁,也不认识他。那人两眼直愣愣地盯视前方,似乎要径直向黑暗开去,深深扎入这无边的黑暗里。

恐惧和不安使我呼吸急促,我站着,望着眼前神奇的情景。火车被黑夜的巨喉吞掉了,父亲重新把我拉上铁轨,我们加快了回家的脚步。他说:

"奇怪,这是哪辆火车,那司机我怎么不认识?"说完,一路没再开口。

我的整个身子都在战栗,这话自然是对我说的,是为了我的缘故。我猜到这话的含义,料到了这欲来的恐惧,这陌生的一切和那些父亲茫然无知、更不能保护我的东西。世界和生活将如此在我的面前出现!它们与父亲那时安乐平安的世界截然不同。啊,这不是真正的世界,不是真正的生活,它们只是在无边的黑暗中冲撞、燃烧。

(选自《外国散文百年精华鉴赏》,长江出版社,2011年版)

【交流之窗】

黑暗中,父亲并不能理解"我"的害怕,使"我"更觉无助与孤独。最后,当"我"感觉到连父亲的心中都有恐惧和一片无法掌控的陌生领域,"我"对世界和生活原有的认识彻底坍塌,意识到一个充满种种未知与恐惧,且没有父亲保护的世界即将出现在自己面前。读完本文,你对成长中感受到的父母之爱有什么新的认识吗?

我的母亲

胡 适

胡适（1891—1962），字适之，以倡导白话文、领导新文化运动闻名于世。

我小时候身体弱，不能跟着野蛮的孩子们一块儿玩。我母亲也不准我和他们乱跑乱跳。小时不曾养成活泼游戏习惯，无论在什么地方，我总是文绉绉地。所以家乡老辈都说我"像个先生样子"，遂叫我做"穈先生"。这个绰号叫出去之后，人都知道三先生的小儿子叫做穈先生了。既有"先生"之名，我不能不装出点"先生"样子，更不能跟着顽童们"野"了。有一天，我在我家八字门口和一班孩子"掷铜钱"，一位老辈走过，见了我，笑道："穈先生也掷铜钱吗？"我听了羞愧得面红耳热，觉得太失了"先生"身份！

大人们鼓励我装先生样子，我也没有嬉戏的能力和习惯，又因为我确是喜欢看书，故我一生可算是不曾享过儿童游戏的生活。每年秋天，我的庶祖母同我到田里去"监割"（顶好的田，水旱无忧，收成最好，佃户每约田主来监割，打下谷子，两家平分），我总是坐在小树下看小说。十一二岁时，我稍活泼一点，居然和一群同学组织了一个戏剧班，做了一些木刀竹枪，借得了几副假胡须，就在村口田里做戏。我做的往往是诸葛亮，刘备一类的文角儿；只有一次我做史文恭，被花荣一箭从椅子上射倒下去，这算是我最活泼的玩艺儿了。

我在这九年（一八九五——九零四）之中，只学得了读书写字两件事。在文字和思想的方面，不能不算是打了一点底子。但别的方面都没有发展的机会。有一次我们村"当朋"（八都凡五村，称为"五朋"，每年一村轮着做太子会，名为"当朋"）筹备太子会，有人提议要派我加入前村的昆腔队里学习吹笙或吹笛。族里长辈反对，说我年纪太小，不能跟着太子会走遍五朋。于是我便失掉了学习音乐的唯一机会。三十年来，我不曾拿过乐器，也全不懂音乐；究竟我有没有一点学音乐的天资，我至今不知道。至于学图画，更是不可能的事。我常常用竹纸蒙在小说书的石印绘像上，摹画书上的英雄美人。有一天，被先生看见了，挨了一顿大骂，抽屉里的图画都被搜出撕毁了。于是我又失掉了学做画家的机会。

但这九年的生活，除了读书看书之外，究竟给了我一点做人的训练。在这一点上，我的恩师便是我的慈母。

每天天刚亮时，我母亲便把我喊醒，叫我披衣坐起。我从不知道她醒来坐了多久了。她看我清醒了，便对我说昨天我做错了什么事，说错了什么话，要我认错，要我用功读书。有时候她对我说父亲的种种好处，她说："你总要踏上你老子的脚步。我一生只晓得这一个完全的人，你要学他，不要跌他的股。"（跌股便是丢脸出丑。）她说到伤心处，往往掉下泪来。到天大明时，她才把我的衣服穿好，催我去上早学。学堂门上的锁匙放在先生家里；我先到学堂门口一望，便跑到先生家里去敲门。先生家里有人把锁匙从门缝里递出来，我拿了跑回去，开了门，坐下念生书，十天之中，总有八九天我是第一个去开学堂门的。等到先生来了，我背了生书，才回家吃早饭。

我母亲管束我最严，她是慈母兼任严父。但她从来不在别人面前骂我一句，打我一下，我做错了事，她只对我一望，我看见了她的严厉眼光，便吓住了。犯的事小，她等到第二天早晨我睡醒时才教训我。犯的事大，她等到晚上人静时，关了房门，先责备我，然后行罚，或罚跪，或拧我的肉。无论怎样重罚，总不许我哭出声音来，她教训儿子不是借此出气叫别人听的。

有一个初秋的傍晚，我吃了晚饭，在门口玩，身上只穿着一件单背心。这时候我母亲的妹子玉英姨母在我家住，她怕我冷了，拿了一件小衫出来叫我穿上。我不肯穿，她说："穿上吧，凉了。"我随口回答："娘（凉）什么！老子都不老子呀。"我刚说了这句话，一抬头，看见母亲从家里走出，我赶快把小衫穿上。但她已听见这句轻薄的话了。晚上人静后，她罚我跪下，重重的责罚了一顿。她说："你没了老子，是多么得意的事！好用来说嘴！"她气得坐着发抖，也不许我上床去睡。我跪着哭，用手擦眼泪，不知擦进了什么微菌，后来足足害了一年多的翳病。医来医去，总医不好。我母亲心里又悔又急，听说眼翳可以用舌头舔去，有一夜她把我叫醒，她真用舌头舔我的病眼。这是我的严师，我的慈母。

我母亲二十三岁做了寡妇,又是当家的后母。这种生活的痛苦,我的笨笔写不出一万分之一二。家中财政本不宽裕,全靠二哥在上海经营调度。大哥从小便是败子,吸鸦片烟、赌博,钱到手就光,光了便回家打主意,见了香炉便拿出去卖,捞着锡茶壶便拿出去押。我母亲几次邀了本家长辈来,给他定下每月用费的数目。但他总不够用,到处都欠下烟债赌债。每年除夕我家中总有一大群讨债的,每人一盏灯笼,坐在大厅上不肯去。大哥早已避出去了。大厅的两排椅子上满满的都是灯笼和债主。我母亲走进走出,料理年夜饭,谢灶神,压岁钱等事,只当做不曾看见这一群人。到了近半夜,快要"封门"了,我母亲才走后门出去,央一位邻居本家到我家来,每一家债户开发一点钱。做好做歹的,这一群讨债的才一个一个提着灯笼走出去。一会儿,大哥敲门回来了。我母亲从不骂他一句。并且因为是新年,她脸上从不露出一点怒色。这样的过年,我过了六七次。

大嫂是个最无能而又最不懂事的人,二嫂是个能干而气量很窄小的人。她们常常闹意见,只因为我母亲的和气榜样,她们还不曾有公然相骂相打的事。她们闹气时,只是不说话,不答话,把脸放下来,叫人难看;二嫂生气时,脸色变青,更是怕人。她们对我母亲闹气时,也是如此,我起初全不懂得这一套,后来也渐渐懂得看人的脸色了。我渐渐明白,世间最可厌恶的事莫如一张生气的脸;世间最下流的事莫如把生气的脸摆给旁人看,这比打骂还难受。

我母亲的气量大,性子好,又因为做了后母后婆,她更事事留心,事事格外容忍。大哥的女儿比我只小一岁,她的饮食衣服总是和我的一样。我和她有小争执,总是我吃亏,母亲总是责备我,要我事事让她。后来大嫂二嫂都生了儿子了,她们生气时便打骂孩子来出气,一面打,一面用尖刻有刺的话骂给别人听。我母亲只装作不听见。有时候,她实在忍不住了,便悄悄走出门去,或到左邻立大嫂家去坐一会,或走后门到后邻度嫂家去闲谈。她从不和两个嫂子吵一句嘴。

每个嫂子一生气,往往十天半个月不歇,天天走进走出,板着脸,咬着嘴,打骂小孩子出气。我母亲只忍耐着,到实在不可再忍的一天,她也有她的法子。这一天的天明时,她便不起床,轻轻地哭一场。她不骂一个人,只哭她的丈夫,哭她自己苦命,留不住她丈夫来照管她。她先哭时,声音很低,渐渐哭出声来。我醒了起来劝她,她不肯住。这时候,我总听得见前堂(二嫂住前堂东房)或后堂(大嫂住后堂西房)有一扇房门开了,一个嫂子走出房向厨房走去。不多一会,那位嫂子来敲我们的房门了。我开了房门,她走进来,捧着一碗热茶,送到我母亲床前,劝她止哭,请她喝口热茶。我母亲慢慢停住哭声,伸手接了茶碗。那位嫂子站着劝一会,才退出去。没有一句话提到什么人,也没有一个字提到这十天半个月来的气脸,然而各人心里明白,泡茶进来的嫂子总是那十天半个月来闹气的人。奇怪的很,这一哭之后,至少有一两个月的太平清静日子。

我母亲待人最仁慈,最温和,从来没有一句伤人感情的话;但她有时候也很有刚气,不受一点人格上的侮辱。我家五叔是个无正业的浪人,有一天在烟馆里发牢骚,说我母亲家中有事总请某人帮忙,大概总有什么好处给他。这句话传到了我母亲耳朵里,她气得大哭,请了几位本家来,把五叔喊来,她当面质问他,她给了某人什么好处。直到五叔当众认错赔罪,她才罢休。

我在我母亲的教训之下度过了少年时代,受了她的极大极深的影响。我十四岁(其实只有十二岁零两三个月)便离开她了,在这广漠的人海里独自混了二十多年,没有一个人管束过我。如果我学得了一丝一毫的好脾气,如果我学得了一点点待人接物的和气,如果我能宽恕人,体谅人——我都得感谢我的慈母。

(选自《胡适自传》,江苏文艺出版社,1995年版)

【交流之窗】

文章结尾写道:"我在我母亲的教训之下度过了少年时代,受了她的极大极深的影响。"这极大极深的影响表现在哪些方面呢?想一下,你在哪些方面深受自己的母亲的影响呢?

恐怖

石评梅

石评梅（1902—1928），中国近现代女作家、革命活动家，"民国四大才女"之一。

　　父亲的生命是秋深了。如一片黄叶系在树梢。十年，五年，三年以后，明天或许就在今晚都说不定。因之，无论大家怎样欢欣团聚的时候，一种可怕的暗影，或悄悄飞到我们眼前。就是父亲在喜欢时，也会忽然的感叹起来！尤其是我，脆弱的神经，有时想的很久远很恐怖。父亲在我家里是和平之神。假如他有一天离开人间，那我和母亲就沉沦在更深的苦痛中了。维持我今日家庭的绳索是父亲，绳索断了，那自然是一个莫测高深的陨坠了。

　　逆料多少年大家庭中压服的积怨，总会爆发的。这爆发后毁灭一切的火星落下时，怕懦弱的母亲是不能逃免！我爱护她，自然受同样的创缚，处同样的命运是毋庸疑义了。那时人们一切的矫饰虚伪，都会褪落的；心底的刺也许就变成弦上的箭了。

　　多少隐恨说不出在心头。每年归来，夜深人静后，母亲在我枕畔偷偷流泪！我无力挽回她过去铸错的命运，只有精神上同受这无期的刑罚。有时我虽离开母亲，凄冷风雨之夜，灯残梦醒之时，耳中又仿佛听见枕畔有母亲滴泪的声音。不过我还很欣慰父亲的健在，一切都能给她作防御的盾牌。

　　谈到父亲，七十多年的岁月，也是和我一样颠沛流离，忧患丛生，痛苦过于幸福。每次和我们谈到他少年事，总是残泪沾襟，不忍重提。这是我的罪戾呵！不能用自己柔软的双手，替父亲抚摸去这苦痛的瘢痕。

　　我自然是萍踪浪迹，不易归来；但有时交通阻碍也从中作梗。这次回来后，父亲很想乘我在面前，预嘱他死后的诸事，不过每次都是泪眼模糊，断续不能尽其辞。有一次提到他墓穴的建修，愿意让我陪他去看看工程，我低头咽着泪答应了。

那天夜里，母亲派人将父亲的轿子预备好，我和曾任监工的族叔蔚文同着去，打算骑了姑母家的驴子。

翌晨十点钟出发：母亲和芬嫂都嘱咐我好好招呼着父亲，怕他见了自己的坟穴难过；我也不知该怎样安慰防备着，只觉心中感到万分惨痛。一路很艰险，经过都是些崎岖山径；同样是青青山色，潺潺流水，但每人心中都压抑着一种凄怆，虽然是旭日如烘，万象鲜明，而我只觉前途是笼罩一层神秘恐怖黑幕，这黑幕便是旅途的终点，父亲是一步一步走近这伟大无涯的黑幕了。

在一个高堑如削的山峰前停住，父亲的轿子落在平地。我慌忙下了驴子向前扶着，觉他身体有点颤抖，步履也很软弱，我让他坐在崖石上休息一会。这真是一个风景幽美的地方，后面是连亘不断的峰峦，前面是青翠一片麦田；山峰下隐约林中有炊烟，有鸡唱犬吠的声音。父亲指着说：

"那一带村庄是红叶沟，我的祖父隐居在这高塔的庙里，那庙叫华严寺，有一股温泉，流汇到这庙后的崖下。土人传说这泉水可以治眼病呢！我小时候随着祖父，在这里读书；已经有三十多年不来了，人事过得真快呵！不觉得我也这样老了。"父亲仰头叹息着。

蔚叔领导着进了那摩云参天的松林，苍绿阴森的阴影下，现出无数冢墓，矗立着倒斜着风雨剥蚀的断碣残碑。地上丛生了许多草花，红的黄的紫的夹杂着十分好看。蔚叔回转进一带白杨，我和父亲慢步徐行，阵阵风吹，声声蝉鸣，都显得惨淡空寂，静默如死。

蔚叔站住了，面前堆满了磨新的青石和沙屑，那旁边就是一个深的洞穴，这就是将来掩埋父亲尸体的坟墓。我小心看着父亲，他神色显得异样惨淡，银须白发中，包掩着无限的伤痛。

一阵风吹起父亲的袍角，银须也缓缓飘拂到左襟；白杨树上叶子摩擦的声音，如幽咽泣诉，令人酸梗，这时他颤巍巍扶着我来到墓穴前站定。

父亲很仔细周详地在墓穴四周看了一遍，觉得很如意。蔚叔又和他筹划墓头的式样，他还能掩饰住悲痛说：

"外面的式样坚固些就成啦，不要太讲究了，靡费金钱。只要里面干燥光滑一点，棺木不受伤就可以了。"

回头又向我说：

"这些事情原不必要我自己做，不过你和璜哥，整年都在外面；我老了，无可讳言是快到坟墓去了。在家也无事，不愁穿，不愁吃，有时就愁到我最后的安置。棺木已扎好了，里子也裱漆完了。衣服呢，我不愿意穿前清的遗服或现在的袍褂。我想走的时候穿一身道袍。璜哥已由汉口给我寄来了一套，鞋帽都有，哪天请母亲找出来你看看。我一生廉洁寒苦，不愿浪费，只求我心身安适就成了。都预备好后，省临时麻烦，不然你们如果因事忙因道阻不能回来时，不是要焦急吗？我愿能悄悄地走了，不要给你们灵魂上感到悲伤。生如寄，死如归，本不必认真呵！"

我低头不语，怕他难过，偷偷把泪咽下去。等蔚叔扶父亲上了轿后，我才取出手绢揩泪。

临去时我向松林群冢望了一眼，再来时怕已是一个梦醒后。

跪在洞穴前祷告上帝：愿以我青春火焰，燃烧父亲残弱的光辉！千万不要接引我的慈爱父亲来到这里呵！

这是我第二次感到坟墓的残忍可怕，死是这样伟大的无情。

（选自《石评梅全集》，中国书籍出版社，2014年版）

【交流之窗】

石评梅去世时不满27岁，在散文上颇有成就。有人评价石评梅是一位"有着善感与抑郁气质的作家"，"她的作品不仅有缠绕不清的哲学臆病和清冷的悲哀色彩，而且在感情的层面上更为脆弱更为哀苦"，本文中表现出的对父亲的爱，会令你感到悲观吗？

目送

龙应台

龙应台，1952年生，台湾作家，被誉为"华人最有力的一支笔"。

华安上小学第一天，我和他手牵着手，穿过好几条街，到维多利亚小学。九月初，家家户户院子里的苹果树和梨树都缀满了拳头大小的果子，枝丫因为负重而沉沉下垂，越出了树篱，钩到过路行人的头发。

很多很多的孩子，在操场上等候上课的第一声铃响。小小的手，圈在爸爸的、妈妈的手心里，怯怯的眼神，打量着周遭。他们是幼儿园的毕业生，但是他们还不知道一个定律：一件事情的毕业，永远是另一件事情的开启。

铃声一响，顿时人影错杂，奔往不同方向，但是在那么多穿梭纷乱的人群里，我无比清楚地看着自己孩子的背影——就好像在一百个婴儿同时哭声大作时，你仍旧能够准确听出自己那一个的位置。华安背着一个五颜六色的书包往前走，但是他不断地回头，好像穿越一条无边无际的时空长河，他的视线和我凝望的眼光隔空交会。

我看着他瘦小的背影消失在门里。

十六岁，他到美国做交换生一年。我送他到机场。告别时，照例拥抱，我的头只能贴到他的胸口，好像抱住了长颈鹿的脚。他很明显地在勉强忍受母亲的深情。

他在长长的行列里，等候护照检验；我就站在外面，用眼睛跟着他的背影一寸一寸往前挪。终于轮到他，在海关窗口停留片刻，然后拿回护照，闪入一扇门，倏忽不见。

我一直在等候，等候他消失前的回头一瞥。但是他没有，一次都没有。

现在他二十一岁，上的大学，正好是我教课的大学。但即使是同路，他也不愿搭我的车。即使同车，他戴上耳机——只有一个人能听的音乐，是一扇紧闭的门。有时他在对街等候公交车，我从高楼的窗口往下看：一个高高瘦瘦的青年，眼睛望向灰色的海；我只能想象，他的内在世界和我的一样波涛深邃,但是,我进不去。一会儿公交车来了,挡住了他的身影。车子开走,一条空荡荡的街,只立着一只邮筒。

我慢慢地、慢慢地了解到,所谓父女母子一场,只不过意味着,你和他的缘分就是今生今世不断地在目送他的背影渐行渐远。你站立在小路的这一端,看着他逐渐消失在小路转弯的地方,而且,他用背影默默告诉你:不必追。

我慢慢地、慢慢地意识到,我的落寞,仿佛和另一个背影有关。

博士学位读完之后,我回台湾教书。到大学报到第一天,父亲用他那辆运送饲料的廉价小长途货车送我。到了我才发觉,他没开到大学正门口,而是停在侧门的窄巷边。卸下行李之后,他爬回车内,准备回去,明明启动了引擎,却又摇下车窗,头伸出来说:"女儿,爸爸觉得很对不起你,这种车子实在不是送大学教授的车子。"

我看着他的小货车小心地倒车,然后"噗噗"驶出巷口,留下一团黑烟。直到车子转弯看不见了,我还站在那里,一口皮箱旁。

每个礼拜到医院去看他,是十几年后的时光了。推着他的轮椅散步,他的头低垂到胸口。有一次,发现排泄物淋满了他的裤腿,我蹲下来用自己的手帕帮他擦拭,裙子也沾上了粪便,但是我必须就这样赶回台北上班。护士接过他的轮椅,我拎起皮包,看着轮椅的背影,在自动玻璃门前稍停,然后没入门后。

我总是在暮色沉沉中奔向机场。

火葬场的炉门前,棺木是一只巨大而沉重的抽屉,缓缓往前滑行。没有想到可以站得那么近,距离炉门也不过五米。雨丝被风吹斜,飘进长廊内。我掠开雨湿了前额的头发,深深、深深地凝望,希望记得这最后一次的目送。

我慢慢地、慢慢地了解到,所谓父女母子一场,只不过意味着,你和他的缘分就是今生今世不断地在目送他的背影渐行渐远。你站立在小路的这一端,看着他逐渐消失在小路转弯的地方,而且,他用背影默默告诉你:不必追。

(选自《目送》,生活·读书·新知三联书店,2013年版)

【交流之窗】

  一贯笔锋锐利、惯于批判外界现实的龙应台，在本文中对亲情作了细腻的感受描述，她娓娓述说着亲情的血浓于水，也述说着亲情离去的无奈与锥心疼痛，但更多的是告诉人们亲人的重要与亲情的珍贵。这或许就是龙应台想要告诉给我们的生活与生命的本真。这些温情的语言，是否能如一剂醒脑益智的良药，使我们深陷尘世羁绊的心灵得到解脱呢？

我爹：一份其过失清单

莫里斯·卢瑞尔　　沈　睿 译

　　他偷东西。我的意思不是说他在商店、百货商场、超级市场或其他什么类似的地方偷东西。他不是那类窃客。但是邀请他参加个婚礼或订婚仪式什么的，他做的第一件事就是拿瓶苏格兰酒放到兜儿里，有时还拿两瓶。我爹是个矮壮个儿，斜肩，宽背厚胸，走起路来好像肩对肩地滚动似的。他双手深插在那件让人不敢相信的无形无状的宽松肥大的工作外套中。那件外套他冬夏皆穿着它。我想这外套从来没干净过。他最近的一次"采掘"是三个星期前在斯罗尼姆的婚宴上。他不仅把一瓶"约翰尼·沃尔科"红酒扒到他的大名鼎鼎的外套的左手兜里，而且还当着众人的面，——人人都坐在那儿——从桌上扫了一把香烟，有五六十支，揣进兜里。这些香烟放在玻璃杯中是为客人们吃过饭后享用的。而且，好像这还不够似的，他在斯罗尼姆先生面前，故意显示他鼓起来的兜，敲得瓶子丁当响。为了向斯罗尼姆表示祝贺，他还接受了不是一支而是两支哈瓦那雪茄。而我爹在家既不抽烟，又不喝酒，也不扮演男主人。

　　他在饭桌上剔牙。他把木制的家用火柴，用他工作服兜中的一把又一把小刀削尖，用来剔牙。他有差不多二十把刀子，每把都是他自己做的，他上班时利用工余时间做的。我垂涎那把鱼形刀，但他不让碰，其他的也不能摸。他说，刀子太快了，不是给小捣蛋鬼玩的。他咆哮着这样说。（看在上帝的份上，我已经实打实地十六岁了。）我爹的刀子是他的骄傲和快乐。谁也不许动它们，所以我只好坐在一边，从远处研究它们。在厨房的饭桌上，饭后，我发了疯似的想摸摸他的刀子。他呢，则粗鲁地剔着牙口。

　　他打鼾，打得像嗡嗡作响的锯子，像台电动马达。我父母的卧室在整幢房子的一头，我的卧室在另一头。但距离说明不了什么。鼾声传过来，绕过角落、拐过弯，穿过我紧闭的门："啊……啊……啊……呼""啊……啊……啊……呼"。整幢房子颤颤巍巍，摇摇晃晃，哆哆嗦嗦。我问我妈她怎么受得了（她已与他结婚十八载），"啊，他是你爹啊！"她说。

好吧，OK，没准他控制不了打鼾。他年轻时得过肺炎——在他背上有条深深的、令人害怕的伤痕。他有肾结石。还是忘了他的鼾声吧。

他的衣服，他的趣味。他的趣味？他逮着什么穿什么，一层又一层的，最后，套上那件外套，犹如一个大气球。他是信托商店的常客。他趣味不雅，同他一起逛街真让人不好意思。他用裤腿后边擦皮鞋。他不解领结就一把扯下领带。他一星期穿同一件衬衫，而且，如果最后不是我妈把它偷偷拿走，他可能还穿下去。OK，他什么样子是他自己的事。我想，如果我穿着新夹克系着新领带，径自走进房中，他会用冷嘲热讽欢迎我："一位王子，啊嘀，一位真正的绅士。"

我爹是位嘲弄大师。仅举三例：

我家有个花园。你应来看看我们的花园。我爹是位破坏专家。他的乐趣是把什么东西都护起来，这就是我很少在花园干活的原因。一旦我在花园里干活，他就站在我身后，批评我的每一个举动。

"别拔那个！"他喊道，"留下那个！一朵多漂亮的花！你拔什么哪？看看你那双大脚踩在什么地方上了？！"

他不喜欢我刮胡子的方式。我用剃刀，他用一种直边的刀子。有一次，仅仅一次，我试着用他的刀，想取悦于他，结果我的两颊全划破了。我走进厨房，用手纸贴在脸上，得来的不是同情，而是一个巴掌。

"你把刀边都弄坏了。"他怒吼着，"啪"地一巴掌打在我的后脖子上。

他认为我学习得太多了。我外出玩得不够。我总是抱着书本坐着。他称我为"饱学才子"，用一种我甚至无法形容的尖酸腔调。

嗯？他的抱负在哪儿？他不想使自己生活得更好，改善他的环境吗？不，绝对不。他仍在遇到我妈之前就在那儿的工厂工作。他是名机工，挣得不多。如果不是为了我妈，我们一定仍住在我出生的那座缺少阳光，房前一无所有，房后只有一个小院子的地方。他不想搬家。我虽年幼，就记得他们为此争吵。我妈梦想着他从工厂里出来，开个小店或摆个小摊，他连听都不要听。激他恼怒的最佳方式就是提这事。

我的意思是他甚至怕电话。电话铃一响，第二下他就显得焦灼不安。

"多拉，"他冲我妈喊道，"你没听见吗？电话！"

如果看见我进来了，他就先抓起这个邪恶的东西。

"喂?"他压低声音,把电话举得离他的耳朵有一英尺远。他显得焦虑、严肃,急不可待地把电话撂下。

"谁呀?"我问。

"我一个字也听不见。"他嘟哝着,"他们干吗不说清楚点?"同时,为了掩饰他的不安,他又自我安慰:"如果真有什么重要事,他们会再打过来的。"他还在嘟咕着,拖着脚走出去,不知道自己该干什么。

但他幻想他是个一流的修理工,能修烤箱、熨斗、厨房的钟。所有这些东西不必等坏了他就开始修理。掏出他的刀子、旋凿(手柄还坏了)、老虎钳子,端起整张厨房大桌子,把一切东西都胡槽到一边。他可不具备细软的手腕、灵敏的调修和敏锐的感觉。他的手指头又宽又大,指甲边总是黑糊糊的。"啊哈,这儿有根电线,有个接头,有条裂缝!"大发现!

"萨姆!"我妈大喊。

"嘘——"他低声应着,毫不在乎。现在他真有什么可修理了。他可以坐在那里一个钟头又一个钟头,瞎敲着,绞拧着,打开又合上他的刀子(那把美丽的鱼形刀),满意地哼哼着。他修理的后果是从此我们有了一座永远走不准的钟,一张巨额电费账单。我想我前面提到过,他不吸烟。但他最喜欢摆弄的小玩意是打火机。打火机让他着迷。现在他至少有五个打火机,三个已毫无希望再打火了,一个已奄奄一息了,第五个是昂贵的罗森牌的,他宣称是捡来的,仍奇迹般地能打火。但能打多长时间?多么好听的吧嗒声,多么好的瞎摆弄者!但看看他每次打火时眼神中闪烁的愉快的光芒吧,当火焰神奇地闪现时,他的眼睛里也闪着火焰!他忙着呢,他快乐着呢。而且,我想那是我的错,因为我愚蠢地让他拿到了我的东西——一支自来水笔,一把自动卷笔刀,一份我获奖得来的自跳的日历卡什么的。

报纸。他把报纸揉成一团,尔后又要读。

书亦如此。他把封皮握弯了,他折书角作记号。幸运的是他所读的书都是西部故事,都是我从街道图书馆为他借来的。他一星期读两本。一年前危机降临:图书管理员告诉我,我爹已读过图书馆内的每一本西部故事。我拿了两本他以前读过的回家,什么也没说,他似乎也没注意到。现在有些书他已是第二次阅读了。书页折起来的角,时不时还真的不见了。他知道吗?如果他知道,有关系吗?

我爹晚上出去的观念是坐在街角上的电影院的第一排。那家电影院曾是一座高大的放干草的谷仓。他与我妈同去，作为星期六晚上的享受。除了华尔特·皮吉恩（她管他叫皮吉恩·华尔特）和《飘》中有莉斯丽·豪伍德外，我妈对电影兴趣甚微。我爹喜欢西部片，热爱西部片，看不够西部片。对我妈来说，西部片全不可理解，让她头疼，尽是射击啊，喊叫啊，马奔来奔去的。她晚上出去的观念是看兄弟姐妹去。每次看望归来，我爹就情绪败坏。他们不是他的家庭成员。他拒绝再去。

"有什么好玩？"他喊道，"你在那儿干什么？坐着，聊，抽烟，玩牌，哼！不是为我。"因此一年中得有四十个周末他拽着我妈去同一个街角，坐同一排，看"牛仔"。然后，打道回府。我爹神色洋洋，穿着他的松垮的大外套。没准他正幻想着他是位司法官或逃犯。我妈则一声不吭。

他对我们的度假也一声不吭。每年我们都去海勃恩温泉。"因为那儿有矿泉水。"我爹宣称有益于他的肾结石。也许这是真的。但这不是去那里的真正原因。他去那里的目的是（总住同样的旅舍），在那里他可以与一些20年前他住在巴勒斯坦时就认识的人讲希伯来语。在巴勒斯坦时他曾在采石场干过活，凿石头，参与建造了大卫王饭店。我不敢肯定他与之谈的人是他真正的老朋友，或朋友的朋友，或其他什么。我想任何会讲希伯来语的人我爹都认为是朋友。他与他们一坐就是几个钟头，聊着，笑着，有时他变得如此活跃以致他试着抽支香烟。而且，他一边谈话，一边雕刻。度假的第一天他就到外面捡一枝好的、坚实的树枝，洗干净，剥去树皮，把有树节的地方削平，开始雕刻。从顶部开始，用他兜里的刀子刻着。慢慢地一个粗糙的、山岩一样的头显现出来，鼻子像山峰，额头像块大钻石，棱角众多。尔后，他雕刻整根木棍：一条长长的、弯曲的蛇。在底部他刻上名字。而我妈，她从未去过巴勒斯坦，也不懂一句希伯来语，也不认识海伯恩温泉的任何一个人，只干坐着，与我在一起。

他想回到巴勒斯坦或以色列吗？不。

"那儿有什么？"他说，"一切都变了。"他不相信犹太复国主义。"如果全世界的犹太人都去以色列，两分钟后那个国家就分成两半。"他不信宗教。他在赎罪日大吃大喝，故意显摆，完全是一场表演。教徒们在一年的这一天本该禁食，他却吃两份早餐，然后穿着大外套在犹太教堂外走来走去，用他削好的火柴剔着牙。

"我吃了六片面包。"他向几位熟朋友夸口,也向完全不认识的人炫耀。"现在我回家吃午饭去。"

"爹,"我对他说,"小声点,你可以不信,但有些人是信教的。"

"你说的是什么人?"他嗤之以鼻,脸转向我:"你知道他们是什么人,犹太人吗?野人!野蛮人!杀人犯和小偷!今天的生活成什么样子了?哼哼!博学才子,行行好,学点历史吧,读本好书吧。"

其他的我还谈什么呢?他讲的笑话吗?最好还是别提了吧。讲讲他保存的唱片吗?他用手指头摸它们,把唱片放到唱机上不划破了唱片几乎是不可能的。我可不用他的方式保存唱片,不把唱片放在衣橱下面,也不用他的方式放唱片。我的唱片大部分都是爵士,而我爹则用"他的音乐"这个词来指我的唱片。

"听听,"每当我正巧在放唱片时,他就说,"他在听他的音乐。"你无法想象他语调中的那种冷嘲热讽。他在家里时我尽力不听音乐。我爹有三张唱片——马里奥·兰扎唱的《学生王子》《国王与我》的选段及一张什么人讲的意第绪语的故事和笑话。大约一月一次他决定听唱片。人人都得保持安静。他把声音调到极大,坐下来,微笑着,哼哼着,点着头,闭着眼。

"听见了吗?"他对我说,"这才是音乐,这是真正的音乐。"

整幢房子轰鸣着。而此刻,就在此刻,就在听到中间时刻,他跳起来,关上唱机,十分野蛮。

"关你什么事?"他冲我喊道,"你坐这儿干吗?干点事去,外面待着去!"发生了什么?我回到我的房间中。

所以我坐到我的桌前,写下这份清单。我房间中的纸片和书页漂游在桌上、地板上。这愚不可及的清单。所有这些都不对。我爹不是这样子。我在写谎言。除了谎言,这些什么都不是。我试着,但我写不出他的真实面目。我不知道他的真实是什么。真对不起。我爹正站在门廊里,冲我微笑、挤眼,他一定知道我在这里做什么。他走了。他在乎我写了什么吗?

(选自《外国散文百年精华鉴赏》,长江出版社,2011年版)

【交流之窗】

　　本文中描写的这个父亲似乎颠覆了我们以往对父亲的印象,这是一个有许多缺点的父亲,作者对这样的父亲是完全批判的吗?你能读出一个更为真实立体的父亲吗?你的父亲有缺点吗?你怎样看待父亲的缺点呢?

我们是怎样过母亲节的

——一个家庭成员的自述

斯蒂芬·巴特勒·里柯克　　凌　山 译

斯蒂芬·巴特勒·里柯克（1869—1944），加拿大第一位享有世界声誉的作家；在美国，他被认为是继马克·吐温之后最受人欢迎的幽默作家。

在最近出现的各种想法中，我认为最好的莫过于每年庆祝一次"母亲节"的主张。……尤其在我们这样一个大家庭，这种主张特别容易受欢迎，因此，我们决定好好庆祝一下"母亲节"。我们觉得这一主张好极了。它能让我们意识到母亲这些年来为我们所做的一切，她所有的操劳和做出的牺牲全是为了我们啊。

因此，我们决定好好庆祝这个盛大的日子，要把它变成全家人的节日，尽我们所能使母亲感到幸福。为庆祝这一节日，父亲决定休假一天，不去办公室；姐姐安娜和我也请了假，不去大学上课；妹妹玛丽和弟弟威尔也待在家里，不去中学上学。

我们计划把这一天过得就像圣诞节或任何一个大节日那样隆重，因此我们决定用鲜花布置房间，在壁炉架上贴满格言，此外还有很多诸如此类的装饰。我们请妈妈来写格言和布置房间，因为圣诞节的时候这种事儿总是由她操办的。

两个姑娘觉得：穿上我们最好的衣服庆祝这个盛大节日真是太好了。因此她们俩都买了新帽子。母亲亲手把两顶帽子都好好装饰了一番，它们看起来漂亮极了。父亲为我们兄弟俩和他自己买了几条活结丝领带作节日纪念，好让我们时常想到母亲。我们本想给母亲买一顶新帽子，可后来发现她好像更喜欢她那顶旧的灰色无檐帽，不想买一顶新的，再说姑娘们也都说那顶旧帽子她戴着挺合适的，因此只好作罢。

按原来的计划，我们决定在吃完早饭之后给母亲一个意外的惊喜，那就是租一辆车带她去乡间美美地畅游一番。这种享受她在平时几乎是无福消受的，因为我们只雇得起一个女佣人，因此母亲几乎时时刻刻都在家里忙个不停。眼下的乡间自然是景色怡人，要是能驱车到乡间漫游一个上午，那对她可真是一次莫大的享受。

可就在那一天的早上，我们把原来的计划稍稍做了一点修改，因为父亲突然想到一件比带母亲去乡间游玩更有意思的事情，那就是去钓鱼。父亲说反正车也租了钱也付了，还不如开车到山涧溪流去。嘿，那样既可游玩又可钓鱼。正如父亲所说，要是你漫无目的地开车出去，那你就会产生一种盲目感；而假如你是开车去钓鱼的话，那你就有了一个确定的奔头，顿时会兴致大增。

我们也都觉得有一个确定的目标对母亲来说更棒一些，再说，父亲恰好在头一天买了一根新钓竿，这使得去钓鱼的主张更合情理了，而且他还说要是母亲乐意的话，她可以用它钓钓鱼玩，事实上，他说钓竿其实是为她而买的，可是母亲说她宁愿看他钓鱼，而她自己却不想试一试。

于是，我们就为出游做起了准备工作。尽管我们无疑会在中午时分回家来好好地吃上一顿正餐，就像圣诞节或元旦时那样，但我们还是要母亲切一些三明治带上，以便我们在中途饿了时用来应急。母亲把吃的东西全部装进一个篮子里，然后我们就准备出发了。

可是，当车开到家门口的时候，我们意外地发现车子好像根本没那么宽，因为我们事先没有考虑到父亲的钓鱼篓、钓竿和那个装午餐的篮子，我们没法一人不漏地坐进车里是很显然的了。

父亲叫我们不要管他，他说他留在家里也一样，说他相信他可以在花园里充充实实地干一天活儿，他说可供他干的粗活儿脏活儿挺多的，比如说挖个垃圾坑什么的——还可以省下雇别人来挖的费用哩，因此他乐意待在家里，他叫我们不要为他三年来没真正休过一天假而过意不去，他要我们只管去就是了，好好地玩上它一天，快快乐乐的，根本不用挂念他。他说他完全可以充充实实地在家过一天，事实上他还说，像他这样的人想休假闲着也太不切实际了。

当然，我们都觉得把父亲搁在家里是绝对不行的，尤其是我们知道，他要是真的一个人待在家里，准会惹出乱子来。安娜和玛丽两位姑娘表示乐意留在家里帮助女佣人准备午饭，只是在这么好的天气待在家里好像太对不起她们新买的帽子了。不过她们俩都说只要母亲发话,她们都乐意待在家里干活。威尔和我本来是该留下来的,可遗憾的是我们对做饭一窍不通,留下来啥用都没有。

就这样争来争去,最后的决定是让母亲留下,让她在家里好好地休息一天,同时也做一做饭。好在母亲对钓鱼没什么兴趣,再说,尽管天气晴朗,但户外还是有点凉意的,父亲很担心母亲同去的话弄不好会着凉。

他说,在母亲本该好好休息的日子,他若是硬拉着她在乡间转来转去并使她严重感冒,那他是永远不会原谅自己的。他说母亲为我们全家操劳得够多的了,我们有责任千方百计让她尽可能多地得到休息和安宁;他还说他之所以想到外出钓鱼这个点子,主要还是因为这样一来母亲就可以得到片刻的宁静了。他说年轻人很少能意识到安宁对上了年纪的人是多么重要。至于他自己嘛,他说他倒还能够忍受闹闹哄哄的场面,不过他很乐意让母亲免受这样的折磨。

于是,我们为母亲欢呼三声,然后就开着车上路了。母亲站在走廊上目送我们离去,一直到再也看不见我们为止。父亲每过一会儿就向她挥挥手,直到他的手碰着车的后壁了,他才说他以为母亲现在看不见我们了。

我们在山间玩得实在是太痛快了,这你完全可以想见。父亲钓到各种各样大大的鱼,他确信要是由母亲来钓的话,那么大的鱼她是无论如何都钓不上来的。威尔和我也过了一把钓鱼的瘾,不过我们钓到的没有父亲多。姑娘们也不虚此行,一路上碰到很多熟人,而在溪边又遇到很多小伙子,他们是她们的朋友和她们神侃了好久哩。总之,我们大家都玩得非常愉快。

我们回到家时已经很晚,差不多是傍晚七点了。母亲估计我们会回来得晚一些,因此,她把晚餐温在火上等候着,以便我们回来时刚好可以热乎乎地端出来。只是她先得替父亲拿毛巾、肥皂以及他的换洗衣服,因为他每次钓鱼回来都是一身脏兮兮的。另外,母亲还得帮两个女儿收拾一下。这些事儿够她忙一阵子的。

最后总算一切准备就绪了,我们在餐桌边坐了下来。晚餐实在是太丰富了——有烤火鸡和圣诞节的各种美味。席间母亲不得不时不时地起身,前前后后取这取那地忙个不停。不过后来父亲注意到了这一点,他说她根本不应该这么累,说他希望她歇着,然后他站了起来,亲自去把餐具橱上的胡桃取了过来。

晚餐持续了好长时间,而且有意思极了。吃完之后,我们都想为清理餐桌和洗碗助一臂之力,可母亲说她确实很乐意由她干这事儿,于是我们只好让她去干,因为为了使她高兴,我们怎么说都得顺从她这一次。

等到所有的一切都收拾停当,时间已经很晚了。在我们上床睡觉前和母亲吻别的时候,她说这一天是她一生中度过的最美妙的时光,而且我感到她这样说时眼中含着泪光。所以我们全家人都感到自己所做的一切都得到了彻底的回报。

(选自《中外名家散文精选》,吉林大学出版社,2010年版)

【交流之窗】

本文是作者的名篇,里柯克在《我的幽默观》里说:"(幽默)是深深地根植在生活的深层反差之中,我们的期望是一回事,而实际结果却完全是另一回事。"里柯克善于从平淡无奇的生活中去提炼一些大家司空见惯却又往往熟视无睹的可笑的和不合理的东西加以放大呈现在读者面前。这篇幽默小品的幽默从何而来呢?文章的最后,母亲的眼中含着泪光,你认为此时的母亲是怎样的心情呢?

弟弟的冰糖

昂格图　　照日格图　译

昂格图，蒙古族作家。

因为生活拮据，弟弟8岁那年就被送到离家很远的地方寄养了。那天母亲把弟弟洗漱得干干净净，给他穿上刚缝好的新衣裳，帮他系好衣扣，戴上帽子。弟弟把新衣裳看了一遍又一遍，单纯地笑着。缝衣用的布料是我们兄弟几个人从野外捡骨头，用卖骨头的钱换来的。母亲跟弟弟说了很多话，在弟弟的前额上吻了一下又一下。

远处传来马蹄声，那家的叔叔骑着马到了我们家门口。母亲给他熬奶茶时，我们兄弟几个出去把羊群赶了回来。"黑小子"和弟弟恋恋不舍地黏在一起。"黑小子"是弟弟风雪天从野外捡来的羊羔，母亲就把它指名给了弟弟。

临走前，那位叔叔给我们兄弟几个每人分了一块冰糖，此时母亲却不见了。那时我们都想，如果母亲在场，那位叔叔一定也会给她一块冰糖。片刻后，弟弟跟着那位叔叔走了，走时很快乐，像是要去参加那达慕大会似的，我们几个用羡慕的目光送他们远去。等弟弟走远后母亲才回来，眼睛都哭肿了。我们把那位叔叔送给我们的冰糖在母亲面前晃来晃去，母亲却什么也没说。

过了一会儿，母亲没收了我们手里的冰糖，将它们牢牢锁在家里掉了漆的红柜子里，说："孩子们，乖。等你们去看弟弟时把这些冰糖带上。"说着两眼又噙满了泪水。那时的我们都拉长了脸，想着如果没有给母亲看，那多好，冰糖就不会被她锁起来了。

接下来的几个月里，我们兄弟几个都争先恐后地想去看望弟弟。说实话，不是因为我们有多么想念弟弟，而是为了那块冰糖。暮春的一天，母亲打开锁着的柜子，拿出那几块冰糖，包好，递给我，说："你是家里最大的孩子，去看看你弟弟吧！"说着详细告诉我弟弟新家的地址。我高兴极了,拿上冰糖便一跃而出。路上看着怀里鼓起的冰糖再也无法控制自己,剥开包,一点儿一点儿地舔,等到弟弟家时,多半的冰糖已被我舔没了。

弟弟消瘦了许多,蓬头垢面,衣衫褴褛,看上去像个野孩子。弟弟一见我就开始哭,小肩膀一抖一抖的。我也忍不住跟着哭。那家的叔叔进来时,我和弟弟像是犯了什么错的孩子,挨在一起站在炉子旁边。那位叔叔的眼神有一种冷冷的光芒。

"你是谁家的孩子?"他的声音短促而有力。

"我……我……"当我说不出话时弟弟抢先说:"他是我哥哥。"

"没问你!你这个好吃懒做的家伙。圈里的羊少了好几只,你快去给我找回来!"那位叔叔说。弟弟受了惊吓,转身跑出了屋子。太阳很快落山了,在伸手不见五指的夜晚,弟弟上哪里去找顺风而去的羊呢?我不安地望着窗外。

原来那家的叔叔阿姨膝下无子。母亲常说,没有孩子的人容易忘记善良。我一直在猜想那句话的真假。他们家比我们富裕多了,但是晚饭却只是掺有些许炒米的奶茶,简简单单地吃完了便准备就寝。外面刮起了大风,窗户纸在嘶嘶作响,让人心生恐惧。弟弟还没有回来。为节省灯油,那家的叔叔早早吹灭了灯。屋子里和外面一样漆黑了。

弟弟是8岁的小大人,他喜欢家畜。走失的几只羊他应该很快就能找回来。思绪中我靠着墙进入了梦乡。开门声惊醒了我。弟弟回来了,满身风与尘土的味道。弟弟的养父抬起头说:"羊找回来没?"

"找回来了。x字角不知动的是什么倔,自己跑了很远产下了羔,害得我好找。下了个白色的羔,我抱回来了。"弟弟说,言语中充满了得意。

"羊羔呢?"弟弟的养母问。

"放羊圈里了。"弟弟说,抽了一下鼻涕。

"去,把它抱回来,晚上它容易着凉,用黄油喂它就好了。"说着划了根火柴,灯亮了。

已是午夜时分,弟弟胡乱吃了一些东西,衣服都没脱就钻到我身旁。我给他盖好被。他的小手紧紧抱住了我。我用脸贴着他的脸,将母亲给我的冰糖放进他嘴里。弟弟用被子捂住头说:"我想妈妈了。"他抽泣着,我只能默默地为他擦眼泪。那晚,我们的枕头湿透了。

第二天醒来时,弟弟已经不见了,枕头上放着我给他的冰糖。

接羔的季节弟弟必须寸步不离地跟着羊群，所以他一大早就出发了。我拿着冰糖去找弟弟，我们在草场上相遇。弟弟笑了，能看见掉了牙的豁口里他的舌头在晃动。

"我就知道你会来。没喝早茶吧？给！"说着他拿出已干硬的玉米饼，敲在膝盖上弄成两半，将其中的一半递给我。我们吃玉米饼吃得津津有味。弟弟长大了。他懂得了很多事，这一点很让我惊讶。

"唉，其实我也想回去，可我不敢。"弟弟低下了头。

"他们想你都要想疯了，他们说等你回去给你吃奶油拌炒米呢。"

"我怕骑'柳条马'。"那天我鼓起勇气跟养母说要回家，她给了我狠狠的一巴掌。嘴里尝到血腥味时我跑了。我只知道母亲和你们都在夕阳落山的那边。可还没过几道梁养父就骑着快马追上了我。

他骑着马把我赶回家里，狠狠地揍了我一顿。他嘴里说："家有家规，回去？你去哪儿？这就是你的家！"他用细细的柳条抽我。

我没说话，死死地盯着他。打完我他又吻我前额，说："家里所有的东西都是你的。地上吃草的羊，坛子里的酸奶、瓦房，箱子里的面粉都是你的，我是你父亲，她是你母亲，我们对你这样严厉是不想让你成为一个坏孩子。"弟弟说，后来他又骑了几次"柳条马"。弟弟咯咯笑，说，那匹"马"就站在家里水缸旁边。弟弟还说，如果不睡懒觉，不丢牛羊就好多了。看着他，我竟然不知道怎么安慰他才好，拿出早晨他留给我的冰糖说："给，可甜了，早上你竟然忘了拿。"

弟弟把手藏在身后，说："我不吃，一吃就总想吃。养母会说的，还是不吃为好。回家这事也一样，一回去就总想着回去。"弟弟突然又说："一头羊产羔了，我们去看看。"那头母羊已经把自己的孩子舔得干干净净了，小羊羔蹒跚着找奶吃。弟弟拍手跳了起来，说："黑小子，我又多了个黑小子。"在家时弟弟常和我们家的"黑小子"对话。

春天的白昼过得太快了。我们隐约感到肚子饿，一看日头才知道黄昏已至。趁着黄昏的凉爽，吃饱后的畜群有一搭没一搭地往回走。

"弟弟，快点儿，如果黑小子跟不上母亲就把它抱起来，回去晚了，你那养母又要对你发火了。"

"哥哥，还是由你来抱吧。我怕它妈妈会不要它了。养母说，被抛弃的孩子不能抱羊羔，羊羔会被母亲抛弃。"说完话，弟弟的眼睛突然亮了起来。

"别听她瞎说,你是我们兄弟几个里最好的,最好的孩子才往外走,不信你去问母亲。"说着,我第一次抚摸弟弟落满灰尘的头。

"如果母亲再把我要回去,我再也不和小弟弟抢妈妈的被窝睡了。"说完,他天真地笑了。

弟弟真的长大了。圈好牛羊,弟弟开始准备晚饭,他做的粥非常可口。弟弟在择他从野外采来的韭菜。我突然想起了弟弟说过的"柳条马"。那根约两米长,大拇指那么粗的柳条似乎在看着我。我把它藏起来,走到屋外的垃圾堆旁,挖了个坑埋掉。我像做了什么大事,心情很愉快。我忐忑不安地想着没有了"柳条马",弟弟的养父会用什么打他。

第二天醒来时,太阳升得很高了。枕边放着弟弟留下的冰糖。昨晚睡觉前我把冰糖放到了他的内衣口袋里,他竟然又拿出来留给我了。我突然想起了家,拿着冰糖一跃而起。弟弟的养父拿着一模一样的两根柳条微笑着走了进来,然后并排放在水缸后面。他比谁都清楚,如果把柳条放在水缸旁边就能保持柔韧。

我拿起那块冰糖夺门而出。我弓着腰,从梁的那边往家跑。我怕弟弟看见我。跑出很远,我再看弟弟时,他也正在往家的方向跑。想到我们就这样分别,我似乎看到了弟弟在擦自己的眼泪,似乎听到了他在抽泣。弟弟似乎在拽着我的衣角央求我,哥哥,你等等我。

眼泪模糊了我的视线,我再也看不清附近的东西。我回去求一求母亲吧,我不用冰糖换我可爱的弟弟。

这时,我突然觉得家在遥远的地方,弟弟也在一步步离我远去,而那块我生怕丢失的冰糖,在我燥热的体温下在渐渐融化,渐渐变小……

(选自《文苑》,2008年第12期)

【交流之窗】

看似甜丝丝的冰糖却联结着一段凄苦心酸的故事,作者带我们走进那个艰难的岁月,体验了"贫穷"这个魔鬼带给人们的伤害。感受那个特殊的年代,铭记一种逝去的艰难,一份刻骨的亲情……

我的理想家庭

老舍

老舍（1899—1966），中国现代著名作家，杰出的语言大师、人民艺术家，中华人民共和国第一位获得"人民艺术家"称号的作家。

我的理想家庭要有七间小平房：一间是客厅，古玩字画全非必要，只要几把很舒服宽松的椅子，一二小桌。一间书房，书籍不少，不管什么头版与古本，而都是我所爱读的；一张书桌，桌面是中国漆的，放上热茶杯不至烫成个圆白印；文具不讲究，可是都很好用；桌上老有一两枝鲜花，插在小瓶里。两间卧室，我独居一间，没有臭虫，而有一张极大极软的床。在这个床上，横睡直睡都可以，不论咋睡都一躺下就舒服合适，好像陷在棉花堆里，一点也不碰硬骨头。还有一间，是预备给客人住的。此外是一间厨房，一个厕所，没有下房，因为根本不预备用仆人。家中不要电话，不要播音机，不要留声机，不要麻将牌，不要风扇，不要保险柜。缺乏的东西本来很多，不过这几项是故意不要的，有人白送给我也不要。

院子必须很大，靠墙有几株小果木树。除了一块长方的土地，平坦无草，足够打开太极拳的。其他的地方就都种着花草——没有一种珍贵费事的，只求昌茂多花。屋中至少有一只花猫，院中至少也有一两盆金鱼；小树上悬着小笼，二三绿蝈蝈随意地鸣着。

这就该说到人了。屋子不多，又不要仆人，人口自然不能很多：一妻和一儿一女就正合适。先生管擦地板与玻璃，打扫院子，收拾花木，给鱼换水，给蝈蝈一两块绿黄瓜或几个毛豆，并管上街送信买书等事宜。太太管做饭，女儿任助手——顶好是十二三岁，不准小也不准大，老是十二三岁。儿子顶好是三岁，既会讲话，又胖胖的会淘气。母女做饭之外，就做点针线，看小弟弟。大件衣服拿到外边去洗，小件的随时自己涮一涮。

这一家子人，因为吃的简单干净，而一天到晚不闲着，所以身体都很不坏。因为身体好，所以没有肝火，大家都不爱闹脾气。除了为小猫上房，金鱼甩子等事着急之外,谁也不急叱白脸的。

　　大家的相貌也都很体面,不令人望而生厌。衣服可并不讲究,都做得很结实朴素;永远不穿又臭又硬的皮鞋。男的很体面,可不露电影明星气;女的很健美,可不红唇鬈毛,鼻子朝着天。孩子们都不卷着舌头说话,淘气而不讨厌。

　　这个家庭顶好是在北平,其次是成都或青岛,至坏也得在苏州。无论怎样吧,反正必须在中国,因为中国是顶文明平安的国家;理想的家庭必须在理想的国家内也。

（选自《我的理想家庭》,人民出版社,2014年版）

【交流之窗】

　　老舍先生曾经笑言:既然婚姻是爱情的坟墓,那么家庭根本上是英雄好汉的累赘。但老舍与夫人胡絜青共同生活了35年,却一次也没红过脸;老舍对孩子的教育方式,至今仍是人们学习的榜样。家庭是盛放亲情最普通的空间。老舍先生之所以拥有一个温馨和睦的亲情空间,是不是正因为有了这爱的支撑力量,才克服了人生的无数苦难?

● 理性之光

论家庭

弗兰西斯·培根　蒲　隆译

培根（Francis Bacon, 1561—1626），英国文艺复兴时期唯物主义哲学家、散文家，实验科学的创始人。

在子女面前，父母要善于隐藏他们的一切快乐、烦恼与恐惧。他们的快乐无须说，而他们的烦恼与恐惧则不能说。子女使他们的劳苦变甜，但也使他们的不幸更苦。子女增加了他们生活的负担，但却减轻了他们对于死的恐惧。

一切生物都能通过生殖留下后代，但只有人类能通过后代留下美名、事业和德行。然而，为什么有的没有留下后代者却留下了流芳百世的功业？因为他们虽然未能复制一种肉体，却全力以赴地复制了一种精神。因此这种无后继的人其实倒是最关心后事的人。创业者对子女期望最大，因为子女被他们看作不但是族类的继承者，又是所创事业的一部分。

作为父母，特别是母亲，对子女常常会有不合理的偏爱。所罗门曾告诫人们："智慧之子使父亲欢乐，愚昧之子使母亲蒙羞。"① 在家庭中，最大或最小的孩子都可能得到优遇。唯有居中的子女容易受到忘却，但他们却往往是最有出息的。

在子女小时不应对他们过于苛刻。否则会使他们变得卑贱，甚至投机取巧，以致堕入下流，即使后来有了财富时也不会正当利用。聪明的父母对子女在管理上是严格的，而在用钱上则不妨略宽松些，这常常是有好效果的。

作为成年人，绝不应在一家的兄弟之间挑动竞争，以致积隙成仇，使兄弟间直到成年，依然不和。

---

① 语出《旧约·箴言》第10章第1节。

意大利风俗对子女和侄甥一视同仁，亲密无间。这是很可取的。因为这种风俗很合于自然的血统关系。许多侄子不是更像他的一位叔、伯，而不像父亲吗？

在子女还小时，父母就应当考虑他们将来的职业方向并加以培养，因为这时他们最易塑造。但在这一点上要注意，并不是孩子小时所喜欢的，也就是他们终生所愿从事的。如果孩子确有某种超群的天才，那当然应该扶植发展。但就一般情况说，下面这句格言是很有用的："长期的训练会通过适应化难为易。"还应当注意，子女中那种得不到遗产继承权的幼子，常常会通过自身奋斗获得好的发展。而坐享其成者，却很少能成大业。

（选自《外国名家散文经典》，长江文艺出版社，2003年版）

【交流之窗】

家庭，是亲人聚居生息之所，亲情盛开，幸福自来。血浓于水，其乐融融！家庭是培育和盛放亲情的地方，同时也是言传身教、传承精神文化的空间。亲人之间如何相处？这也是家庭成员要面对的一个课题。

父母与孩子之间的爱

埃里希·弗罗姆　　李健鸣　译

埃里希·弗罗姆（1900—1980），美国精神病学家，新精神分析学家和哲学家。

如果不是一个仁慈的命运在保护婴儿，不让他感觉到离开母体的恐惧的话，那么在诞生的一刹那，婴儿就会感到极度的恐惧。但是婴儿在出生后一段时间内同他出生以前并无多大的区别；他还是不能辨认物体，还没意识到自己的存在以及他身体之外的世界的存在。他只有需要温暖和食物的要求，但却不会区别温暖、食物同给予温暖和食物的母亲。母亲对婴儿来说就是温暖，就是食物，是婴儿感到满足和安全的快乐阶段。这一个阶段用弗洛伊德的概念就是自恋阶段。周围的现实，人和物体，凡是能引起婴儿身体内部的满足或失望的才会对他产生意义。婴儿只能意识到他的内部要求；外部世界只有同他的需要有关的才是现实的，至于与他的要求无关的外部世界的好坏则没有任何意义。

如果孩子不断生长、发育，他就开始有能力接受事物的本来面目。母亲的乳房不再是唯一的食物来源。终于他能区别自己的渴、能喂饱肚子的乳汁、乳房和母亲。他开始知道其他物体有其自己的、与他无关的存在。在这个阶段孩子学会叫物体的名称，同时学习如何对待这些物体；他开始懂得火是热的，会烫人，木头是硬的，而且很沉，纸很轻，能撕碎。他也开始学习同人打交道：他看到如果他吃东西，母亲就微笑；如果他哭，母亲就把他抱起来；如果他消化好，母亲就称赞他。所有这些经历凝聚并互相补充成为一种体验：那就是我被人爱。我被人爱是因为我是母亲的孩子。我被人爱是因为我孤立无援。我被人爱是因为我长得可爱并能赢得别人的喜爱。简而言之就是我被人爱因为我有被人爱的资本——更确切的表达是：我被人爱是因为我是我。母爱的体验是一种消极的体验。我什么也不做就可以赢得母亲的爱，因为母亲是无条件的，我只需要是母亲的孩子。母爱是一种祝福，是和平，不需要去赢得它，也不用为此付出努力。但无条件的母爱有其缺陷的一面。这种爱不仅不需要用努力去换取,而且也根本无法赢得。如果有母爱,就有祝福;没有母爱,生活就会变得空虚——而我却没有能力去唤起这种母爱。

　　大多数八岁半到十岁的儿童的主要问题仍然是要被人爱,无条件地被人爱。八岁以下的儿童还不会爱,他对被爱的反应是感谢和高兴。儿童发展到这一阶段就会出现一个新的因素——一种新的感情,那就是要通过自己的努力去唤起爱。孩子第一次感到要送给母亲(或父亲)一样东西——写一首诗、画一张画或者做别的东西。在他的生活中爱的观念——第一次从"被人爱"变成"爱别人",变成"创造爱"。但从爱的最初阶段到爱的成熟阶段还会持续许多年。进入少年时代的儿童最终会克服他的自我中心阶段,他人就不会再是实现个人愿望的工具,他人的要求同自己的要求同等重要——事实上也许更为重要。给比得更能使自己满足,更能使自己快乐,爱要比被爱更重要。通过爱,他就从他的由自恋引起的孤独中解脱出来,他开始体验关心他人以及同他人的统一,另外他还能感觉到爱唤起爱的力量。他不再依赖于接受爱以及为了赢得爱必须使自己弱小、孤立无援、生病或者听话。天真的、孩童式的爱情遵循下列原则:"我爱,因为我被别人爱。"成熟的爱的原则是:"我被人爱,因为我爱人。"不成熟的、幼稚的爱是:"我爱你,因为我需要你。"而成熟的爱是:"我需要你,因为我爱你。"

　　同爱的能力发展紧密有关的是爱的对象的发展。人生下来后的最初几个月和最初几年同母亲的关系最为密切。这种关系在人没出生以前就已经开始,那就是当怀孕的妇女和胎儿既是一体又是两体的时候。出生在某种意义上改变了这种状况,但绝不是像看上去那样有很大的变化。在母体外生活的婴儿还几乎完全依赖于母亲。后来幼儿开始学走路、说话和认识世界,这时同母亲的关系就失去了一部分休戚相关的重要性,而同父亲的关系开始重要起来了。

　　为了理解这种变化,必须了解母爱和父爱在性质上的根本区别。我们上面已经谈到过母爱。母爱就其本质来说是无条件的。母亲热爱新生儿,并不是因为孩子满足了她的什么特殊的愿望,符合她的想象,而是因为这是她生的孩子。(我在这里提到的母爱或者父爱都是指"理想典型",也就是马克斯·韦伯提到了的或者荣格的原型意义上的理想典型,而不是指每个母亲和每个父亲都以这种方式爱孩子。我更多的是指在母亲和父亲身上体现的那种本质。)无条件的母爱不仅是孩子,也是我们每个人最深的渴求。从另一个角度来看,通过努力换取的爱往往会使人生疑。人们会想:也许我并没有给那个应该爱我的人带来快乐,也许会节外生枝——总而言之,人们害怕这种爱会消失。此外,靠努力换取的爱常常会使人痛苦地感到:我之所以被人爱是因为我使对方快乐,而不是出于我自己的意愿——归根结蒂,我不是被人爱,而是被人需要而已。鉴于这种情况,因此我们所有的人,无论是儿童还是成年人,都牢牢地保留着对母爱的渴求,这是不足为奇的。大多数孩子有幸得到母爱(我们以后再谈在什么程度上得到母爱)。而成人身上的这种渴望更难得到实现。在令人满意的发展过程中,这种渴望始终是性爱的一个成分;但也经常出现在宗教形式,或者更多的是出现在神经病形式中。

  同父亲的关系则完全不同。母亲是我们的故乡,是大自然、大地和海洋。而父亲不体现任何一种自然渊源。在最初几年内孩子同父亲几乎没有什么联系,在这个阶段父亲的作用几乎无法同母亲相比。父亲虽然不代表自然世界,却代表人类生存的另一个极端,即代表思想的世界,人所创造的法律、秩序和纪律等事物的世界。父亲是教育孩子,向孩子指出通往世界之路的人。

  同父亲作用紧密相关的是另一个同社会经济发展有关的作用。随着私有制以及财产由一个儿子继承的现象出现,父亲就对那个将来要继承他财产的人特别感兴趣。父亲总是挑选他认为最合适的儿子当继承人,也就是与他最相像,因而也是最得他欢心的那个儿子。父爱是有条件的爱。父爱的原则是:"我爱你,因为你符合我的要求,因为你履行你的职责,因为你同我相像。"正如同无条件的母爱一样,有条件的父爱有其积极的一面,也有其消极的一面。消极的一面是父爱必须靠努力才能赢得,在辜负父亲期望的情况下,就会失去父爱。父爱的本质是:顺从是最大的道德,不顺从是最大的罪孽,不顺从者将会受到失去父爱的惩罚。父爱的积极一面也同样十分重要。因为父爱是有条件的,所以我可以通过自己的努力去赢得这种爱。与母爱不同,父爱可以受我的控制和努力的支配。

  父母对孩子的态度符合孩子的要求。婴儿无论从身体还是心理上都需要母亲的无条件的爱和关怀。在六岁左右,孩子就需要父亲的权威和指引。母亲的作用是给予孩子一种生活上的安全感,而父亲的任务是指导孩子正视他将来会遇到的种种困难。一个好母亲是不会阻止孩子成长,也不会鼓励孩子求援的。母亲应该相信生活,不应该惶恐不安并把她的这种情绪传染给孩子。她应该希望孩子独立并最终脱离自己。父爱应该受一定的原则支配并提出一定的要求,应该是宽容的、耐心的,不应该是咄咄逼人和专横的。父爱应该使孩子对自身的力量和能力产生越来越大的自信心,最后能使孩子成为自己的主人,从而能够脱离父亲的权威。一个成熟的人最终能达到他既是自己的母亲,又是自己的父亲的高度。他发展了一个母亲的良知,又发展了一个父亲的良知。母亲的良知对他说:"你的任何罪孽、任何罪恶都不会使你失去我的爱和我对你的生命、你的幸福的祝福。"父亲的良知却说:"你做错了,你就不得不承担后果;最主要的是你必须改变自己,这样你才能得到我的爱。"成熟的人使自己同母亲和父亲的外部形象脱离,却在内心建立起这两个形象。同弗洛伊德的"超我"理论相反,人不是通过合并父亲和母亲,从而树立起这两个形象,而是把母亲的良知建筑在他自己爱的能力上,把父亲的良知建筑在自己的理智和判断力上。成熟的人既同母亲的良知,又同父亲的良知生活在一起,尽管两者看上去互为矛盾。如果一个人只发展父亲的良知,那他会变得严厉和没有人性;如果他只有母亲的良知,那他就有失去自我判断力的危险,就会阻碍自己和他人的发展。

　　人从同母亲的紧密关系发展到同父亲的紧密关系,最后达到综合,这就是人的灵魂健康和达到成熟的基础……

（选自《爱的艺术》,上海译文出版社,2011年版）

【交流之窗】
　　母爱是无条件的,母亲就像是我们的故乡,是大自然、大地和海洋。父亲代表思想的世界,代表人所创造的法律、秩序和纪律等事物的世界。作者认为,成熟的人不依赖父母提供的世界,而是自己心中拥有这两个世界。说一说,父亲、母亲这两个世界给了你哪些影响?将来如果你成了父亲或母亲,你会怎么做?

孝道与感恩文化

栾传大

栾传大,中国伦理学会中华民族传统美德教育研究会会长。

孝与感恩是中华民族传统美德的基本元素,是中国人品德形成的基础。我国孝道文化包括敬养父母、生育后代、推恩及人、忠孝两全、缅怀先祖等,是一个由个体到整体,修身、齐家、治国、平天下的延展攀高的多元文化体系。

人间有三大真情:亲情、友情、爱情。如今,亲情缺认、友情缺位、爱情缺真的现象屡见不鲜。特别是在亲情方面出现的"六亲不认"的不孝与不感恩现象导致的问题已构成社会问题,影响了人际和谐、家庭和谐、社会和谐建设的进程与质量。孝与感恩是中华民族的最基本的传统美德,是中国人传统美德形成的基础,也是政治道德、社会公德、职业道德、家庭美德、个人品德建设的基本元素,也是当今政治文明、经济文明、精神文明建设不可忽视的精神支柱和精神力量。所以,给予我国孝道文化以科学和现代的诠释,对当下公民教育大有裨益。

一、孝道,我国传统文化的核心价值观

孝道是中国传统社会十分重要的道德规范,也是中华民族尊奉的传统美德。在中国传统道德规范中,孝道具有特殊的地位和作用,已经成为中国传统文化的优良传统。

舜是中国古代守孝的第一君主。中国传统文化是以孝敬父母为核心的孝道文化。传说很久以前我国有个君主叫舜。舜出生在一个穷苦家庭,年幼丧母,父亲是瞎子。后来父亲又娶后妻,生一子叫象。从此后母常虐待舜,后来连父亲也讨厌舜。每当父母发狠心要杀死舜时,舜只好逃跑。可当父母生病需要人照顾时,舜又回到他们身边,尽力服侍父母,还处处

让着弟弟。舜的孝心感动了天地。当舜在历山的农田耕田时,竟有大象跑来帮他犁田,小鸟飞来替他播种。后来,尧帝发现并提拔了舜,让舜协助自己来管理国家大事。舜在尧手下干了28年,做过各种各样的官,都很称职。最后,尧把帝位传给了舜。尧之所以选中舜为帝位继承人,就是因为舜不仅有才干,而且是个大孝子。可见,把孝亲敬老视为最崇高的美德,作为选拔官员的标准是自远古就沿袭流传下来的,并世代相袭、贯穿百代。

如周代将孝道作为人的基本品德。当时提出的"三德"[至德(道)、敏德(行)、孝德]"三行"(学孝行,以亲父母;学友行,以尊贤良;学顺行,以事师长),成为社会道德教化的核心内容。春秋时期强化礼教。《左传》中有"六顺":君义、臣行、父慈、子孝、兄爱、弟敬。孔子继承了商周的伦理思想,创建了独特的以仁为核心的儒家伦理道德体系。他创私学把孝放在教学首位,作为道德的根本,强调"君子务本,本立而道生,孝悌也者,其为仁之本与"。孟子发展孔子思想。以"人性善"论为理论基础,提出仁、义、礼、智(亦即:恻隐之心、羞恶之心、辞让之心、是非之心),孝、悌、忠、信。孟子说:"世俗所谓不孝有五:惰其四肢,不顾父母之养,一不孝也;博弈好欲酒,不顾父母之养,二不孝也;好货财,私妻子,不顾父母之养,三不孝也;从耳目之欲,以父母戮,四不孝也;好勇斗狠,以危父母,五不孝也。"朱熹是儒家思想的集大成者。朱熹在继承儒家传统思想的基础上,吸收、融合了佛道思想,构成了一套系统的、严密的、哲理化的道德教育思想,他提出孝、悌、忠、信、礼、义、廉、耻。他把"父子有亲,君臣有义,夫妇有别,长幼有序,朋友有信"作为"五教之目"。朱熹把学校教育分为小学(8—15岁)、大学(16岁以后)两个阶段,无论小学大学,都以"明人伦"为目的。他主张小学要学习"洒扫、应对、进退之节",遵守"孝、悌、忠、信"等道德规范。大学要"明明德",修身、齐家、治国、平天下。20世纪初,以孙中山、章太炎为代表的资产阶级革命派,进一步提出"道德革命""家庭革命"口号。孙中山提出了"忠孝、仁爱、信义、和平"等八德目的道德规范,重新解释并赋予其民主主义的新内容。

综上可见,孝道贯百代,上下五千年。孝道已成了中华民族繁衍生息、百代相传的优良传统与核心价值观。为了维护、形成这个孝道传统,在周朝,每年举行一次大规模的"乡饮酒礼"活动,旨在敬老尊贤。礼法规定,70岁以上的老人有食肉的资格,享受敬神一样的礼遇。春秋战国时,70岁以上的老人免一子赋役;80岁以上的老人免两子赋役;90岁以上的老人,全家免赋役。在中国民俗中,还有隆重的老年仪式礼。在民间60岁的老人可以接受儿孙的祝寿;在宫廷中,则有皇帝亲自主持尊老的礼仪。东汉时期,皇帝带头倡导养老敬老之礼。清朝年间还举行过大型的尊老敬老活动——千寿宴。康熙六十一年(1722)正月初二,在乾清宫宴请65岁以上的老人,共有1020人。筵席上,老人和康熙平起平坐,皇子皇孙侍立一旁,给老人倒酒。康熙还即兴赋诗,名曰《千叟宴诗》。为保障崇孝风尚固化,历代皇帝采取褒奖孝行、劝民孝行的各种举措。汉文帝时,诏令天下郡守,推举孝廉之士,授以官爵;隋唐开始实行的科举制度中,均专门设立孝廉科名。在整个封建时代,《孝经》是国家规定的教材,开科取士的考评依据。小孩子从入学起便从童蒙教材《三字经》《弟子规》中诵读"首孝悌,次见闻"。此外,严惩不孝。隋唐后的刑律皆将不孝列入等同谋反不予宽赦的"十大恶"之中。杀父母者历代皆凌迟处死。明律中,凡不顺从父母致使父母生气的事皆视为忤逆,可告于官,要打板子直至判刑。民间流传的"打爹骂娘,天打雷劈",表明不孝者皆为世人所不齿,天地所不容。

"百善孝为先""夫孝,德之本也"。孝道文化是中国传统文化的基本文化,"民用和睦,上下无怨",又是和谐文化,中国特色文化。作为中国特色社会主义社会理应承继这份道德遗产,发展这份优良传统,丰富中国特色社会主义的伦理精神与道德规范。

二、孝道文化,社会文明的力量

孝,狭义说就是善事父母;广义说,就是孔子说的"始于事亲,中于事君,终于立身"。感恩,狭义说就是感激父母,广义说,就是感激自然,感激社会,感激祖国,感激所有帮过自己的人。孝与感恩是以孝敬父母为本的孝道文化的基本元素。孝是感恩的前提与基础,是人内在的品质,属于魂,感恩是孝的体现,是人外在的品行,属于形。孝与感恩是思想,是态度,是文化,是行为,是素养,是文明。不孝,便不知感恩,不知感恩,便是不孝。孝是人性,孝是根本,孝是至德。

几千年前，孔子曾写出一部被誉为"使人高尚和圣洁""传之百世而不衰"的不朽名著《孝经》，千百年来被视作金科玉律，上至帝王将相，下至平民百姓，无不对其推崇备至，产生了人类文明的伟大力量，成为独特的中国孝道文化。

孔子提倡的孝道文化，其内涵可以从如下五方面来理解：

敬养父母。这是对双亲而言。敬养父母双亲是人类的天性。孔子认为："父子之道，天性也。"意思是说，父母培养教育子女，子女奉养父母，这是人类一种天性。又说："孝子之事亲也，居则致其敬，养则致其乐，病则致其忧，丧则致其哀，祭则致其严，五者备矣，然后能事亲。"这是孝敬父母的天性五种表现：在日常起居生活中以最诚挚的心情任劳任怨地服侍父母；赡养父母要做到让他们心情愉快；父母生病时以最忧虑的心情照料父母；父母过世时以最哀痛的心情来料理后事；举行祭祀时以最严肃的态度来追思父母。这五方面做到，才称得上是能侍奉双亲的孝子，也才能算是真正体现了人的孝亲的圣洁本性。

中国人讲孝，既重赡养，也重视心理关怀和内心愉悦。在有些人看来，父母到了老年，不能自食其力了，做子女的从经济物质上养活他们，使他们吃穿不愁，也就算报答生育之恩了。孔子不同意这种观点。他说"今之孝者，是谓能养，至于犬马，皆能有养，不敬，何以别乎？"孔子强调"敬"，认为仅仅"能养"是不够的。所以，孝敬父母应在既养又敬上下功夫。在家不仅应主动承担家务劳动，减轻父母家务负担，而且应从思想上，尊重父母意见和教导，经常把生活、学习、思想情况告诉父母。外出和到家，向父母打招呼。在外地读书或工作，经常写信或电话汇报情况，或经常回家看看，免去父母挂心。

孝敬不等于盲从。孔子在《孝经·谏诤章》说："父有诤子，则身不陷于不义。故当不义，则子不可以不诤于父；臣不可以不诤于君。"孔子态度十分鲜明，他反对一味盲从，反对愚忠愚孝。主张做父亲的若有能谏诤的儿子，就不会陷于不义的行为之中，做儿子的若看到父亲有不义的行为，就应该直言相劝；对父母有意见，有礼貌地提出，不应和父母吵架要态度。为人臣子的若看到君王有不义的行为，就应该进言劝止。这些都体现了孔子的辩证思想和民主思想。

生育后代。这是对后人而言。人类生命是一个链条，民族兴衰关键在后代。生育后代既是生命延续与民族繁衍的需要，也是承继孝道文化的责任与义务。生育后代，提高后代的质量，在当代绝不是个人一家的行为，而是培养社会主义事业接班人和建设者，强我、壮我中华民族之后的需要。

推恩及人。这是对他人而言。孝道除分养亲、敬亲、尊亲三个层次外，还强调"推恩"。孟子说过："古之人所以大过人者，无他焉，善推其所为而已矣。"又说："老吾老以及人之老，幼吾幼以及人之幼。"其意思就是在人与人相处中，应当推己及人，推恩及人，使孝道得以升华。把孝亲敬老的美德推广到同学、师长及社会每个成员，既尊敬热爱自己的父母长辈，也兼及他人的父母长辈，使全社会人与人之间都能够互尊互爱，和谐相处。

中华人民共和国成立以后，进一步继承发扬了"孝敬父母"的传统美德，中华人民共和国的宪法中不仅将赡养父母列为儿女的义务，而且在公共福利事业中，建立、发展、壮大了社会主义的敬老事业，形成了良好的健康的社会道德环境。

忠孝两全。这是对国家而言。孝忠相通，孝始忠结。孔子说："夫孝，始于事亲，中于事君，终于立身。"曾子说："孝子善事君。"把对父母的孝心转化为对国家的忠心，把对家的责任感转移为对国的责任感，这是儒家孝道观的一大特点。自古忠臣多出于孝子，尽孝与尽忠是相辅相成的，孝与忠是有着内在联系和共同本质的"两位一体"。小家与大家本质相通。

毛泽东在战争年代，曾提出忠孝问题，他说我们提倡忠孝不是忠于某一个人，孝于某一个人，为国家尽忠，为民族尽孝就是最大的孝。把"不独亲其亲""老吾老"的传统美德，熔炼、提升为革命传统美德。在这种思想道德观念指导下，许多革命烈士通过尽"忠"去实现尽"孝"，积极投身革命，解放全中华的父老双亲，使其从根本上改善政治、经济地位，实践了"最大的孝"，体现了最大的忠。在改革开放和现代化建设中将孝道文化精神与爱国主义、社会主义紧密结合起来，以报效祖国和人民，不断推进中国特色社会主义伟大事业。这是广大青少年应具备的广义的"孝与感恩"的崇高品德，是传统美德现代化的需要。

缅怀先祖。这是对亡者而言，就是"无念尔祖，聿修厥德"，意思是始终不忘思念先祖,继承遗志,将他们的功德修养发扬光大。父母在,能够一直孝敬,父母死后,则慎行其身,不给父母带来恶名;同时既擅自珍摄,保全自己,又能立身行道,扬名于后世,以显父母英名,这都是始终在尽孝道。

人死后坟头有人填土、年节有人祭奠。这是人们对死者的祭日以及传统节日,如清明节上坟扫墓等祭奠的活动,是生者对死者寄托的哀思与缅怀,也是中国孝道文化的内涵与礼数。可是"文革"横扫"四旧"把人们的纪念活动统统视为封建迷信而加以批判,严重地破坏了人类孝与感恩的伦理常情和秩序。对革命先烈、对死去的亲人,慎终追远,缅怀思念,这是中国孝道文化代代相袭、辈辈相传的伟大特色与伟大内涵,是中国人一种永恒的孝道和仁爱的体现。永远不应废止,也不能废止。

总之,在中国传统社会中,儒家历来将孝与感恩视为"人伦之公理",将它作为维护社会伦理关系和政治统治的重要手段,并且把孝与感恩和"忠君""爱国"相联系,以"孝"为"修身、齐家、治国、平天下"的出发点,使孝与感恩这种调节亲子关系的道德规范扩展为具有社会普遍意义的行为准则,成为社会教化的基本内容。

三、感恩教育,传承孝道文化

孝与感恩是中华民族传统美德。自古就有"谁言寸草心,报得三春晖""滴水之恩,当涌泉相报"的经典名句。孝敬父母是子女的伦理规范与道德责任,是做人的修养与觉悟。新的历史条件下,与时俱进地开展感恩教育是对孝道文化最好的继承。

大力提倡亲情教育。感恩是人类社会最朴实的情感表达,是社会道德和社会和谐的基本要求。知父母恩是尊敬父母的前提。提倡诵读如《论语》《孝经》《礼记》《弟子规》等经典,使人们特别是未成年人从传统文化典籍中汲取思想养分,懂得孝敬和感恩父母。

开展丰富多彩的孝与感恩的教育活动。在学校和社区可开设孝敬课、感恩课,可以采取学科渗透、主题活动等方式。例如,给母亲梳头,给父亲洗脚,到敬老院认亲,给孤寡老人送温暖;评选孝敬父母好孩子;推荐孝亲敬老的好爸爸、好妈妈;为自己父母过生日;运用文艺手段编写传唱孝敬父母的歌曲；中学生可以到社会开展调查总结孝敬父母和不孝敬父母的典型，用身边例子教育自己的活动……通过系列活动让年轻人懂感恩、会感恩、乐感恩。

学校、家庭、社区、单位四结合共同营建弘扬中华民族传统美德良好环境。孝与感恩文化建设，要齐抓共管。学校要结合校园文化开展活动，单位要结合职业道德实际创建有效的运行模式，社区要提高执行能力建立保障机制，各种媒体应当理直气壮地宣传以孝敬父母为核心的孝道文化，使知恩、感恩、报恩形成主体主流的舆论共识，真正把我国建成一个文明和谐的社会。

（选自《政工研究动态》期刊，2008年21期）

【交流之窗】

"孝与感恩"是中华民族传统美德的基本元素，是中国人品德形成的基础。我国孝道文化包括敬养父母、生育后代、推恩及人、忠孝两全、缅怀先祖等，是一个由个体到整体，修身、齐家、治国、平天下的延展攀高的多元文化体系。作者在文中提出了传承孝道与感恩文化在当代的重要意义，你的生活中有哪些细节体现了这些文化吗？这些传统文化道德对你有什么启示呢？

我们现在怎样做父亲

鲁 迅

鲁迅(1881—1936),原名周树人,浙江绍兴人。五四新文化运动的重要参与者,中国现代文学的奠基人。

我作这一篇文的本意,其实是想研究怎样改革家庭;又因为中国亲权重,父权更重,所以尤想对于从来认为神圣不可侵犯的父子问题,发表一点意见。总而言之:只是革命要革到老子身上罢了。但何以大模大样,用了这九个字的题目呢?这有两个理由:

第一,中国的"圣人之徒",最恨人动摇他的两样东西。一样不必说,也与我辈绝不相干;一样便是他的伦常,我辈却不免偶然发几句议论,所以株连牵扯,很得了许多"铲伦常""禽兽行"之类的恶名。他们以为父对于子,有绝对的权力和威严;若是老子说话,当然无所不可,儿子有话,却在未说之前早已错了。但祖父子孙,本来个个都只是生命的桥梁的一级,绝不是固定不易的。现在的子,便是将来的父,也便是将来的祖。我知道我辈和读者,若不是现任之父,也一定是候补之父,而且也都有做祖宗的希望,所差只在一个时间。为想省却许多麻烦起见,我们便该无须客气,尽可先行占住了上风,摆出父亲的尊严,谈谈我们和我们子女的事;不但将来着手实行,可以减少困难,在中国也顺理成章,免得"圣人之徒"听了害怕,总算是一举两得之至的事了。所以说,"我们怎样做父亲"。

第二,对于家庭问题,我在《新青年》的《随感录》(二五、四十、四九)中,曾经略略说及,总括大意,便只是从我们起,解放了后来的人。论到解放子女,本是极平常的事,当然不必有什么讨论。但中国的老年,中了旧习惯旧思想的毒太深了,决定悟不过来。譬如早晨听到乌鸦叫,少年毫不介意,迷信的老人,却总须颓唐半天。虽然很可怜,然而也无法可救。没有法,便只能先从觉醒的人开手,各自解放了自己的孩子。自己背着因袭的重担,肩住了黑暗的闸门,放他们到宽阔光明的地方去;此后幸福地度日,合理地做人。

还有,我曾经说,自己并非创作者,便在上海报纸的《新教训》里,挨了一顿骂。但我辈评论事情,总须先评论了自己,不要冒充,才能像一篇说话,对得起自己和别人。我自己知道,不特并非创作者,并且也不是真理的发现者。凡有所说所写,只是就平日见闻的事理里面,取了一点心以为然的道理;至于终极究竟的事,却不能知。便是对于数年以后的学说的进步和变迁,也说不出会到如何地步,单相信比现在总该还有进步还有变迁罢了。所以说,"我们现在怎样做父亲"。

我现在心以为然的道理,极其简单。便是依据生物界的现象:一,要保存生命;二,要延续这生命;三,要发展这生命(就是进化)。生物都这样做,父亲也就是这样做。

生命的价值和生命价值的高下,现在可以不论。单照常识判断,便知道既是生物,第一要紧的自然是生命。因为生物之所以为生物,全在有这生命,否则失了生物的意义。生物为保存生命起见,具有种种本能,最显著的是食欲。因有食欲才摄取食品,因有食品才发生温热,保存了生命。但生物的个体,总免不了老衰和死亡,为继续生命起见,又有一种本能,便是性欲。因性欲才有性交,因有性交才发生苗裔,继续了生命。所以食欲是保存自己,保存现在生命的事;性欲是保存后裔,保存永久生命的事。饮食并非罪恶,并非不净;性交也就并非罪恶,并非不净。饮食的结果,养活了自己,对于自己没有恩;性交的结果,生出子女,对于子女当然也算不了恩。——前前后后,都向生命的长途走去,仅有先后的不同,分不出谁受谁的恩典。

可惜的是中国的旧见解,竟与这道理完全相反。夫妇是"人伦之中",却说是"人伦之始";性交是常事,却以为不净;生育也是常事,却以为天大的大功。人人对于婚姻,大抵先夹带着不净的思想。亲戚朋友有许多戏谑,自己也有许多羞涩,直到生了孩子,还是躲躲闪闪,怕敢声明;独有对于孩子,却威严十足。这种行径,简直可以说是和偷了钱发迹的财主,不相上下了。我并不是说,——如他们攻击者所意想的——人类的性交也应如别种动物,随便举行;或如无耻流氓,专做些下流举动,自鸣得意。是说,此后觉醒的人,应该先洗净了东方固有的不净思想,再纯洁明白一些,了解夫妇是伴侣,是共同劳动者,又是新生命创造者的意义。所生的子女，固然是受领新生命的人，但他也不永久占领，将来还要交付子女，像他们的父母一般。只是前前后后，都做一个过付的经手人罢了。

生命何以必须继续呢？就是因为要发展，要进化。个体既然免不了死亡，进化又毫无止境，所以只能延续着，在这进化的路上走。走这路须有一种内的努力，有如单细胞动物有内的努力，积久才会繁复，无脊椎动物有内的努力，积久才会发生脊椎。所以后起的生命，总比以前的更有意义，更近完全，因此也更有价值，更可宝贵；前者的生命，应该牺牲于他。

但可惜的是中国的旧见解，又恰恰与这道理完全相反。本位应在幼者，却反在长者；置重应在将来，却反在过去。前者做了更前者的牺牲，自己无力生存，却苛责后者又来专做他的牺牲，毁灭了一切发展本身的能力。我也不是说，——如他们攻击者所意想的，——孙子理应终日痛打他的祖父，女儿必须时时咒骂他的亲娘。是说，此后觉醒的人，应该先洗净了东方古传的谬误思想，对于子女，义务思想须加多，而权利思想却大可切实核减，以准备改作幼者本位的道德。况且幼者受了权利，也并非永久占有，将来还要对于他们的幼者，仍尽义务。只是前前后后，都做一个过付的经手人罢了。

"父子间没有什么恩"这一个断语，实是招致"圣人之徒"面红耳赤的一大原因。他们的误点，便在长者本位与利己思想，权力思想重重，义务思想和责任心却很轻。以为父子关系，只须"父兮生我"一件事，幼者的全部，便应为长者所有。尤其堕落的，是因此责望报偿，以为幼者的全部，理该做长者的牺牲，殊不知自然界的安排，却件件与这要求反对，我们从古以来，逆天行事，于是人的能力，十分萎缩，社会的进步，也就跟着停顿。我们虽不能说停顿便要灭亡，但较之进步，总是停顿与灭亡的路相近。

自然界的安排，虽不免也有缺点，但结合长幼的方法，却并无错误。他并不用"恩"，却给予生物以一种天性，我们称他为"爱"。动物界中除了生子数目太多——爱不周到的如鱼类之外，总是挚爱他的幼子，不但绝无利益心情，甚或至于牺牲了自己，让他的将来的生命，去上那发展的长途。

人类也不外此，欧美家庭，大抵以幼者弱者为本位，便是最合于这生物学的真理的办法。便在中国，只要心思纯白，未曾经过"圣人之徒"作践的人，也都自然而然的能发现这一种天性。例如一个村妇哺乳婴儿的时候，决不想到自己正在施恩；一个农夫娶妻的时候，也决不以为将要放债。只是有了子女，即天然相爱，愿他生存；更进一步的，便还要愿他比自己更好，就是进化。这离绝了交换关系利害关系的爱，便是人伦的索子，便是所谓"纲"。倘如旧说，抹煞了"爱"，一味说"恩"，又因此责望报偿，那便不但败坏了父子间的道德，而且也大反于做父母的实际的真情，播下乖剌的种子。有人做了乐府，说是"劝孝"，大意是什么"儿子上学堂，母亲在家磨杏仁，预备回来给他喝，你还不孝么"之类，自以为"拚命卫道"。殊不知富翁的杏酪和穷人的豆浆，在爱情上价值同等，而其价值却正在父母当时并无求报的心思；否则变成买卖行为，虽然喝了杏酪，也不异"人乳喂猪"，无非要猪肉肥美，在人伦道德上，丝毫没有价值了。

所以我现在心以为然的，便只是"爱"。

无论何国何人，大都承认"爱己"是一件应当的事。这便是保存生命的要义，也就是继续生命的根基。因为将来的运命，早在现在决定，故父母的缺点，便是子孙灭亡的伏线，生命的危机。易卜生做的《群鬼》（有潘家洵君译本，载在《新潮》一卷五号）虽然重在男女问题，但我们也可以看出遗传的可怕。欧士华本是要生活，能创作的人，因为父亲的不检，先天得了病毒，中途不能做人了。他又很爱母亲，不忍劳她服侍，便藏着吗啡，想待发作时候，由使女瑞琴帮他吃下，毒杀了自己；可是瑞琴走了。他于是只好托他母亲了。

欧："母亲，现在应该你帮我的忙了。"

阿夫人："我吗？"

欧："谁能及得上你。"

阿夫人："我！你的母亲！"

欧："正为那个。"

阿夫人："我，生你的人！"

欧："我不曾教你生我。并且给我的是一种什么日子？我不要他！你拿回去罢！"

这一段描写，实在是我们做父亲的人应该震惊戒惧佩服的；决不能昧了良心，说儿子理应受罪。这种事情，中国也很多，只要在医院做事，便能时时看见先天梅毒性病儿的惨状;而且傲然地送来的,又大抵是他的父母。但可怕的遗传,并不只是梅毒;另外许多精神上体质上的缺点,也可以传之子孙,而且久而久之,连社会都蒙着影响。我们且不高谈人群,单为子女说,便可以说凡是不爱己的人,实在欠缺做父亲的资格。就令硬做了父亲,也不过如古代的草寇称王一般,万万算不了正统。将来学问发达,社会改造时,他们侥幸留下的苗裔,恐怕总不免要受善种学(Eugenics)者的处置。

倘若现在父母并没有将什么精神上体质上的缺点交给子女,又不遇意外的事,子女便当然健康,总算已经达到了继续生命的目的。但父母的责任还没有完,因为生命虽然继续了,却是停顿不得,所以还须教这新生命去发展。凡动物较高等的,对于幼雏,除了养育保护以外,往往还教他们生存上必须的本领。例如飞禽便教飞翔,鸷兽便教搏击。人类更高几等,便也有愿意子孙更进一层的天性。这也是爱,上文所说的是对于现在,这是对于将来。只要思想未遭锢蔽的人,谁也喜欢子女比自己更强,更健康,更聪明高尚,更幸福;就是超越了自己,超越了过去。超越便须改变,所以子孙对于祖先的事,应该改变,"三年无改于父之道可谓孝矣",当然是曲说,是退婴的病根。假使古代的单细胞动物,也遵着这教训,那便永远不敢分裂繁复,世界上再也不会有人类了。

幸而这一类教训,虽然害过许多人,却还未能完全扫尽了一切人的天性。没有读过"圣贤书"的人,还能将这天性在名教的斧钺底下,时时流露,时时萌蘖;这便是中国人虽然凋落萎缩,却未灭绝的原因。

所以觉醒的人,此后应将这天性的爱,更加扩张,更加醇化;用无我的爱,自己牺牲于后起新人。开宗第一,便是理解。往昔的欧人对于孩子的误解,是以为成人的预备;中国人的误解,是以为缩小的成人。直到近来,经过许多学者的研究,才知道孩子的世界,与成人截然不同;倘不先行理解,一味蛮做,便大碍于孩子的发达。所以一切设施,都应该以孩子为本位,日本近来,觉悟的也很不少;对于儿童的设施,研究儿童的事业,都非常兴盛了。第二,便是指导。时势既有改变,生活也必须进化;所以后起的人物,一定尤异于前,决不能用同一模型,无理嵌定。长者须是指导者协商者,却不该是命令者。不但不该责幼者供奉自己;而且还须用全副精神,专为他们自己,养成他们有耐劳作的体力,纯洁高尚的道德,广博自由能容纳新潮流的精神,也就是能在世界新潮流中游泳,不被淹没的力量。第三,便是解放。子女是即我非我的人,但既已分立,也便是人类中的人。因为即我,所以更应该尽教育的义务,交给他们自立的能力;因为非我,所以也应同时解放,全部为他们自己所有,成一个独立的人。

这样,便是父母对于子女,应该健全的产生,尽力的教育,完全的解放。

但有人会怕,仿佛父母从此以后,一无所有,无聊之极了。这种空虚的恐怖和无聊的感想,也即从谬误的旧思想发生;倘明白了生物学的真理,自然便会消灭。但要做解放子女的父母,也应预备一种能力。便是自己虽然已经带着过去的色彩,却不失独立的本领和精神,有广博的趣味,高尚的娱乐。要幸福么?连你的将来的生命都幸福了。要"返老还童",要"老复丁"么?子女便是"复丁",都已独立而且更好了。这才是完了长者的任务,得了人生的慰安。倘若思想本领,样样照旧,专以"勃(谿)"为业,行辈自豪,那便自然免不了空虚无聊的苦痛。

或者又怕,新中国成立之后,父子间要疏隔了。欧美的家庭,专制不及中国,早已大家知道;往者虽有人比之禽兽,现在却连"卫道"的圣徒,也曾替他们辩护,说并无"逆子叛弟"了。因此可知:惟其解放,所以相亲;惟其没有"拘挛"子弟的父兄,所以也没有反抗"拘挛"的"逆子叛弟"。若威逼利诱,便无论如何,决不能有"万年有道之长"。例便如我中国,汉有举孝,唐有孝悌力田科,清末也还有孝廉方正,都能换到官做。父恩谕之于先,皇恩施之于后,然而割股的人物,究属寥寥。足可证明中国的旧学说旧手段,实在从古以来,并无良效,无非使坏人增长些虚伪,好人无端的多受些人我都无利益的苦痛罢了。

独有"爱"是真的。路粹引孔融说,"父之于子,当有何亲?论其本意,实为情欲发耳。子之于母,亦复奚为,譬如寄物瓶中,出则离矣。"(汉末的孔府上,很出过几个有特色的奇人,不像现在这般冷落,这话也许确是北海先生所说;只是攻击他的偏是路粹和曹操,教人发笑罢了。)虽然也是一种对于旧说的打击,但实于事理不合。因为父母生了子女,同时又有天性的爱,这爱又很深广很长久,不会即离。现在世界没有大同,相爱还有差等,子女对于父母,也便最爱,最关切,不会即离。所以疏隔一层,不劳多虑。至于一种例外的人,或者非爱所能勾连。但若爱力尚且不能勾连,那便任凭什么"恩威,名分,天经,地义"之类,更是勾连不住。

或者又怕,新中国成立之后,长者要吃苦了。这事可分两层:第一,中国的社会,虽说"道德好",实际却太缺乏相爱相助的心思。便是"孝""烈"这类道德,也都是旁人毫不负责,一味收拾幼者弱者的方法。在这样社会中,不独老者难于生活,即解放的幼者,也难于生活。第二,中国的男女,大抵未老先衰,甚至不到二十岁,早已老态可掬,待到真实衰老,便更须别人扶持。所以我说,解放子女的父母,应该先有一番预备;而对于如此社会,尤应该改造,使他能适于合理的生活。许多人预备着,改造着,久而久之,自然可望实现了。单就别国的往时而言,斯宾塞未曾结婚,不闻他(佗)傺无聊;瓦特早没有了子女,也居然"寿终正寝",何况在将来,更何况有儿女的人呢?

或者又怕,新中国成立之后,子女要吃苦了。这事也有两层,全如上文所说,不过一是因为老而无能,一是因为少不更事罢了。因此觉醒的人,愈觉有改造社会的任务。中国相传的成法,谬误很多:一种是锢闭,以为可以与社会隔离,不受影响。一种是教给他恶本领,以为如此才能在社会中生活。用这类方法的长者,虽然也含有继续生命的好意,但比照事理,却决定谬误。此外还有一种,是传授些周旋方法,教他们顺应社会。这与数年前讲"实用主义"的人,因为市上有假洋钱,便要在学校里遍教学生看洋钱的法子之类,同一错误。社会虽然不能不偶然顺应,但绝不是正当办法。因为社会不良,恶现象便很多,势不能一一顺应;倘都顺应了,又违反了合理的生活,倒走了进化的路。所以根本方法,只有改良社会。

就实际上说,中国旧理想的家族关系父子关系之类,其实早已崩溃。这也非"于今为烈",正是"在昔已然"。历来都竭力表彰"五世同堂",便足见实际上同居的为难;拼命的劝孝,也足见事实上孝子的缺少。而其原因,便全在一意提倡虚伪道德,蔑视了真的人情。我们试一翻大族的家谱,便知道始迁祖宗,大抵是单身迁居,成家立业;一到聚族而居,家谱出版,却已在零落的中途了。况在将来,迷信破了,便没有哭竹,卧冰;医学发达了,也不必尝秽,割股。又因为经济关系,结婚不得不迟,生育因此也迟,或者子女才能自存,父母已经衰老,不及依赖他们供养,事实上也就是父母反尽了义务。世界潮流逼拶着,这样做的可以生存,不然的便都衰落;无非觉醒者多,加些人力,便危机可望较少就是了。

但既如上言,中国家庭,实际久已崩溃,并不如"圣人之徒"纸上的空谈,则何以至今依然如故,一无进步呢?这事很容易解答。第一,崩溃者自崩溃,纠缠者自纠缠,设立者又自设立;毫无戒心,也不想到改革,所以如故。第二,以前的家庭中间,本来常有勃(谿),到了新名词流行之后,便都改称"革命",然而其实也仍是讨嫖钱至于相骂,要赌本至于相打之类,与觉醒者的改革,截然两途。这一类自称"革命"的勃(谿)子弟,纯属旧式,待到自己有了子女,也决不解放;或者毫不管理,或者反要寻出《孝经》,勒令诵读,想他们"学于古训",都做牺牲。这只能全归旧道德旧习惯旧方法负责,生物学的真理决不能妄任其咎。

既如上言,生物为要进化,应该继续生命,那便"不孝有三无后为大",三妻四妾,也极合理了。这事也很容易解答。人类因为无后,绝了将来的生命,虽然不幸,但若用不正当的方法手段,苟延生命而害及人群,便该比一人无后,尤其"不孝"。因为现在的社会,一夫一妻制最为合理,而多妻主义,实能使人群堕落。堕落近于退化,与继续生命的目的,恰恰完全相反。无后只是灭绝了自己,退化状态的有后,便会毁到他人。人类总有些为他人牺牲自己的精神,而况生物自发生以来,交互关联,一人的血统,大抵总与他人有多少关系,不会完全灭绝。所以生物学的真理,决非多妻主义的护符。

总而言之,觉醒的父母,完全应该是义务的,利他的,牺牲的,很不易做;而在中国尤不易做。中国觉醒的人,为想随顺长者解放幼者,便须一面清结旧账,一面开辟新路。就是开首所说的"自己背着因袭的重担,肩住了黑暗的闸门,放他们到宽阔光明的地方去;此后幸福地度日,合理地做人。"这是一件极伟大的要紧的事,也是一件极困苦艰难的事。

但世间又有一类长者,不但不肯解放子女,并且不准子女解放他们自己的子女;就是并要孙子曾孙都做无谓的牺牲。这也是一个问题。而我是愿意平和的人,所以对于这问题,现在不能解答。

一九一九年十月

(选自《坟》,译林出版社,2013年版)

【交流之窗】

鲁迅九十多年前说,觉醒的人们,应先解放自己的孩子,"肩住了黑暗的闸门,放他们到宽阔光明的地方去;此后幸福地度日,合理地做人"。至于父母与子女的关系,鲁迅特别反对报恩的观点,他认为两代人之间的关系,主要的不是恩,而是"爱",挚爱幼子是一切动物的天性。鲁迅先生的观点和传统的观点有很大的差异,你是如何理解的呢?

第三编
友情篇

⊙ 陈连强绘

友情是人际最灿烂的情感之花——美丽、珍贵、需要阳光雨露的浇灌！

它是博大包容的——四海之内皆兄弟也；落地为兄弟，何必骨肉亲。

它是亲密无间的——真正的朋友，是一个灵魂孕育在两个躯体里。

它是快乐欣悦的——有朋自远方来，不亦乐乎？海内存知己，天涯若比邻。

它是可贵的——友谊是大海中的灯塔，沙漠里的绿洲，是美德永远的辅佐。

它又是难能的——万两黄金容易得，知心一个也难求。

它需要慎重——择友宜慎，弃之更宜慎。

它需要承担——友谊永远是一个甜蜜的责任，从来不是一种机会。

它需要呵护——友谊总需要用忠诚去播种，用热情去灌溉，用原则去培养，用谅解去护理。

它是珍稀品——人生得一知己足矣！

它是试金石——在快乐时，朋友会认识我们；在患难时，我们会认识朋友。

我们需要友情，全球化时代的到来更是凸显了这种情感力量的不可或缺！但时代的发展似乎也在不断改变和塑造着友谊的面孔，从而使这张面孔有了古今的差异，多了许多历史的沧桑。许多人感慨"不怕神一样的对手，就怕猪一样的队友！"感慨"友谊的小船说翻就翻！"感慨"知己难寻！"感慨"只有永远的利益，没有永远的朋友！"

怎样才能让友谊的小船经得起风浪扬帆远航？怎样既保持个性又融入团队？既享受自由宁静的"独"而又不失之于孑立无助之"孤"？遵循传统的交友规则会不会不合时宜？本篇"友情篇"即为你解开这些难缠的纠结。

或许你的友谊小船曾经多次翻转，但你仍然要相——信——友——谊！

● 感性之光

往昔的时光

罗伯特·彭斯　　王佐良　译

罗伯特·彭斯(1759—1796),苏格兰诗人,他复活并丰富了苏格兰民歌,常歌颂故国家乡的秀美,抒写劳动者纯朴的友谊和爱情。

老朋友哪能遗忘,
哪能不放在心上?
老朋友哪能遗忘,
还有往昔的时光?

为了往昔的时光,老朋友,
为了往昔的时光,
再干一杯友情的酒,
为了往昔的时光。

你来痛饮一大杯,
我也买酒来相陪。
干一杯友情的酒又何妨?
为了往昔的时光。

我们曾遨游山岗,
到处将野花拜访。
但以后走上疲惫的旅程,
逝去了往昔的时光!

我们曾赤脚蹚过河流,

水声笑语里将时间忘。
如今大海的怒涛把我们隔开,
逝去了往昔的时光!

忠实的老友,伸出你的手,
让我们握手聚一堂,
再来痛饮一杯欢乐酒,
为了往昔的时光!

(选自《彭斯选集》,外国文学出版社,1985年版)

【交流之窗】

本诗又译名为"友谊天长地久",是电影《魂断蓝桥》的主题歌,也是西方迎接新年常演唱的世界名曲。这首友情的赞歌淳朴无华却富有感染力。这段可以天长地久的友谊是怎样生成的?抒情主人公与对方是什么关系?往昔的时光是一段怎样的时光?有一点可以肯定,任何美好情感的生成都离不开时光这个神奇的酵母。

千人中的一人

鲁德亚德·吉卜林① 傅 雷 译

鲁德亚德·吉卜林（Joseph Rudyard Kipling, 1865—1936），英国作家，1907年获诺贝尔文学奖。

千人中之一人，苏罗门说，会支撑我们胜于兄弟。
这样的人，我们去寻访吧，即使二十年也算不得苦，
如果能够寻到，二十年的苦还是极微。
九百九十九人是没决断的，所见于我们的仍与世俗无异。
但千人中之一人却爱他的朋友，即在大众在朋友门前怒吼的时候。

礼物与欢乐，效劳与许愿……我们决非交给他这些。
九百九十九人批判我们，依着我们的财富或光荣。
是啊……噢，我的儿子！如你能找到他，你可远涉重洋不用胆怯，
因为千人中之一人会跳下水来救你，
会和你一同淹溺，如他救你不起。

如果你用了他的钱，他难得想起，
如果他用尽了你的，亦非为恨你，
明天他仍会到你家里谈天，没有一些怨艾的语气，
九百九十九个伪友，金啊银啊，一天到晚挂在口边，
但千人中之一人，决不把他所选的人给恶神做牺牲。
他的权利由你承受，你的过失由他担负，
你的声音是他的声音，他的屋檐是你的住家。
不论他在别处有理无理，我愿你，噢，我的儿子，将他维护。

---

① 原书中译为吉伯林。

九百九十九个俗人，见你倒运见你可笑即刻逃避，
但千人中之一人，和你一同退到绞台旁边，也许还要往前。

（选自《傅译名著系列——恋爱与牺牲》，安徽文艺出版社，1998年版）

【交流之窗】

　　古人云：人生得一知己足矣！这"千人中之一人"，就是古人所说的知己。友情有真有伪有深有浅，真正的友情不会唾手而得，高境界的友情是苛刻难得的——它的名字叫知己！知己胜于兄弟，所以值得远涉重洋去寻找！

交友智慧

《论语》(摘录)

《论语·学而》：有朋自远方来，不亦乐乎？
《论语·颜渊》：四海之内，皆兄弟也。
《论语·里仁》：德不孤，必有邻。
《论语·颜渊》：君子以文会友，以友辅仁。
《论语·卫灵公》：道不同，不相为谋。
《论语·子罕》：无友不如己者。
《论语·季氏》：友直，友谅，友多闻，益矣；友便辟①，友善柔②，友便佞③，损矣。
《论语·子路》：君子和而不同，小人同而不和。
《论语·子路》：朋友切切偲偲④。

【注释】

①便辟：善于走邪道。②善柔：指表面奉承而背后诽谤人。③便佞：指善于花言巧语。④切切偲偲(sī)：相互勉励，相互督促之意。

(选自《论语译注》，中华书局，杨伯峻版)

【交流之窗】

半部《论语》治天下，只语片言修身心。先贤孔子的思想深刻地影响了中华民族的诸多方面。就交友而言，孔夫子择友观立意高远：立足德与善，为了进德修身，寻求君子之交；择友苛严：要志同道合，要超过自己，交有德君子，宁缺毋滥；待友原则：恪守信，坚持淡，保持距离，和而不同。孔子的交友之道几近完美，但并不影响他对友情的信心满满——德不孤，必有邻。

交友之道

《孟子·离娄下》

逢蒙学射于羿，尽羿之道；思天下惟羿为愈己，于是杀羿。

孟子曰："是亦羿有罪焉。"公明仪曰："宜若无罪焉。"曰："薄乎云尔，恶得无罪！"

"郑人使子濯孺子侵卫，卫使庾公之斯追之。子濯孺子曰：'今日我疾作，不可以执弓，吾死矣夫！'问其仆曰：'追我者谁也？'其仆曰：'庾公之斯也。'曰：'吾生矣！'其仆曰：'庾公之斯，卫之善射者也。夫子曰吾生。何谓也？'曰：'庾公之斯学射于尹公之他，尹公之他学射于我。夫尹公之他，端人也，其取友必端矣。'庾公之斯至，曰：'夫子何为不执弓？'曰：'今日我疾作，不可以执弓。'曰：'小人学射于尹公之他，尹公之他学射于夫子。我不忍以夫子之道，反害夫子。虽然，今日之事，君事也，我不敢废。'抽矢扣轮，去其金，发乘矢而后反。"

（选自《孟子译注》，中华书局，杨伯峻版）

【交流之窗】

"尹公之他，端人也，其取友必端矣。"这不是在"物以类聚，人以群分"原则指导下以友辨人的典型案例吗？朋友就是自己的一面镜子，什么样的人就会有什么样的朋友，反之亦然！与端人友，其人虽非必端，然必去端不远矣！

高山流水

《列子·汤问》

　　伯牙善鼓琴，钟子期善听。伯牙鼓琴，志在登高山，钟子期曰："善哉，峨峨兮若泰山！"志在流水，钟子期曰："善哉，洋洋兮若江河！"伯牙所念，钟子期必得之。伯牙游于泰山之阴，卒逢暴雨，止于岩下，心悲，乃援琴而鼓之。初为霖雨之操，更造崩山之音。曲每奏，钟子期辄穷其趣。伯牙乃舍琴而叹曰："善哉，善哉，子之听夫！志想象犹吾心也，吾于何逃声哉？"

（选自《列子集释》，中华书局，1979年版）

【交流之窗】

　　为什么用"知音"来赞美友情？古人用心良苦，精心以高雅脱俗、遗世超拔、心灵相通的一对人物形象，配以崇高至美的"乐"、巍峨浩瀚的"山水"为背景，极力凸显、赞颂知音——友情的最高境界——的崇高至美、超凡脱俗、珍稀高妙！

　　赞颂友情，古人以高山流水为喻；今天，你会选择什么意象作比？

管鲍之交（节选）

《列子·力命》

管夷吾鲍叔牙二人相友甚戚，同处于齐。管夷吾事公子纠，鲍叔牙事公子小白。齐公族多宠，嫡庶并行。国人惧乱。管仲与召忽奉公子纠奔鲁，鲍叔奉公子小白奔莒。既而公孙无知作乱，齐无君，二公子争入。管夷吾与小白战于莒，道射中小白带钩。小白既立，胁鲁杀子纠，召忽死之，管夷吾被囚。

鲍叔牙谓桓公曰："管夷吾能，可以治国。"

桓公曰："我仇也，愿杀之。"

鲍叔牙曰："吾闻贤君无私怨，且人能为其主，亦必能为人君。如欲霸王，非夷吾其弗可。君必舍之！"遂召管仲。

鲁归之，齐鲍叔牙郊迎，释其囚。桓公礼之，而位于高国之上，鲍叔牙以身下之，任以国政，号曰仲父。桓公遂霸。

管仲尝叹曰："吾少穷困时，尝与鲍叔贾，分财多自与；鲍叔不以我为贪，知我贫也。吾尝为鲍叔谋事而大穷困，鲍叔不以我为愚，知时有利不利也。吾尝三仕，三见逐于君，鲍叔不以我为不肖，知我不遭时也。吾尝三战三北，鲍叔不以我为怯，知我有老母也。公子纠败，召忽死之，吾幽囚受辱；鲍叔不以我为无耻，知我不羞小节而耻名不显于天下也。生我者父母，知我者鲍叔也！"此世称管鲍善交者，小白善用能者。

（选自《列子集释》，中华书局，1979年版）

【交流之窗】

亚里士多德说：真正的朋友，是一个灵魂孕育在两个躯体里。鲍叔牙之于管夷吾的友情，首先是知友，知其才、知其性、知其境、知其心；其次是益友护友,荐友若渴,爱友如己;然后是舍己为友,不争名利,以身下之。得知己鲍叔牙,是管夷吾之幸;举贤管夷吾,亦成鲍叔牙之名。知交善交,管子鲍叔共同成就"管鲍之交"的千古芳名。

士为知己者死

《战国策·赵策》

晋毕阳之孙豫让,始事范中行氏而不说,去而就知伯,知伯宠之。及三晋分知氏,赵襄子最怨知伯,而将其头以为饮器。豫让遁逃山中,曰:"嗟乎!士为知己者死,女为悦己者容。吾其报知氏之仇矣。"乃变姓名,为刑人,入宫涂厕,欲以刺襄子。襄子如厕,心动,执问涂者,则豫让也。刃其扞,曰:"欲为知伯报仇!"左右欲杀之。赵襄子曰:"彼义士也,吾谨避之耳。且知伯已死,无后,而其臣至为报仇,此天下之贤人也。"卒释之。豫让又漆身为厉,灭须去眉,自刑以变其容,为乞人而往乞,其妻不识,曰:"状貌不似吾夫,其音何类吾夫之甚也。"又吞炭为哑,变其音。其友谓之曰:"子之道甚难而无功,谓子有志,则然矣,谓子知,则否。以子之才,而善事襄子,襄子必近幸子;子之得近而行所欲,此甚易而功必成。"豫让乃笑而应之曰:"是为先知报后知,为故君贼新君,大乱君臣之义者无此矣。凡吾所谓为此者,以明君臣之义,非从易也。且夫委质而事人,而求弑之,是怀二心以事君也。吾所为难,亦将以愧天下后世人臣怀二心者。"

居顷之,襄子当出,豫让伏所当过桥下。襄子至桥而马惊。襄子曰:"此必豫让也。"使人问之,果豫让。于是赵襄子面数豫让曰:"子不尝事范中行氏乎?知伯灭范中行氏,而子不为报仇,反委质事知伯。知伯已死,子独何为报仇之深也?"豫让曰:"臣事范中行氏,范中行氏以众人遇臣,臣故众人报之;知伯以国士遇臣,臣故国士报之。"襄子乃喟然叹泣曰:"嗟乎,豫子!豫子之为知伯,名既成矣,寡人舍子,亦以足矣。子自为计,寡人不舍子。"使兵环之。豫让曰:"臣闻明主不掩人之义,忠臣不爱死以成名。君前已宽舍臣,天下莫不称君之贤。今日之事,臣故伏诛,然愿请君之衣而击之,虽死不恨。非所望也,敢布腹心。"于是襄子义之,乃使使者持衣与豫让。豫让拔剑三跃,呼天击之曰:"而可以报知伯矣。"遂伏剑而死。死之日,赵国之士闻之,皆为涕泣。

(选自《战国策注释》,中华书局,1990年版)

【交流之窗】

为报答友情，愿意为对方奉献自己的一切，包括生命！这就是"士为知己者死"。在古代的很多场合，友情显然不是等同于一般情感，而是被提升视为与"恩""义"同列的级别。燕赵自古多慷慨悲歌之士，其原动力大多是：宁可辜负自己，不敢辜负知己！

朋友之树

博尔赫斯　　佚　名　译

⊙ 博尔赫斯　何作栋绘

博尔赫斯（Jorge Luis Borges, 1899—1986），阿根廷诗人、小说家、散文家兼翻译家，被誉为作家中的考古学家。

　　在人生的旅途中，我们会邂逅许多人，他们能让我们感到幸福。有些人会与我们并肩前行，共同见证潮起潮落；有些人只是与我们短暂相处，我们都称之为朋友。朋友有很多种，就好像一棵树，每一片叶子是一个朋友。

　　最早发芽的朋友是我们的爸爸和妈妈，他们告诉我们什么是生活。接下来是我们的兄弟姐妹，他们与我们一起成长，共同走向繁荣。然后是我们所有的亲友，他们让我们尊重，让我们牵挂。

　　命运还会赐予我们其他朋友。我们不知道什么时候会邂逅他们。许多人被我们称为灵魂和心灵之友。他们是真诚的，也是真挚的。他们知道我们什么时候过得不好，知道如何让我们幸福，知道我们需要什么，我们甚至不必开口。

　　有时某一个朋友会触动我们的心灵，于是我们就会相爱，拥有一位恋人朋友。这个朋友会让我们的眼睛焕发光彩，会让我们与歌曲相伴，会让我们雀跃前行。

　　还有一种一时的朋友，他们或曾与我们共度某个假期，或曾共度几天甚至几个小时。在一起的时候，他们总能让我们的脸上挂满微笑。

　　也有一种远方的朋友，他们位于枝干的末端，有风的时候，他们会在其他叶子中间若隐若现。他们虽然不总在我们身边，但一直与我们的心灵很近。

　　时光流逝，夏去秋来，一些叶子会离我们而去，一些叶子会在另一个夏天出现，还有一些叶子会陪伴我们许多季节。但最让我们感到幸福的，是那些虽已凋零却不曾远去的叶子，他们依然在用欢乐滋养我们的根系。那是他们与我们相遇时留下的美好回忆。

我们生命中的每位过客都是独一无二的。他们会留下自己的一些印记,也会带走我们的部分气息。我需要你,我生命之树的叶子,就像需要和平、爱与健康一样,无论现在还是永远。有人会带走很多,也有人什么也不留下。这恰好证明,两个灵魂不会偶然相遇。

(选自《读者》,2012年第14期)

【交流之窗】

血缘的朋友,灵魂的朋友;一时的朋友,一世的朋友;身边的朋友,远方的朋友……每个朋友都是生命之树的一片叶子,都是独一无二的,都是必需的,相遇都不会是偶然的!友情让生命之树常青!

朋友如鞋

科林·塞尔　　张春波　等译

40岁生日就要来临之际，我想到了这么多年来曾经有过的那些女性朋友。她们中的大多数都随着岁月的流逝来了又去，就好像款式流行的鞋子在我的壁橱里进进出出一样。

有些朋友，就像我的有些鞋子一样，选择了她们只是愚蠢的错误，最终只能给她们以祝福然后就放在一边——或者干脆清理掉。她们从来就不曾合适过，而且总让我感觉有点儿"松"，不论我如何努力，我的脚趾始终无法适应那些水晶鞋。其他有一些则让我一度非常喜欢，但不久就穿坏了或对我不再有吸引力。除了款式以外没有其他的可取之处，也没有好的质量。

可是还有一些真正的朋友——她们就像是非常好的鞋子，永远不会变形，也永远不会丧失吸引力，穿得越久就越有魅力，越有价值。她们就是那些与我一直保持联系，也一直支持着我的朋友们——就好像她们和我从没有搬去另外一个州，没有换过工作，没有再婚，也没有成为别人的母亲。空间的距离没能将我们分开，时间没能改变我们的友谊，生活的磨难和泪水也没能阻止我们。鞋底还在支撑着我们，色彩和线条仍让我们满意，鞋面仍然结实，却更加柔软舒适，更加合脚。我们之间的联系非常牢固，不会受到任何外界变化的影响，即使生活让我们走上了完全不同的方向。

也许把朋友比做鞋子有一点怪，但是就像所有对流行十分关注的女人所了解的，合适的鞋子和合适的朋友一样，使我们的外表完美，让我们的生活完整。尽管我还在犹豫，是否可以把自己最好的朋友们比喻成皮革和蕾丝花边，但如果这些比拟很贴切的话……

黛博拉是配晚礼服穿的那种精美的鞋，华丽且可爱。她欣赏精致的事物，只吃最好的巧克力，在我们其他人早已变得萎靡衰老之后，她却依然优雅光润。她是一幅高雅的、气质没有被完全表达出来的画像习作，但上面的象牙白、米色和雪白却清晰可辨。从这个瑰宝般的女人身上，我开始意识到自己对于生命中精美事物的喜爱——并认识到我值得拥有它们。

珍妮是那双我经常会穿并且不能失去的经典、永恒的浅口舞鞋。她的敏感让人安心，她对事物的迷恋充满了感染力。有了这个聪明而充满活力的经典之作，我的基本需要和舒适程度都得到了保障——使我可以有足够的时间和精力去让自己开心。我可以优雅而从容地享受白天与黑夜、工作与娱乐、轻松的玩笑与发人深省的讨论。我脚步轻盈，笑声轻快，而且我还已经为探险做好了一切准备。

黛黛是我的朋友中年纪最小的，她讨人喜欢、诙谐而且非常前卫。她是那种令我心仪但却并不必需的时髦凉鞋。这种鞋贵得让我买不起，但又让我无法拒绝——而最终事实证明我每一分钱都没有白花，因为这鞋子竟然适合任意一种场合。每次穿着它我都会精神百倍，并且会去尝试一些新的东西。那不仅仅是一段愉快的时光，这块活泼的美玉是我欢乐的源泉。

苏是纯纯的、亮丽而充满活力的颜色。她的幽默就像一双橙绿色的麂皮小靴子一样吸引人。但在那滑稽的外表背后，却是一双我可以经常信赖的、并快乐拥有的、结实的鞋。这双小靴子时常会带给我惊奇，但是它比我想象的要更加持久耐穿，而且看上去总是很漂亮，穿着也总是那么舒服。它提醒我在我对自己过于苛刻的时候稍稍地放松一下。等到有一天一切都变得索然无味的时候，它还会带给我舒心的微笑。

乔治娅是一双标准的白色旅游鞋——亲切、舒适，无论从哪方面讲都是双好鞋。这是双我永远都会穿的鞋，它是我童年的一部分。穿着它回家，就仿佛又变成了那个在炎热的夏日里去海里游泳的小家伙。它曾伴我童年时爬土山、蹚泥水。在我裹足不前的时候，它带着我继续前行。我知道明天和以后的日子还会穿着它。对于这双可爱的有点旧的旅游鞋我满怀感激。

温蒂是我风格别具、不可替代的欧版高跟鞋——精致而与众不同，但却毫无虚假。起初，我并不认为自己可以赢得它，因为它是如此机敏圆滑，但是这个让人着迷的家伙却和我如此匹配。穿着这双漂亮的鞋子，我总是站得笔直，走得优雅，我的谈吐也变得睿智而缜密，我整个人显得充满智慧，判断准确。生活对我而言是如此美好。

  在生活的鞋柜中，这些都是我所珍视的朋友。她们是我站立的根基，她们陪我走过我自己选择的道路，不论这条路通向何方，又如何坎坷崎岖。她们是最契合的朋友，是我的完美补充。不论何时，只要我需要或者只是想有人陪伴，她们都会出现在我身边。这些朋友像鞋子塞满壁橱一样充实着我的人生——而正是因为有了她们，我才变得更加富有。

  （选自《一杯安慰给朋友》，电子工业出版社，2003年版）

【交流之窗】

  以鞋喻友，新颖贴切。

  朋友如鞋子，支撑我们走过不平凡的人生；人生真正的朋友犹如好的鞋子，永远不会丧失吸引力，穿得越久就越有魅力；不同风格的鞋子犹如各位独一无二的朋友，对于你同等重要；再补充几点：鞋合不合脚，只有脚最清楚！鞋歪了有脚的责任！当然，脚和鞋的契合，需要有一个磨合的过程。

两匹马

乔治·瓦奇拉赫 陈荣生 译

我家门前有条路,路的那头有一片田野,田野里有两匹马。

从远处看,这两匹马跟其他任何一匹马没什么两样。

但如果你停车,或者从旁边走过去,你就会发现一些惊人的东西。

仔细看其中一匹马的眼睛,就会发现它是盲的。它的主人不但选择不放弃它,而且还给它建了一座很好的马棚。

这本身就够惊人的了。

然而,如果你站在旁边听,你就会听到铃声。如果你在周围寻找铃声的来源,你就会发现它来自田野里另外那匹小些的马。

在马的头上,挂着一个小铃铛。铃铛的响声让那匹盲马知道另外一匹马在哪里,这样它就可以跟着走了。

随着你站在那里观看这两位朋友,你就会发现挂着铃铛的那匹马总是在察看那匹盲马,而那匹盲马则总是倾听铃声,另外一匹马走到哪,它就慢慢地跟到哪,完全相信不会被引入歧途。

每天晚上,当挂着铃铛的那匹马返回马棚的时候,它都会不时地停下来回头看,以确保它的盲朋友没有落在它身后太远,听不到铃声。

就像这两匹马的主人那样,上天并没有因为我们不完美或者因为我们有问题,就把我们抛弃。他把其他人带进我们的人生,让他们在我们有需要时帮助我们。

有时候,我们就像是那匹盲马,由那些挂着小铃铛的人来指引。有时候,我们是那匹带路的马,帮助他人找到他们自己的路。

好朋友就是这样的,你可能不会经常见到他们,但你知道他们总是在哪里。

请倾听我的铃声吧,我也会倾听你的铃声的。

(选自《今日文摘》,2013年第5期)

【交流之窗】

"好朋友就是这样的,你可能不会经常见到他们,但你知道他们总是在哪里。"是啊,好朋友总在最需要的时候适时出现,这是人生莫大的幸福!读到此,你是否想起了古语"心有灵犀一点通"?友情的维系,心灵相通最重要;空间距离永远都不是问题。

掌心化雪

凉月满天

这是一个真实的故事。

她丑得名副其实,肤黑牙突,大嘴暴睛,神情怪异,好像还没发育好的类人猿,又像《西游记》里被孙悟空打死的那个鲇鱼怪。爸爸妈妈都不喜欢她,有了好吃的好玩的,也只给她漂亮的妹妹。她从来都生活在被忽略的角落。

在学校,丑女孩更是备受歧视,坐在最后面,守着孤独的世界。有一回,班里最靓的女生和她在狭窄的走廊遇上,一脸鄙夷,小心翼翼地挨着墙走,生怕被她碰着,哪怕是衣角。丑女孩满怀愤懑,又无处诉说,回家躺在黑暗里咬牙切齿,酝酿复仇——她要买瓶硫酸,送给同班的靓女;甚至妹妹也要"变丑",逼着父母学会一视同仁。

不是没有犹豫。她一直善良,碰见走失的猫狗都会照顾。于是,她蒙着纱巾,遮盖住丑陋的面孔,去见中科院心理研究所的老师。哪怕对方有丁点厌恶,都足以把她推下悬崖。

老师眼神明净,声音柔和,鼓励她解下纱巾。她踌躇地照做了。老师微笑着起身,走过来,轻轻拥抱住她。那一刻,陌生温暖的怀抱,化解了她身上的戾气,让她莫名落泪。从此,丑女孩一改阴郁仇视的眼神,微笑的她最终被父母、同学接受。

只需一个拥抱,就能改变一个人的一个小时、一天、一个月,乃至一生。

平凡如我们,都需要这样的爱,相互鼓舞慰藉。

记得有一次,我去医院看眼睛,被点了药水之后,刚才熟悉的世界陡然陷入黑暗。身外一片人声扰攘,脚步杂乱,我却战战兢兢不敢举步,恍惚只觉面前横亘万丈深渊。幸好有只手伸过来,轻轻把我送到长椅上坐定。这只陌生的手让我渐渐安心,心情坦然。

我的先生只是市井小人物,但是"无缘大慈,同体大悲"的精神,深入骨髓。他每月工资少得可怜,从不肯乱花一分钱,但是身上总是带着硬币,施与沿途乞讨的老人。有一天,我们结伴回家,他看到一位老人在秋风中双手抱膝,脑袋低垂到胸前,瑟瑟颤抖,马上掏出零钱,又拉着我走到附近一家小吃店,买了几个热包子,放到老人面前。他做这一切都很自然,并不骄矜自喜,反而觉得羞愧,羞愧自己能力不够,无法盖得广厦千万间,大庇天下寒士俱欢颜。

这个世界流行的是强者和超人,渺小如蝼蚁、脆弱似玻璃的小人物,更需要洞察幽微的眼睛,需要有力的手,带他们走出窘境。假如你碰到黑暗里挣扎的人,请不要背过身去,伸出一只手,就能给对方一个春天,让一颗心慢慢复苏。即使对方并不知道你是谁,也会一直记得你掌心的温度。

不以善小而不为——一个温暖的眼神,一句轻轻的鼓励,都足以变成一个人心中的蜂飞蝶舞、水绿山青。因为现实如此冰冷坚硬,人心更要柔软,好比掌心化雪,滴滴晶莹。

(选自《十五岁时喜欢上喝苦咖啡》,云南教育出版社,2007年版)

【交流之窗】

因为需要鼓舞、需要慰藉,我们每个人都是友情的消费者。我们追求友情,但我们也不要吝于奉献友爱,一个温暖的眼神,一句轻轻的鼓励,一个真诚的握手,一个深深的拥抱,都可以是送出友爱的方式,它可以融化掌心的雪,因为里边有爱的温度。它的反面,就是冷漠与歧视,冷者自冷,歧视更是偏见和傲慢,歧视他人者先画地为牢,必自我孤立!

最美的距离

子 娟

在奔向中年的时候,她偶尔翻阅自己的心灵史,回忆生命中结识过的异性朋友,悟出一个简朴的道理:男女之间最美好的一种距离,其实就是隔着一张餐桌的距离。这是她从自己与一位异性朋友的交往经历中总结出来的。

今年是她与他相识28周年。

在岁月的长河中,28年也算得上漫长了,而在这28年当中,她与他有过同窗共读的青葱岁月,也有过鸿雁往来的纯真日子,更有过一起喝咖啡的浪漫时光。仅有大约5年时间是彼此交往的空白,而在那空白的5年里,他与她各自恋爱,各自成家。其间也曾有过几次偶遇,或在熙熙攘攘的书店门口,或在人来人往的十字街头,但两人只是礼节性地点点头,任脸上平静的微笑掩藏内心翻滚的波澜。

那时候,两人还茫然于找不到一种最好的相处方式。直到那年的早春二月,在一场同学聚会中,他与她再度相遇。至此,她明白,生命中有些人注定用一辈子的时间也无法忘记。人脑不可能像电脑那样按一下"删除"键就霎时一片空白,刻意遗忘反而会加深记忆的烙印。既然彼此都还视对方为生命中不能错失的人,那么,随遇而安,随缘而聚,便是最佳的选择。

就这样,在爱情悄然转身之后的若干年,两个人襟怀坦荡地重摆友情的筵席。男女之间的交往很玄妙,从友情跨越到爱情往往只是一步之遥,从爱情回归友情却仿佛远隔着千山万水,而他与她能够心照不宣地将千山万水的距离浓缩为咫尺,凭的就是对缘分的尊重与对友情的信仰。其实,他与她的缘分源于学生时代的一场游戏。那年冬天的一个夜晚,女同学集中在宿舍玩"拈名游戏":临窗的书桌上散落着几十张折成飞鸟状的小纸条,每张小纸条都写有本班一名男同学的名字,而她在笑声中随意拈起的就是他的名字,但那时他的名字于她而言仅仅是一个普普通通的人名。不谙世事的她,并未察觉到这或许就是冥冥中注定的选择。直到若干年后他的名字在她的心海里掀起惊涛骇浪,她才开始对少女时代所玩的那个"拈名游戏"怀有一种宿命的信仰。

回想那段携爱同行的日子,他几乎每一个星期都请她喝一次咖啡。那时候,她心里多么渴望成为他心目中最重要的女子啊,可他总是不懂得用甜言蜜语讨她欢心,在她面前反复强调母亲是最重要的人,却不知道这句话会粉碎一个逞强好胜的女孩子的自尊,将她推向痛苦与绝望的深渊。许多年之后,时过境迁,她才理解他的苦衷,一个从小失去父爱的男孩视母爱如生命也合情合理。

其实世间大多数男人都认为母亲是不可替代的,她就以这样的理由谅解了他,从此不再探究自己在他心中所占据的位置。

前年秋天,她在一次同学聚餐中得知他母亲因病住院,便悄悄地去医院探望。这是她第一次见他的母亲。面对那位朴素慈祥的老妇人,她自我介绍:"我是你儿子的老同学兼好朋友。"他的母亲很快便醒悟过来:"哦,我知道了,你就是……我儿子以前经常提起你呢!"她坐在病床前,微笑着听他的母亲讲述他童年的故事。她忽然忆及自己当年曾经暗暗为屈居他母亲之后而吃醋的往事,顿时愧疚得无地自容。那一刻,她是多么敬重眼前的老妇人。正是这位母亲含辛茹苦地养育了一个品行优秀的儿子啊!同时她也感激上苍让她在纤尘不染的豆蔻年华结识她的儿子并且与他终生为友。

多年来,他和她见面的地点总是餐厅。城里城外的许多间餐厅都见证过他们的餐桌时光。有时候吃一顿饭就消磨几个小时,或谈工作的甜酸苦辣,或谈生活的起承转合,总是没有冷场。其实他和她的口味并不相同。在他们经常光顾的那间西餐厅,他最喜欢吃牛扒,而她最喜欢吃竹筒饭。咖啡是两人共同喜欢而且百喝不厌的。他常常在晚饭后点一壶咖啡,她一边搅动着咖啡一边想,也许眼前的咖啡不一定是世间最美味的咖啡,但眼前的朋友绝对是最合适的"咖啡伴侣"。在某个咖啡飘香的静美时刻,她忽然领悟:男女之间最美好的距离,不是耳鬓厮磨的零距离,也不是灵肉结合的负距离,而是一张餐桌的距离。她喜欢和他之间隔着一张餐桌的距离,这是一种可以嘘寒问暖又能避免意乱情迷的距离,这是一种可以交流心事又能避免缠绵之举的距离,这样的距离亲密而有间。

也正是这种恰当的"餐桌距离",使他与她能够平稳地度过激情岁月,顺利踏入理智之年。外人目睹他们在吃饭时有说有笑的样子,也许会误以为他们关系暧昧,其实他们心里很明白,一张餐桌,就是彼此之间的楚河汉界,情感与理智泾渭分明。世间有些男女交往到最后落得惨淡的结局往往就是因为他们没有把握好彼此之间适度的距离。他与她之间,因为未曾被激情燃烧过也就没有被时间的灰烬掩埋,也因为交往的意犹未尽而在彼此生命中留下经久不散的余韵。她与他这样的相处已经达到禅宗所推崇的一种叫做"花未全开月未圆"的境界,这是男女交往中最玄妙的境界,因为花一旦全开之后就会凋落,而月一旦全圆之后就会残缺,只有保持着"花未全开月未圆"的理想状态,才让人生的美好憧憬永远无尽无涯。

青年时代曾将"生不同衾死不同穴"视作两情相悦者的千古憾事,中年以后才明白,两个人能够常常同桌进餐,也是一种可遇不可求的缘分。古人云"百年修得同船渡,千年修得共枕眠",而他与她之间的"同桌食"至少也是半生修来的结果,因此,她更加珍惜这位坐在餐桌对面的朋友以及眼前的饭菜,并怀着感恩的心情,将一杯盛满友情的咖啡喝下去。

(选自《中国青年报》,2008年1月13日)

【交流之窗】

亲情友情爱情的界限在哪里?就是"一张餐桌的距离"。一段爱情慢慢变老,化为浓浓亲情,一段友情渐渐升华演变成浪漫爱情,这是符合大众期待的美好结局的。但不能因此就将亲情友情爱情取消界限,情感模糊暧昧也常酿成情感事故。不能变成爱情的友情,就让它定格在友情吧!毕竟一张餐桌的距离也有其不可替代的美丽。

笔友

巴尔扎克　佚名译

⊙ 巴尔扎克　何作栋绘

巴尔扎克（1799—1850），法国19世纪伟大的批判现实主义作家。其小说合集《人间喜剧》被誉为"资本主义社会的百科全书"。

　　微不足道的小事往往会演变成人生的重大经历！我从历时二十年方告结束的一段生活经验中认识了这项真理。

　　这经验是我在二十一岁读大学时开始的。有一天上午，我在一本销行很广的孟买杂志某页上看到世界各地征求印度笔友的年轻人的姓名和通信地址。我见过我班上男女同学收到未曾晤面的人寄来厚厚的航空信。当时很流行与笔友通信，我何不也试一试？

　　我挑出一位住在洛杉矶的艾丽斯的地址作为我写信的对象，还买了一本很贵的信纸簿。我班上一个女同学曾告诉我打动女人芳心的秘诀。她说她喜欢看写在粉红色信纸上的信。所以我想应该用粉红色信纸写信给艾丽斯。

　　"亲爱的笔友，"我写道，心情紧张得像第一次考试的小学生。我没有什么话可说，下笔非常缓慢，写完把信投入信箱时，觉得像是面对敌人射来的子弹。不料回信很快就从遥远的加利福尼亚州寄来了。艾丽斯的信上说："我不知道我的通信地址怎会列入贵国杂志的笔友栏，何况我并没有征求笔友。不过收到从未见过和听过的人的信实属幸事。反正你要以我为笔友，好，我就是了。"

　　我不知道我把那封短信看了多少次。它充满了生命的美妙音乐，我觉得飘飘欲仙！

　　我写给她的信极为谨慎，决不写唐突那位不相识的美国少女的话。英文是艾丽斯的母语，写来非常自然，对我却是外国文，写来颇为费力。我在遣词用字方面颇具感情，并带羞怯。但在我心深处藏有我不敢流露的情意。艾丽斯用端正的笔法写长篇大论的信给我，却很少显露她自己。

从万余公里外寄来的,有大信封装着的书和杂志,也有一些小礼物。我相信艾丽斯是个富裕的美国人,也和她寄来的礼品同样美丽。我们的文字友谊颇为成功。

不过我脑中总有个疑团。问少女的年岁是不礼貌的。但如果我问她要张相片,该不会碰钉子吧。所以我提出了这个要求,也终于得到她的答复。艾丽斯只是说她当时没有相片,将来可能寄一张给我。她又说,普通的美国女人都比她漂亮得多。

这是玩躲避的把戏吗?唉,这些女人的花样!

岁月消逝。我和艾丽斯的通信不像当初那样令人兴奋。时断时续,却并未停止。我仍在她生病时寄信去祝她康复,寄圣诞卡片,也偶尔寄一点小礼物给她。同时我也渐渐老成,年事较长,有了职业,结了婚,有了子女。我把艾丽斯的信给我妻子看。我和家人都一直希望能够见到她。

然后有一天,我收到一个包裹,上面的字是陌生的女人的笔迹。它是从美国艾丽斯的家乡用空邮寄来的。我打开包裹时心中在想,这个新笔友是谁?

包裹中有几本杂志,还有一封短信。"我是你所熟知的艾丽斯的好友。我很难过地告诉你,她在上星期日从教堂出来,买了一些东西后回家时因车祸而身亡。她的年纪大了——四月中已是七十八岁——没有看见疾驶而来的汽车。艾丽斯时常告诉我她很高兴收到你的信。她是个孤独的人,对人极热心,见过面和没见过面的,在远处和近处的人,她都乐于相助。"

写信的人最后请我接受包裹中所附的艾丽斯的相片。艾丽斯说过要在她死后才能寄给我。

相片中是一张美丽而慈祥的脸,是一张纵使我是一个羞怯的大学生,而她已入老境时我也会珍爱的脸。

(选自《读者文摘》,1985年第8期)

【交流之窗】

邮车已经远去,"笔友"你还好吗?

对于当代青少年而言,"笔友"这个词绝对没有"网恋""网友"那么熟悉。曾经,拥有笔友是时髦的标志。笔友的产生是时代的产物,通过鸿雁传书,友情的触觉突破了地域的限制,而因时空的睽违采取的隔空交流,又令这一美妙的情感披上了朦胧的面纱,结果让笔友具有了新鲜感、特殊的悬念和魅力。其实,笔友故事的魅力,还是因为情感的魅力!

友情（节选）

沈从文

沈从文（1902—1988），湖南凤凰人，小说多以湘西生活为题材，多赞美人性之美。

一九八〇年十一月，我初次在美国哥伦比亚大学一个小型的演讲会讲话后，就向一位教授打听在哥大教中文多年的老友王际真先生的情况，很想去看看他。际真曾主持哥大中文系达二十年，那个系的基础，原是由他奠定的。即以《红楼梦》一书研究而言，他就是把这部十八世纪中国著名小说节译本介绍给美国读者的第一人。人家告诉我，他已退休二十年了，独自一人住在大学附近一个退休教授公寓三楼中。后来又听另外人说，他的妻不幸早逝，因此人很孤僻，长年把自己关在寓所楼上，既极少出门见人，也从不接受任何人的拜访，是个古怪老人。

我和际真认识，是在一九二八年。那年他由美返国，将回山东探亲，路过上海，由徐志摩先生介绍我们认识的。此后曾继续通信。我每次出了新书，就给他寄一本去。我不识英语，当时寄信用的信封，全部是他写好由美国寄我的。一九二九年到一九三一年间，我和一个朋友生活上遭到意外困难时，还前后得到他不少帮助。际真长我六七岁，我们一别五十余年，真想看看这位老大哥，同他叙叙半世纪隔离彼此不同的情况。因此回到新港我姨妹家不久，就给他写了个信，说我这次到美国，很希望见到几个多年不见的旧友，如邓嗣禹、房兆楹和他本人。准备去纽约专程拜访。

回信说，在报上已见到我来美消息。目前彼此都老了，丑了，为保有过去年青时节印象，不见面还好些。果然有些古怪。但我想，际真长期过着极端孤寂的生活，是不是有一般人难于理解的隐衷？且一般人所谓"怪"，或许倒正是目下认为活得"健康正常人"中业已消失无余的稀有难得的品质。

虽然回信像并不乐意和我们见面，我们——兆和、充和、傅汉思和我，曾两次电话相约两度按时到他家拜访。

第一次一到他家,兆和、充和即刻就在厨房忙起来了。尽管他连连声称厨房不许外人插手,还是为他把一切洗得干干净净。到我们把带来的午饭安排上桌时,他却承认做得很好。

他已经八十五六岁了,身体、精神看来还不错。我们随便谈下去,谈得很愉快。他仍然保有山东人那种爽直淳厚气质。使我惊讶的是,他竟忽然从抽屉里取出我的两本旧作,《鸭子》和《神巫之爱》!那是我二十年代中早期习作,《鸭子》还是我出的第一个综合性集子。这两本早年旧作,不仅北京上海旧书店已多年绝迹,连香港翻印本也不曾见到。书已经破旧不堪,封面脱落了,由于年代过久,书页变黄了,脆了,翻动时,碎片碎屑直往下掉。可是,能在万里之外的美国,见到自己早年不成熟不像样子的作品,还被一个古怪老人保存到现在,这是难以理解的,这感情是深刻动人的!

人的生命会忽然泯灭,而纯挚无私的友情却长远坚固永在,且无疑能持久延续,能发展扩大。

(选自《友情集》,江苏教育出版社,2005年版)

【交流之窗】

这是一段可以和传奇爱情媲美的友谊!

两位八十多岁的人,一别五十多载的情——依然一见如故,了无印痕;

辗转万里之外,将物品保存六十多年——终于重见天日,似有先觉;

友情的信物——书体破了,封面脱了,书页黄了,脆了,碎了……

但友情历久弥新!其中的魔力是什么?

宗月大师

老 舍

在我小的时候,我因家贫而身体很弱。我九岁才入学。因家贫体弱,母亲有时候想叫我去上学,又怕我受人家的欺侮,更因交不上学费,所以一直到九岁我还不识一个字。说不定,我会一辈子也得不到读书的机会。因为母亲虽然知道读书的重要,可是每月间三四吊钱的学费,实在让她为难。

母亲是最喜脸面的人。她迟疑不决,光阴又不等待着任何人,晃来晃去,我也许就长到十多岁了。一个十多岁的贫而不识字的孩子,很自然地去作个小买卖——弄个小筐,卖些花生、煮豌豆,或樱桃什么的。要不然就是去学徒。母亲很爱我,但是假若我能去做学徒,或提篮沿街卖樱桃而每天赚几百钱,她或者就不会坚决地反对。穷困比爱心更有力量。

有一天,刘大叔偶然的来了。我说"偶然的",因为他不常来看我们。他是个极富的人,尽管他心中并无贫富之别,可是他的财富使他终日不得闲,几乎没有工夫来看穷朋友。一进门,他看见了我。"孩子几岁了?上学没有?"他问我的母亲。他的声音是那么洪亮,(在酒后,他常以学喊俞振庭的《金钱豹》自傲)他的衣服是那么华丽,他的眼是那么亮,他的脸和手是那么白嫩肥胖,使我感到我大概是犯了什么罪。我们的小屋,破桌凳,土炕,几乎禁不住他的声音的震动。等我母亲回答完,刘大叔马上决定:"明天早上我来,带他上学,学钱、书籍,大姐你都不必管!"我的心跳起多高,谁知道上学是怎么一回事呢!

第二天,我像一条不体面的小狗似的,随着这位阔人去入学。学校是一家改良私塾,在离我的家有半里多地的一座道士庙里。庙不甚大,而充满了各种气味:一进山门先有一股大烟味,紧跟着便是糖精味(有一家熬制糖球糖块的作坊),再往里,是厕所味,与别的臭味。学校是在大殿里。大殿两旁的小屋住着道士和道士的家眷。大殿里很黑、很冷。神像都用黄布挡着,供桌上摆着孔圣人的牌位。学生都面朝西坐着,一共有三十来人。西墙上有一块黑板——这是"改良"私塾。老师姓李,一位极死板而极有爱心的中年人。刘大叔和李老师"嚷"了一顿,而后教我拜圣人及老师。老师给了我一本《地球韵言》和一本《三字经》。我于是,就变成了学生。

自从作了学生以后,我时常的到刘大叔的家中去。他的宅子有两个大院子,院中几十间房屋都是出廊的。院后,还有一座相当大的花园。宅子的左右前后全是他的房屋,若是把那些房子齐齐的排起来,可以占半条大街。此外,他还有几处铺店。每逢我去,他必招呼我吃饭,或给我一些我没有看见过的点心。他绝不以我为一个苦孩子而冷淡我,他是阔大爷,但是他不以富傲人。

在我由私塾转入公立学校去的时候,刘大叔又来帮忙。这时候,他的财产已大半出了手。他是阔大爷,他只懂得花钱,而不知道计算。人们吃他,他甘心教他们吃;人们骗他,他付之一笑。他的财产有一部分是卖掉的,也有一部分是被人骗了去的。他不管,他的笑声照旧是洪亮的。

到我在中学毕业的时候,他已一贫如洗,什么财产也没有了,只剩了那个后花园。不过,在这个时候,假若他肯用用心思,去调整他的产业,他还能有办法教自己丰衣足食,因为他的好多财产是被人家骗了去的。可是,他不肯去请律师。贫与富在他心中是完全一样的。假若在这时候,他要是不再随便花钱,他至少可以保住那座花园,和城外的地产。可是,他好善。尽管他自己的儿女受着饥寒,尽管他自己受尽折磨,他还是去办贫儿学校、粥厂等等慈善事业。他忘了自己。

就是在这个时候,我和他过往得最密。他办贫儿学校,我去作义务教师。他施舍粮米,我去帮忙调查及散放。在我的心里,我很明白:放粮放钱不过只是延长贫民的受苦难的日期,而不足以阻拦住死亡。但是,看刘大叔那么热心,那么真诚,我就顾不得和他辩论,而只好也出点力了。即使我和他辩论,我也不会得胜,人情是往往能战胜理智的。

在我出国以前,刘大叔的儿子死了。而后,他的花园也出了手。他入庙为僧,夫人与小姐入庵为尼。由他的性格来说,他似乎势必走入避世学禅的一途。但是由他的生活习惯上来说,大家总以为他不过能念念经,布施布施僧道而已,而绝对不会受戒出家。他居然出了家。在以前,他吃的是山珍海味,穿的是绫罗绸缎。他也嫖也赌。现在,他每日一餐,入秋还穿着件夏布僧袍。这样苦修,他的脸上还是红红的,笑声还是洪亮的。对佛学,他有多么深的认识,我不敢说。我却真知道他是个好和尚,他知道一点便去做一点，能做一点便做一点。他的学问也许不高，但是他所知道的都能见诸实行。

　　出家以后，他不久就做了一座大寺的方丈。可是没有多久就被驱除出来。他是要做真和尚，所以他不惜变卖庙产去救济苦人。庙里不要这种方丈。一般地说，方丈的责任是要扩充庙产，而不是救苦救难的。离开大寺，他到一座没有任何产业的庙里做方丈。他自己既没有钱，他还须天天为僧众们找到斋吃。同时，他还举办粥厂等等慈善事业。他穷，他忙，他每日只进一顿简单的素餐，可是他的笑声还是那么洪亮。他的庙里不应佛事，赶到有人来请，他便领着僧众给人家去唪真经，不要报酬。他整天不在庙里，但是他并没忘了修持；他持戒越来越严，对经义也深有所获。他白天在各处筹钱办事，晚间在小室里作工夫。谁见到这位破和尚也不曾想到他曾是个在金子里长起来的阔大爷。

　　去年，有一天他正给一位圆寂了的和尚念经，他忽然闭上了眼，就坐化了。火葬后，人们在他的身上发现许多舍利。

　　没有他，我也许一辈子也不会入学读书。没有他，我也许永远想不起帮助别人有什么乐趣与意义。他是不是真的成了佛？我不知道。但是，我的确相信他的居心与言行是与佛相近似的。我在精神上物质上都受过他的好处，现在我的确愿意他真的成了佛，并且盼望他以佛心引领我向善，正像在三十五年前，他拉着我去入私塾那样！

　　他是宗月大师。

（选自《华西日报》，1940年1月23日）

【交流之窗】

　　"我"与宗月大师是一对忘年交！宗月大师的善良和慈悲如黑暗中的火把引领着"我"前行。古人云，与善人交，如芝兰入室。从这一对忘年之交的身上，你感悟到了哪些友情的真谛？

● 理性之光

论友谊

西塞罗　徐奕春　译

马库斯·图留斯·西塞罗（Marcus Tullius Cicero，前106—前43），古罗马著名政治家、演说家、雄辩家、法学家和哲学家。

　　我以为，友谊的基础是美德。别人相信你有美德，所以才与你建立友谊。你若放弃了美德，友谊也就不存在了。

　　所以，我们早已定下了一条保护友谊的准则：不要求他人做不利名誉的事。别人求你，你也不要做。为了朋友的缘故而做犯法的事，尤其是背叛国家，那是绝对不利名誉的，不容辩解的。所以，请朋友做事，必须以名誉为限。如果确认是利名誉的，便应毫不迟缓地去做，并且永远热诚。

　　我以为那些错把功利当作基础的人，实在是丢掉了友谊的基础。我们愉快，不是由于从朋友那里得到了物质利益，而是由于得到了朋友的爱。如果我们的资助使我们得到了愉快，那是因为其资助是出于真诚的爱。请问天下有没有哪一个人愿意在无穷的物质财富中享受，而不准他爱一个人，同时也不准一个人爱他？只有暴君肯过这样的生活。没有信仰，没有爱，也没有对人的信任，一切都是猜疑、犹豫、憎恨，这里绝对没有友谊的位置。因为谁能爱一个自己所怕的人呢？谁又能爱一个怕自己的人呢？

　　哲人恩尼乌斯说："在命运不济时才能找到忠实的朋友。"不可靠的朋友大约有两种：一种是在自己得志、飞黄腾达时，忘了朋友；一种是见朋友有难而弃之不顾，逃之夭夭。所以，在上述两种情形之下，仍能想到朋友，而不使友谊丝毫减色的人，才真正难能可贵，才可以称之为神圣友谊。

　　"我们爱朋友犹如爱自己"——这样说是不恰当的，因为有许多事我们只是为朋友做，而不为自己做。有时去恳求一个卑鄙的人，有时去冒犯一个不该冒犯的人，这些为自己本不值得去做的事，为了朋友便豁出去做了。有目共睹，在许多情况下，有美德的人宁肯牺牲自身利益，而使朋友得到欢乐。所以，应该说："爱朋友胜过爱自己。"

友谊还应该有一条准则：不要为了自己过分钟情友谊、依恋友谊而妨碍了朋友的大事。凡是舍不得离开朋友而阻止、妨碍朋友去尽他高尚的义务的人，不但无知、怯懦，而且简直就不懂友谊。

美德之所以能创造友谊、保持友谊，是因为美德里有和谐、有坚贞、有忠诚、有无私、有明智、有善、有美、有爱。一个人的美德一旦表现出来，便会光芒四射，并且借助这种光芒，照见别人的美德。美德与美德互相吸引，光芒与光芒交相辉映，结果便燃出友谊的光焰。

先看准了朋友，然后再爱他。不要因为先爱了他，就认作朋友。因为，凡是心灵值得爱的人，才是值得去结交的人。

（选自《盛放在呼啸而过的青春》，长江文艺出版社，2014年版）

【**交流之窗**】

追求友谊是由于人的天性，但友谊的基础是美德而非功利，友谊的核心是真诚和爱。西塞罗从宏观上阐明了友谊的本质，循之则收获友谊，逆之则失去友谊。在今天，友谊的基础常常是美德被功利取代，其结果也往往是因功利而生的友情最终因功利而灭。

关于朋友

亚瑟·叔本华　　石冲白　王　成　译

⊙叔本华　黄苏绘

亚瑟·叔本华（Arthur Schopenhauer, 1788—1860），德国著名哲学家，开创了非理性主义哲学的先河，唯意志论的创始人。

　　正如流通的是纸钞，而不是真金白银，同样，在这个世界上，流行的不是发自内心的尊重和真正的友谊，而只是做得尽量逼真和自然地显示尊重和友谊的表面工夫。不过，我们也不妨自问：又有哪些人值得我们对其使用真金白银呢？不管怎么样，我认为一条诚实的狗的摇尾示好，比人们的那些表面工夫更有价值。

　　真实不虚的友谊有着这样的一个前提：对朋友的痛苦、不幸抱有一种强烈的、纯客观的和完全脱离利害关系的同情。这也就意味着我们真正与我们的朋友感同身受。但人的自我本性却与这种做法格格不入，所以，真正的友谊就像那些硕大无朋的海蛇那样，要么只是一种传说，要么只存在于另外别的地方，我不知道到底为何者。人与人之间的许多联系当然主要是建筑在各式各样的被隐藏起来的自私动机之上，但某些这样的联系也包含了点滴的真正友谊的成分。这样，它们就得到了人们的美化和推崇。在这样一个充满缺陷的世界里，把这些联系冠以友谊之名也并不是完全没有理由的。它们远胜那些泛泛之交。后者是些什么样的货色呢？如果我们知道我们的大部分好朋友在我们背后所说的话，我们就不会再想跟他们说话了。

　　检验一个人是不是我们真正的朋友，除了一些需要得到朋友的确切帮助和做出一定牺牲的情形以外，最好的时机就是当我们告诉他恰逢某样不幸的时候。在这一刹那，他的脸上要么显示出一种真心的、不含杂质的悲哀，要么就是一副镇定自若的样子；或者，他会流露出某种别样的表情，后两者都证实了拉罗什福科的那句名言："从我们最好的朋友所遭遇的不幸，我们总能找到某样并不会使我们不悦的东西。"在类似这种时候,一般我们称之为朋友的人甚至掩饰不住脸上一丝满意的笑容。没有什么比告诉别人我们刚刚遭受了一桩巨大的不幸,或者向别人毫无保留地透露出自己的某些个人的弱点,更能确切地使别人得到好的心情了。这是反映人性的典型例子。

  朋友间分隔太远和长时间互不见面都会有损朋友之间的友情,尽管我们并不那么乐意承认这一点。如果久不相见,甚至我们最亲爱的朋友也会随着岁月的流逝逐渐变成抽象的概念;我们对他们的关切也由此变得越来越理性,甚至这种关系只是一种惯性的作用。但对那些我们朝夕相见的人,哪怕那只是我们宠爱的动物,我们都能够保持强烈和深切的兴趣。人的本性就是如此地受制于感官。所以,歌德的话在这里是适用的:

  现在此刻是一个威力无比的女神。

  "hausfreunde"一词表达得相当准确,因为这种朋友是居屋、家庭的朋友更甚于居屋主人的朋友,因此,他们更像是猫,而不是犬的一类。

  朋友都说自己是真诚的,其实,敌人才是真诚的。所以,我们应该把敌人的抨击、指责作为苦口良药,以此更多地了解自己。

  患难之交真的那么稀有吗?恰恰相反,我们一旦和某人交上了朋友,他就开始患难了,就向我们借钱了。

(选自《叔本华文集》,青海人民出版社,1996年版)

【交流之窗】

  在叔本华的眼中,辨别友谊首先要看脸:最好的朋友是能够对对方的痛苦和不幸感同身受;其次是要提供帮助且做出牺牲的;同时,友情需要保鲜,讲究现在此刻,分隔太远或太久会让友情受损。在这样一个充满缺陷的世界里,为朋友做出牺牲的最大障碍是人的本性:自私。所以,友情亦考验人性。

谈友谊

梁实秋

梁实秋(1903—1987),浙江杭县人,现代著名散文家、学者、翻译家。

朋友居五伦之末,其实朋友是极重要的一伦。所谓友谊实即人与人之间的一种良好的关系,其中包括了解、欣赏、信任、容忍、牺牲……诸多美德。如果以友谊做基础,则其他的各种关系如父子夫妇兄弟之类均可圆满地建立起来。当然父子兄弟是无可选择的永久关系,夫妇虽有选择余地,但一经结合便以不再仳离为原则,而朋友则是有聚有散可合可分的。不过,说穿了,父子夫妇兄弟都是朋友关系,不过形式性质稍有不同罢了。严格地讲,凡是充分具备一个好朋友的条件的人,他一定也是一个好父亲、好儿子、好丈夫、好妻子、好哥哥、好弟弟。反过来亦然。

我们的古圣先贤对于交友一端是甚为注重的。《论语》里面关于交友的话很多。在西方亦是如此。罗马的西塞罗有一篇著名的《论友谊》,法国的蒙田、英国的培根、美国的爱默生,都有论友谊的文章。我觉得近代的作家在这个题目上似乎不大肯费笔墨了。这是不是叔季之世友谊没落的征象呢?我不敢说。

古之所谓"刎颈交",陈义过高,非常人所能企及。如Damon与Pythias,David与Jonathan,怕也只是传说中的美谈罢。就是把友谊的标准降低一些,真正能称得起朋友的还是很难得。试想一想,如果银钱经手的事,你信得过的朋友能有几人?在你蹭蹬失意或疾病患难之中还肯登门拜访乃至雪中送炭的朋友又有几人?你出门在外之际对于你的妻室弱媳肯加照顾而又不照顾得太多者又有几人?再退一步,平素投桃报李,莫逆于心,能维持长久于不坠者,又有几人?总角之交,如无特别利害关系以为维系,恐怕很难在若干年后不变成为路人。富兰克林说:"有三个朋友是忠实可靠的——老妻,老狗与现款。"妙的是这三个朋友都不是朋友。倒是亚里士多德的一句话最干脆:"我的朋友们啊!世界上根本没有朋友。"这些话近于愤世嫉俗,事实上世界里还是有朋友的,不过虽然无需打着灯笼去找,却是像沙里淘金而且还需要长时间的洗练。一旦真铸成了友谊,便会金石同坚,永不退转。

大抵物以类聚,人以群分。臭味相投,方能永以为好。交朋友也讲究门当户对,纵不必像九品中正那么严格,也自然有个界线。"同学少年多不贱,五陵裘马自轻肥",于"自轻肥"之余还能对着往日的旧游而不把眼睛移到眉毛上边去么?汉光武容许严子陵把他的大腿压在自己的肚子上,固然是雅量可风,但是严子陵之毅然决然地归隐于富春山,则尤为知趣。朱洪武写信给他的一位朋友说:"朱元璋做了皇帝,朱元璋还是朱元璋……"话自管说得很漂亮,看看他后来之诛戮功臣,也就不免令人心悸。人的身心构造原是一样的,但是一入宦途,可能发生突变。孔子说:"无友不如己者。"我想一来只是指品学而言,二来只是说不要结交比自己坏的,并没有说一定要我们去高攀。友谊需要两造,假如双方都想结交比自己好的,那便永远交不起来。

好像是王尔德说过,"一个男人与一个女人之间是不可能有友谊存在的。"就一般而论,这话是对的,因为男女之间如有深厚的友谊,那友谊容易变质,如果不是心心相印,那又算不得是友谊。过犹不及,那分际是难以把握的。忘年交倒是可能的。祢衡年未二十,孔融年已五十,便相交友,这样的例子史不绝书。但似乎是也以同性为限。并且以我所知,忘年交之形成固有赖于兴趣之相近与互相之器赏,但年长的一方面多少需要保持一点童心,年幼的一方面多少需要显着几分老成。老气横秋则令人望而生畏,轻薄儇佻则人且避之若浼。单身的人容易交朋友,因为他的情感无所寄托,漂泊流离之中最需要一个一倾积愫的对象,可是等到他有红袖添香稚子候门的时候,心境便不同了。

"君子之交淡如水",因为淡所以才能不腻,才能持久。"与朋友交,久而敬之。"敬也就是保持距离,也就是防止过分的亲昵。不过"狎而敬之"是很难的。最要注意的是,友谊不可透支,总要保留几分。Mark Twain说:"神圣的友谊之情,其性质是如此的甜蜜、稳定、忠实、持久,可以终生不渝,如果不开口向你借钱。"这真是慨乎言之。朋友本有通财之谊,但这是何等微妙的一件事!世上最难忘的事是借出去的钱,一般认为最倒霉的事又莫过于还钱。一牵涉到钱,恩怨便很难清算得清楚,多少成长中的友谊都被这阿堵物所戕害!

规劝乃是朋友中间应有之义,但是谈何容易。名利场中,沉瀣一气,自己都难以明辨是非,哪有余力规劝别人?而在对方则又良药苦口忠言逆耳,谁又愿意让人批他的逆鳞?规劝不可当着第三者的面前行之,以免伤他的颜面,不可在他情绪不宁时行之,以免逢彼之怒。孔子说:"忠告而善道之,不可则止。"我总以为劝善规过是友谊之消极的作用。友谊之乐是积极的。只有神仙与野兽才喜欢孤独,人是要朋友的。"假如一个人独自升天,看见宇宙的大观,群星的美丽,他并不能感到快乐,他必要找到一个人向他述说他所见的奇景,他才能快乐。"共享快乐,比共受患难,应该是更正常的友谊中的趣味。

(选自《梁实秋作品集》,百花洲文艺出版社,2000年版)

【交流之窗】

"以友谊做基础,则其他的各种关系如父子夫妇兄弟之类均可圆满地建立起来""交朋友也讲究门当户对""'君子之交淡如水'因为淡所以才能不腻,才能持久""共享快乐,比共受患难,应该是更正常的友谊中的趣味"。梁先生的友谊观既朴实又新颖。

有一点提出来商榷:与朋友共享快乐肯定是正常的友谊趣味,但共受患难应该意味着朋友间的责任和分担,这是否应该是更正常的友谊定义才对?

数数你身边的朋友

张保文　许庆元

> 子曰："益者三友，损者三友：友直，友谅，友多闻，益矣；友便辟，友善柔，友便佞，损矣。"
>
> ——《论语·季氏》

南先生说，世间每个人都需要朋友，朋友有益友与损友之分。友直、友谅、友多闻，都是对自身修养有益的朋友。"友直"，是讲直话的朋友；"友谅"，是个性宽厚、能够原谅人的朋友；"友多闻"，是见识广阔、知识渊博的朋友。对自身修养无益而有害的损友亦有三种："友便辟"，是指有特别的嗜好，或者软硬不吃、不经意间便会将他得罪的朋友；"友善柔"，是个性软弱、依赖性强，缺乏个人主见甚至一味依循迎合于你的朋友；"友便佞"，是专门逢迎拍马的朋友，通常成事不足，败事有余。

《佛说孛经》中说："友有四品，不可不知：有友如花，有友如秤，有友如山，有友如地。"其实，如花、如秤的朋友便是孔子提及的损友的另一种表述，如山、如地的朋友则是益友的另一种概括。

有友如花，好时插头，萎时损之，见富贵则附，见贫贱则弃。这类朋友对待你像花一样，当你盛开时，将你插于头鬓、供奉桌上；假如你凋谢了，他便毫不怜惜将你丢弃。当你拥有权势、富贵时，他把你捧到高处，凡事奉承、随顺；一旦你功名富贵随风而去，失去了利用的价值，他就背弃你，离开你。有友如秤，物重头低，物轻则仰，有与则敬，无与则慢。这种朋友像秤一样，如果你比他重，他就低头；如果你比他轻，他就高起来。当你有名位有权力时，他就卑躬屈膝，阿谀谄媚；等到你无权无名一身轻，他就昂起头来，俯瞰你了。

有特别的嗜好或不宽容的朋友总会对你有所求，情感上或物质上一旦无法满足他，你们之间的友情便会走到尽头了。个性软弱、依赖性太强的朋友会让你疲惫不堪，一旦偶尔流露出让他自己作决定的想法，他便会认为你抛弃了他，你们之间的友情也会出现危机。至于逢迎谄媚的朋友更是对自身有百害而无一利。

有友如山，譬如金山，鸟兽集之，毛羽蒙光，贵能荣人，富乐同欢。有的朋友像高山一样，高山能广植森林，豢养各种飞禽走兽，任凭它们聚集其中，自由自在。所以，益友像山，心胸广阔，正直高耸，宽厚待人。有友如地，百谷财宝，一切仰之，施给养护，恩厚不薄。所以，益友如地，泽被万物，毫无怨尤，可以担待我们的过错，帮助我们不断成长。

因此，朋友并不一定越多越好，多交益友，少交损友，才能真正从朋友身上学到为人处世的道理。

（选自《听南怀瑾讲〈论语〉》，光明日报出版社，2007年版）

【交流之窗】

"数数你身边的朋友"其实是"辨一辨你身边的朋友"的意思。谁是如花友？谁是如秤友？谁是如山友？谁是如地友？分门别类，多交益友，少交损友！人生短暂，过客匆匆，但我们很有必要适时停下来，数数自己身边的朋友，才不至于辜负天地借予我们的宝贵光阴。

论友谊和教养

周国平

对于人际关系，我逐渐总结出了一个最合乎我的性情的原则，就是互相尊重，亲疏随缘。我相信，一切好的友谊都是自然而然形成的，不是刻意求得的。我还认为，再好的朋友也应该有距离，太热闹的友谊往往是空洞无物的。

使一种交往具有价值的不是交往本身，而是交往者各自的价值。高质量的友谊总是发生在两个优秀的独立人格之间，它的实质是双方互相由衷地欣赏和尊敬。因此，重要的是使自己真正有价值，配得上做一个高质量的朋友，这是一个人能够为友谊所做的首要贡献。

朋友之间，最重要的是尊重。

你的朋友向你吐露了隐衷，你要保守秘密，不可向人传说。也许你的朋友还向别人吐露了这隐衷，你仍要当作只有你一人知道一样，不可让秘密由你传播出去。

你的朋友最需要你的时候，你一定要出现。但是，这不能成为理由，认为你因此就有了随时在他面前出现的权利。即使对你最好的朋友，你也没有这个权利。

当你的朋友处在大幸福或大悲痛之中时，你要懂得沉默，不去打扰他，这是一种尊重和教养。

与人相处，如果你感到格外的轻松，在轻松中又感到真实的教益，我敢断定你一定遇到了你的同类，哪怕你们从事着截然不同的职业。

隔行如隔山，但没有翻越不了的山头，灵魂之间的鸿沟却是无法逾越的。

我们对同行说行话，对朋友吐心声。

人与人之间最深刻的区分不在职业，而在心灵。

某哲人说：朋友如同衣服，会穿旧的，需要时时更新。我的看法正相反：朋友恰好是那少数几件舍不得换掉的旧衣服。新衣服当然不妨穿一穿，但是，能不能成为朋友，不到穿旧之时是不知道的。总在频繁更换朋友的人，其实没有真朋友。

友谊是宽容的。正因为如此，朋友一旦反目，就往往不可挽回，说明他们的分歧必定十分严重，已经到了不能宽容的地步。

只有在好朋友之间才可能发生绝交这种事，过去交往愈深，现在裂痕就愈难以修复，而维持一种泛泛之交又显得太不自然。至于本来只是泛泛之交的人，交与不交本属两可，也就谈不上绝交了。

外倾性格的人容易得到很多朋友，但真朋友总是很少的。内倾者孤独，一旦获得朋友，往往是真的。

看到书店出售教授交际术成功术之类的畅销书，我总感到滑稽。一个人对某个人有好感，和他或她交了朋友，或者对某件事感兴趣，想方设法把它做成功，这本来都是自然而然的。不熟记要点就交不了朋友，不乞灵秘诀就做不成事业，可见多么缺乏真情感真兴趣了。但是，没有真情感，怎么会有真朋友呢？没有真兴趣，怎么会有真事业呢？既然如此，又何必孜孜于交际和成功？这样做当然有明显的功利动机，但那还是比较表面的，更深的原因是精神上的空虚，于是急于找捷径躲到人群和事务中去。我不知道其效果如何，只知道如果这样的交际家走近我身旁，我一定会更感寂寞，如果这样的成功者站在我面前，我一定会更觉无聊的。

读书如交友，但至少有一个例外，便是读那种传授交友术的书。

交友术兴，真朋友亡。

凡是顶着友谊名义的利益之交，最后没有不破裂的，到头来还互相指责对方不够朋友，为友谊的脆弱大表义愤。其实，关友谊什么事呢？所谓友谊一开始就是假的，不过是利益的面具和工具罢了。今天的人们给了它一个恰当的名称，叫感情投资，这就比较诚实了，我希望人们更诚实一步，在投资时把自己的利润指标也通知被投资方。

在与人交往上，孔子最强调一个"信"字，我认为是对的。待人是否诚实无欺，最能反映一个人的人品是否光明磊落。一个人哪怕朋友遍天下，只要他对其中一个朋友有背信弃义的行径，我们就有充分的理由怀疑他是否真爱朋友，因为一旦他认为必要，他同样会背叛其他的朋友。"与朋友交而不信"，只能得逞一时之私欲，却是做人的大失败。

西方人文传统中有一个重要观念，便是人的尊严，其经典表达就是康德所说的"人是目的"。按照这个观念，每个人都是一个有尊严的精神性存在，不可被当作手段使用。对于今天许多国人来说，这个观念何其陌生，往往只把自己用做了谋利的手段，互相之间也只把对方用做了谋利的手段。

一个自己有人格的尊严的人，必定懂得尊重一切有尊严的人格。

同样，如果你侮辱了一个人，就等于侮辱了一切人，也侮辱了你自己。

高贵者的特点是极其尊重他人，正是在对他人的尊重中，他的自尊得到了最充分的体现。世上有一种人，毫无尊严感，毫不讲道理，一旦遇上他们，我就不知道怎么办好了，因为我与人交往的唯一基础是尊严感，与人斗争的唯一武器是讲道理。我不得不相信，在生物谱系图上，我和他们之间隔着无限遥远的距离。

什么是诚信？就是在与人打交道时，仿佛如此说：我要把我的真实想法告诉你，并且一定会对它负责。这就是诚实和守信用。当你这样说时，你是非常自尊的，是把自己当作一个有尊严的人看待的。同时，又仿佛如此说：我要你把你的真实想法告诉我，并相信你一定会对它负责。这就是信任。当你这样说时，你是非常尊重对方的，是把他当作一个有尊严的人看待的。由此可见，诚信是以打交道的双方所共有的人的尊严之意识为基础的。

仗义和信任貌似相近，实则属于完全不同的道德谱系。信任是独立的个人之间的关系，一方面各人有自己的人格、价值观、生活方式、利益追求等，在这些方面彼此尊重，绝不要求一致，另一方面合作做事时都遵守规则。仗义却相反，一方面抹杀个性和个人利益，样样求同，不能容忍差异，另一方面共事时不讲规则。

文明之对于不同的人，往往进入其不同的心理层次。进入意识层次，只是学问；进入无意识层次，才是教养。

（选自《周国平的博客》，新浪网，2011年3月）

【交流之窗】

  周国平先生的友谊观赋予了时代的鲜亮色彩和当代人的人生感受。随缘，尊重，亲密有间，宽容有教养；期望高质量的友谊首先是提升自己的质量。当代学者的感受折射了友情在当今时代的内涵和变迁。

交友之情

易中天

易中天,1947年生于湖南长沙,当代知名作家、学者、教育家。

交朋友,要讲"交情"。

交情有深有浅。交情深的是"深交",交情浅的却不叫"浅交",而叫"一面之交"。中国人讲"情面"。见了面,就有情。但毕竟"只见过一面",交情尚浅,虽然也可以托人情,但往往不大好开口,也不能重托,除非是"一见如故"。"故"就是见面很多、交往很久的意思,又叫故人、故友、故旧、故知,如老同学、老同事、老战友、老邻居。老则深,深则入。即使不能"深入","老"本身也是面子,总比"一面之交"来头大。

的确,中国人的交情,一般是与交往时间的长短成正比的。因为"路遥知马力,日久见人心",而交情亦如美酒,越陈越醇。没有经过时间考验的交情,总让人觉得不那么"靠得住",也难以产生恋恋不舍的"恋情"。故民谚曰:"衣服是新的好,朋友是老的好";"新婚情烈,旧友情深"。友情不同于亲情,亲情是天然的,比如自己生的孩子,自然疼爱。友情则是慢慢建立起来的,要靠"积累"。积累则厚,厚则深,叫做"深厚";不积累则薄,薄则浅,叫做"浅薄"。浅薄的人,胸无城府。表现在交往上,一是"多言",夸夸其谈,自我炫耀;二是"泛交",轻诺寡信,不知自重。真正的友谊,应该是"面淡如水,心甘如饴",就像真正的学问和艺术一样,"看似平淡最奇崛,成如容易却艰辛",厚积而薄发。

交情虽然以"老"的好,但"故旧"并不一定就是"深交"。反倒是口口声声宣称自己与某某要人是"老交情"者,其交情往往可疑,就像时下某些"青年学人",专好卖弄古怪涩口的新名词、新概念,把文章写得谁也看不懂,不过是以其艰深饰其浅薄而已。交情老,只不过意味着面子大。"老交情"有事来请帮忙,那么,"不看僧面看佛面",看在"交往多年"的面子上,也不能不有所"照顾",当然也可能只不过"面"上敷衍,这就全看交情的深浅和事情的难易了。从这个角度上讲,"故交"也不一定靠得住。

真正的"深交",是"知交",即"知心之交"。要结知交,第一要"诚",即以诚相待,"我无尔诈,尔无我虞";第二要"忠",即忠于友谊,"受人之托,忠人之事";第三要"信",即恪守信义,"言必信,行必果";第四要"权",即通达权变,"不拘泥,不苟且"。四者之中,"权"最难。孔子说:"可与共学,未可与适道;可与适道,未可与立;可与立,未可与权。"也就是说,一般人,我们可以和他"同学",但未必"同道"。因为道路可选择,各人选择的人生道路,未必都一样。可以和他"同道",但未必"同志"。因为选择人生道路的动机、目的、志向并不一定相同,虽然走在同一人生道路上,说不定只是"同路人",没准什么时候还要分手。可以和他"同志",也未必"同权"。因为志是方向,叫"志向";权是便宜,叫"权宜"。大彻大悟之人,为了最终地实现道与志,有时不得不略为变通,以为权宜。但这很容易被误认为是不忠诚,或不诚信,一旦起疑,也就不再"同心",所以,非得真正的知交,才可与之同权;而一旦同权,也就真是"将心比心,以心换心"了。

由此可见,结交"知心朋友",真是其难无比,故云"人生得一知己足矣"。许多人终其一生,也难得一知己。但是,有一种朋友,虽不一定知己、知心,却最可依赖,这就是"患难之交",即"同生死,共患难"的人。或是在战场上,救过自己的命;或是在受害时,掩护或救援过自己;或是在危难时,和自己同心协力,共渡难关。这种经历了生死患难考验的朋友,将是最忠实的朋友,是刀架在脖子上都不会反悔的朋友,所以又叫"刎颈之交"。

道理也很简单——真正的友谊是超功利的。生死患难,功名利禄,最能鉴定友谊的真假和交情的深浅。司马迁在《史记·汲郑列传》的赞语中说,有个姓翟的下邽人,起先当廷尉(最高司法官)时,宾客来往极盛,把大门都塞住了,罢官以后,则大门外可以张设捕捉鸟雀的网罗("门可罗雀"一词即出于此)。后来,翟公又当了廷尉,宾客们又准备前往翟府交结,翟老先生便在门上用大字写下一句话:"一死一生,乃知交情;一贫一富,乃知交态;一贵一贱,交情乃见。"说得真是再透彻也没有了。

(选自《闲话中国人》,上海文艺出版社,2017年版)

【交流之窗】

友情的核心是"情",情的落脚点是"心",时间长短和程度深浅影响着友情的浓度,能否超越功利则决定着友情的纯度。易中天教授立足于传统的视角,深刻地剖析了中国人的人情世故与友谊观的关系。

什么是真正的交情

钱锺书

钱锺书(1910—1998),江苏无锡人,现代作家、文学研究家,享有"博学鸿儒""文化昆仑"的美誉。

假使恋爱是人生的必需,那么,友谊只能算是一种奢侈;所以,上帝垂怜阿大(Adam)的孤寂,只为他造了夏娃,并未另造个阿二。我们常把火焰来比恋爱,这个比喻有我们意想不到的贴切。恋爱跟火同样的贪滥,同样的会蔓延,同样的残忍,消灭了坚牢结实的原料,把灰烬去换光明和热烈。像拜伦,像歌德,像缪塞,野火似的卷过了人生一世,一个个白色的,栗色的,棕色的情妇(缪塞的妙句)的血淋淋的红心,白心,黄心(孙行者的神通),都烧炙成死灰,只算供给了燃料。情妇虽然要新的才有趣,朋友还让旧的好。时间对于友谊的磨蚀,好比水流过石子,反把它洗琢得光洁了。因为友谊不是尖利的需要,所以在好朋友间,极少发生那厌倦的先驱,一种餍足的情绪,像我们吃完最后一道菜,放下刀叉,靠着椅背,准备叫侍者上咖啡时的感觉,还当然不可一概而论,看你有的是什么友。

西谚云,"急需或困乏时的朋友才是真正的朋友",不免肤浅。我们有急需的时候,是最不需要朋友的时候。朋友有钱,我们需要他的钱;朋友有米,我们缺乏的是他的米。那时节,我们也许需要真正的朋友,不过我们真正的需要并非朋友。我们讲交情,揩面子,东借西挪,目的不在朋友本身,只是把友谊作为可利用的工具,顶方便的法门。常时最知情识趣的朋友,在我们穷急时,他的风趣,他的襟抱,他的韵度,我们都无心欣赏了。两袖包着清风,一口咽着清水,而云倾听良友清谈,可忘饥渴,即清高到没人气的名士们,也未必能清苦如此。此话跟刘孝标所谓"势交利交"的一派牢骚,全不相干,朋友的慷慨或吝啬,肯否排难济困,这是一回事;我们牢不可破的成见,以为我和某人既有朋友之分,我有困难,某人理当扶助,那是另一回事。尽许朋友疏财仗义,他的竟算是我的,在我穷急告贷的时节，总是心存不良，满口亲善，其实别有作用。试看世间有多少友谊，因为有求不遂，起了一层障膜；同样，假使我们平日极瞧不起、最不相与的人，能在此时帮忙救急，反比平日的朋友来得关切，我们感激之余，可以立刻结为新交，好几年积累的友谊，当场转移对象。在困乏时的友谊，是最不值钱了——不，是最可以用钱来估定价值了！我常感到，自《广绝交论》以下，关于交谊的诗文，都不免对朋友希望太奢，批评太刻，只说做朋友的人的气量小，全不理会我们自己人穷眼孔小，只认得钱类的东西，不认得借未必有、有何必肯的朋友。古尔斯密的东方故事《阿三痛史》，颇少人知，1877年出版的单行本，有一篇序文，中间说，想创立一种友谊测量表，以朋友肯借给他的钱多少，定友谊的高下。这种沾光揩油的友谊观，甚至雅人如张船山，也未能免除，所以他要怨什么"事能容俗犹嫌傲，交为通财渐不亲"。《广绝交论》只代我们骂了我们的势利朋友，我们还需要一篇《反绝交论》，代朋友来骂他们的势利朋友，就是我们自己。《水浒》里写宋江刺配江州，戴宗向他讨人情银子，宋江道："人情，人情，在人情愿！"真正至理名言，比刘孝标、张船山等的见识，高出万倍。说也奇怪，这句有"恕"道的话，偏出诸船火儿张横所谓"不爱交情只爱钱"，打家劫舍的强盗头子，这不免令人摇头叹息了：第一叹来，叹惟有强盗，反比士大夫辈明白道理！然而且慢，还有第二叹；第二叹来，叹明白道理，而不免放火杀人，言行不符，所以为强盗也！

从物质的周济说到精神的补助，我们便想到孔子所谓直谅多闻的益友。这个漂白的功利主义，无非说，对于我们品性和智识有利益的人，不可不与结交。我的偏见，以为此等交情，也不甚巩固。孔子把直谅的益友跟"便僻善柔"的损友反衬，当然指那些到处碰得见的，心直口快，规过劝善的少年老成人。生就斗蟋蟀般的脾气，一掤一跳，护短非凡，为省事少气恼起见，对于喜管闲事的善人们，总尽力维持着尊敬的距离。不过，每到冤家狭路，免了不听教训的关头，最近涵养功深，子路闻过则喜的境界，不是区区夸口，颇能做到。听直谅的"益友"规劝，你万不该良心发现，哭丧着脸；他看见你惶恐觳觫的表情，便觉得你邪不胜正，长了不少气势，带骂带劝，说得你有口难辩，然后几句甜话，拍肩告别，一路上忻然独笑，觉得替天行道，做了无量功德。反过来，你若一脸堆上浓笑，满口承认；他说你骂人，你便说像某某等辈，不但该骂，并且该杀该剐，他说你刻毒,你就说,岂止刻毒,还想下毒,那时候,该他拉长了像烙铁熨过的脸,哭笑不得了。大凡最自负心直口快,喜欢规过劝善的人,像我近年来所碰到的基督教善男信女,同时最受不起别人的规劝。因此,你不大看见直谅的人,彼此间会产生什么友谊;大约直心肠颇像几何学里的直线,两条平行了,永远不会接合。照我想来,心直口快,无过于使性子骂人,而这种直谅的"益友"从不骂人,顶反对你骂人。他们找到他们认为你的过失,绝不痛痛快快地骂,只是婆婆妈妈地劝告,算是他们的大度包容。骂是一种公道的竞赛,对方有还骂的机会;劝却不然,先用大帽子把你压住,无抵抗地让他攻击,卑怯不亚于打落水狗。他们喜欢规劝你,所以,他们也喜欢你有过失,好比医生要施行他手到病除的仁心仁术,总先希望你害病。这样的居心险恶,无怪基督教为善男信女设立天堂。真的,没有比进天堂更妙的刑罚了:设想四周围都是无懈可击,无过可规的善人,此等心直口快的"益友"无所施其故技,心痒如有臭虫叮,舌头因不用而起铁锈的苦痛。泰勒《道学先生的信仰》书里说,读了但丁《神曲·天堂篇》,有一个印象,觉得天堂里空气沉闷,诸仙列圣只希望下界来个陌生人,谈话消遣。我也常常疑惑,假使天堂好玩,何以但丁不像乡下人上城的东张西望,倒失神落魄,专去注视琵雅德丽史的美丽的眼睛,以至受琵雅德丽史婉妙的数说:"回过头去罢!我的眼睛不是唯一的天堂。"天堂并不如史文朋所说,一个玫瑰花园,充满了浪上人火来的姑娘,浪上人火来的姑娘,是裸了大腿,跳舞着唱"天堂不是我的份"的。史文朋一生叛教,哪知此中底细?古法文传奇《乌开山与倪高来情史》说,天堂里全是老和尚跟残废的叫花子;风流武侠的骑士反以地狱为归宿。雷诺《自传续编》序文里也说,天堂中大半是虔诚的老婆子,无聊得要命;雷诺教士出身,说话当然靠得住。假使爱女人,应当爱及女人的狗,那么,真心结交朋友,应当忘掉朋友的过失。对于人类应负全责的上帝,也只能捏造——捏了泥土创造,并不能改造,使世界上坏人变好;偏是凡夫俗子倒常想改造朋友的品性,真是岂有此理。一切罪过,都是一点未凿的天真,一角销毁不尽的个性,一条按压不住的原始的冲动,脱离了人为的规律,归宁到大自然的老家。抽象地想着了罪恶,我们也许会厌恨;但是罪恶具体地在朋友的性格里衬托出来,我们只觉得他的品性产生了一种新的和谐,或者竟说是一种动人怜惜的缺陷,像古磁上一条淡淡的裂缝,奇书里

第三编 友情篇

一角缺页，使你心窝里涌出加倍的爱惜。心直口快的劝告，假使出诸美丽的异性朋友，如闻裂帛，如看快刀切菜，当然乐于听受。不过，照我所知，美丽的女郎，中外一例，说话无不打着圈儿挂了弯的；只有身段缺乏曲线的娘们，说话也笔直到底。因此，直谅的"益友"，我是没有的，我也不感到"益友"的需要。无友一身轻，威斯娄的得意语，只算替我说的。

多闻的"益友"，也同样的靠不住。见闻多、记诵广的人，也许可充顾问，未必配做朋友，除非学问以外，他另有引人的魔力。德·白落斯批评伏尔泰道："别人敬爱他，无非为他做的诗好。确乎他的诗做得不坏，不过，我们只该爱他的诗。"——言外之意，当然是，我们不必爱他的人。我去年听见一句话，更为痛快。一位男朋友恣恳我为他跟一位女朋友撮合，生平未做媒人，好奇地想尝试一次。见到那位女朋友，声明来意，第一项先说那位男朋友学问顶好，正待极合科学方法的数说第二项第三项，那位姑娘轻冷地笑道："假使学问好便该嫁他？大学文科老教授里有的是鳏夫。"这两个例子，对于多闻的"益友"，也可应用。譬如看书，参考书材料最丰富，用处最大，然而极少有人认它为伴侣的读物。颐德《日记》有个极妙的测验，他说，关于有许多书，我们应当问：这种书给什么人看？关于有许多人，我们应该问：这种人能看什么书？照此说法，多闻的"益友"就是专看参考书的人。多闻的人跟参考书往往同一命运，一经用过，仿佛挤干的柠檬，嚼之无味，弃之不足惜。并且，打开天窗说亮话，世界上没有一个人不在任何方面比我们知道得多，假使个个要攀为朋友，哪里有这许多情感来分配？伦敦东头自告奋勇做向导的顽童，巴黎夜半领游俱乐部的瘪三，对于垢污的神秘，比你的见闻来得广博，若照多闻益友的原则，几个酒钱，还够不上朋友通财之谊。多闻的"多"字，表现出数量的注重。记诵不比学问；大学问家的学问跟他整个的性情陶融为一片，不仅有丰富的数量，还添上个别的性质；每一个琐细的事实，都在他的心血里沉浸滋养，长了神经和脉络，是你所学不会，学不到的。反过来说，一个参考书式的多闻者（章实斋所谓横通），无论记诵如何广博，你总能把他吸收到一干二净。学校里一般教师，授完功课后的精神的储蓄，缩挤得跟所发讲义纸一样的扁薄了！普通师生之间，不常发生友谊，这也是一个原因。根据多闻的原则而产出的友谊，当然随记诵的增减为涨缩，不稳固可想而知。自从人工经济的科学器具发达以来，"多闻"之学似乎也进了一个新阶段。唐李渤问归宗禅师云:"芥子何能容须弥山?"师言:"学士胸藏万卷书,此心不过如椰子大,万卷书何处著?"记得王荆公《寄蔡天启诗》、袁随园《秋夜杂诗》,也有类似的说法。现在的情形可大不相同了,时髦的学者不需要心,只需要几只抽屉,几百张白卡片,分门别类,做成有引必得的"引得",用不着头脑更去强记。但得抽屉充实,何妨心腹空虚。最初把抽屉来代替头脑,久而久之,习而俱化,头脑也有点木木然接近抽屉的质料了。我敢预言,在最近的将来,木头或阿木林等谩骂,会变成学者们最尊敬的称谓,"朴学"一个名词,将发生新鲜的意义。

这并不是说,朋友对于你毫无益处;我不过解释,能给你身心利益的人,未必就算朋友。朋友的益处,不能这样拈斤播两地讲。真正的友谊的形成,并非由于双方有意地拉拢,带些偶然,带些不知不觉。在意识层底下,不知何年何月潜伏着一个友谊的种子;咦!看它在心面透出了萌芽。在温暖固密,春夜一般的潜意识中,忽然偷偷地钻进了一个外人,哦!原来就是他!真正友谊的产物,只是一种渗透了你的身心的愉快。没有这种愉快,随你如何直谅多闻,也不会有友谊。接触着你真正的朋友,感觉到这种愉快,你内心的鄙吝残忍,自然会消失,无需说教似的劝导。你没有听过穷冬深夜壁炉烟囱里呼啸着的风声么?像把你胸怀间的郁结体贴出来,吹荡到消散,然而不留语言文字的痕迹、不受金石丝竹的束缚。百读不厌的黄山谷《茶词》说得妙:"恰如灯下,故人万里,归来对影;口不能言,心下快活自省。"以交友比吃茶,可谓确当,存心要交"益友"的人,便不像中国古人的品茗,而颇像英国人下午的吃茶了:浓而苦的印度红茶,还要方糖牛奶,外加面包牛油糕点,甚至香肠肉饼子,干的湿的,热闹得好比水陆道场,胡乱填满肚子完事。在我一知半解的几国语言里,没有比中国古语所谓"素交"更能表出友谊的骨髓。一个"素"字把纯洁真朴素的交情的本体,形容尽致。素是一切颜色的基础,同时也是一切颜色的调和,像白日包含着七色。真正的交情,看来像素淡,自有超越死生的厚谊。假使交谊不淡而腻,那就是恋爱或者柏拉图式的友情了。中国古人称夫妇为"腻友",也是体贴入微的隽语,外国文里找不见的。所以,真正的友谊,是比精神或物质的援助更深微的关系。蒲伯(Pope)对鲍林白洛克的称谓,极有斟酌,极耐寻味:"哲人,导师,朋友。"我有大学时代五位最敬爱的老师,都像蒲伯所说,以哲人导师而更做朋友的;这五位老师以及其他三四位好朋友，全对我有说不尽的恩德；不过，我跟他们的友谊，并非由于说不尽的好处，倒是说不出的要好。孟太尼解释他跟拉白哀地生死交情的话，颇可借用："因为他是他，因为我是我。"没有其他的话可说。素交的素字已经把这个不着色相的情谊体会出来了；"口不能言"的快活也只可采取无字天书的作法去描写罢。

还有一类朋友，与素交略有不同。这一等朋友大多数是比你年纪稍轻的总角交。说你戏弄他，你偏爱他；说你欺侮他，你却保护他，仿佛约翰生和鲍斯威儿的关系。这一类朋友，像你的一个小小的秘密，是你私有，不大肯公开，只许你对他嬉笑怒骂。素交的快活，近于品茶；这一类狎友给你的愉快，只能比金圣叹批《西厢》所谓隐处生疥，闭户痛搔，不亦快哉。颐罗图《少女求夫记》有一节妙文，刻画微妙舒适的癣痒也能传出这个感觉。

本来我的朋友就不多，这三年来，更少接近的机会，只靠着不痛快的通信。到欧洲后，也有一二个常过往的外国少年，这又算得什么朋友？分手了，回到中国，彼此间隔着"惯于离间一回的大海"，就极容易的忘怀了。这个种族的门槛，是跨不过的。在国外的友谊，在国外的恋爱，你想带回家去么？也许是路程太远了，不方便携带这许多行李；也许是海关太严了，付不起那许多进出口税。英国的冬天，到一二月间才来，去年落不尽的树叶，又簌簌地随风打着小书室的窗。想一百年前的穆尔定也在同样萧瑟的气候里，感觉到"故友如冬叶，萧萧四落稀"的凄凉。对于秋冬肃杀的气息，感觉顶敏锐的中国诗人自卢照邻、高瞻直到沈钦圻、陈嘉淑，早有一般用意的名句。金冬心的"故人笑比庭中树，一日秋风一日疏"，更觉染深了冬夜的孤寂。然而何必替古人们伤感呢！我的朋友个个都好着，过两天是星期一，从中国经西伯利亚来的信，又该到牛津了，包你带来朋友的消息。

1937年1月30日

（选自《钱锺书散文·谈交友》，浙江文艺出版社，1999年版）

【交流之窗】

在作者眼中,传统的友谊观功利太浓,杂质太多!严于律人,宽以待己,缺乏自我反省,缺乏身心愉悦。钱锺书先生认为最能体现友谊骨髓的是"素交",追求一种纯洁真朴、超越功利和死生的厚谊。

这是一种将友谊消解为平淡平凡的降格,还是对友谊进行了一种宗教式、诗意化的拔高?

大师的睿智深邃、旁征博引、幽默诙谐,让我们对友情的认知脑洞大开、醍醐灌顶。

第四编
爱情篇

⊙ 邢永峰绘

第四编 爱情篇

就本质而言,每个人都是一个单独的存在。每一个孤独的个体都想在纷纷扰扰的人世间寻找自己的归宿。于是,有了爱情,有了婚姻,有了家庭。

其实,每个人的归宿,既不是自己,也不是他人,而是在独立的自我和他人的关系中寻求一个平衡。

一个人若只有自己,实在孤独寂寞;但只活在关系中,恐怕很容易迷失自我,感到痛苦。一个人,既要有自己独立的人格,用自我去创造存在的价值;同时又要用独立而真实的自我去吸引他人,建立关系。我们每个人都需要学会处理好与长辈、爱人、孩子的关系,在关系中看见自己,修炼自己。

总之,人生最好的状态大概是:既能感受人与人的温暖,又拥有自己独立的精神内核而不在关系中迷失。

所以,爱情是我们每个人的必修课。

她是甜蜜,是激情,是宠爱,是温暖,是心灵的火花,她是人世间最美丽的字眼。

同时,她又是磨难,是成长,是滋养,是修炼,是幸福的梯子,她是爱神维纳斯带给世人的福祉。

这辈子,总有一个人让你想温柔以待。亲爱的,愿你在爱情的路上跋山涉水时,那个对的人也正在走向你,而你也逐渐地变成一个更好的你,而你的爱情也能成为滋养你一生的情感。

● 感性之光

《诗经》两首

蒹 葭

《诗经·秦风》

蒹葭苍苍,白露为霜。所谓伊人,在水一方。
溯洄①从之,道阻且长。溯游从之,宛在水中央。
蒹葭萋萋,白露未晞②。所谓伊人,在水之湄③。
溯洄从之,道阻且跻④。溯游从之,宛在水中坻⑤。
蒹葭采采⑥,白露未已⑦。所谓伊人,在水之涘⑧。
溯洄从之,道阻且右⑨。溯游从之,宛在水中沚⑩。

【注释】

①溯洄(sù huí):逆流而上。

②晞(xī):晒干。

③湄(méi):水和草交接之处,指岸边。

④跻(jī):升高,形容道路又陡又高。

⑤坻(chí):水中的小洲或高地。

⑥采采:茂盛众多。

⑦已:止,这里的意思是变干。

⑧涘(sì):水边。

⑨右:迂回曲折。

⑩沚(zhǐ):水中的小块陆地。

(选自《诗经选》,人民文学出版社,2016年版)

【交流之窗】

"古之写相思,未有过之《蒹葭》者。"

此诗开篇营造出一个凄迷清雅的意境,蒹葭白霜,苍苍茫茫,水边伊人,迎风而立,衣裙漫飞,如梦境般美好,伸手触之,却遥不可及。

这是一首关于追求的诗。情所系者,唯伊人也。这首诗表现了抒情主人公对美好爱情的执著追求和求之不得的惆怅心情。感情是真挚的,精神是可贵的,结果是渺茫的,余味却是无穷的。

子 衿

《诗经·郑风》

青青子衿①,悠悠我心。纵我不往,子宁不嗣②音?
青青子佩③,悠悠我思。纵我不往,子宁不来?
挑兮达兮④,在城阙⑤兮。一日不见,如三月兮。

【注解】

①子衿:周代读书人的服装。子,男子的美称。衿:即襟,衣领。

②嗣(yí):传音讯。嗣,通"诒",给、寄的意思。又有解释为(sì),继续的意思。

③佩:指系佩玉的绶带。

④挑达(tiāo dá):亦作"挑闼"或"挑挞",独自来回地走着。

⑤城阙:城门两边的观楼。

(选自《诗经选》,人民文学出版社,2016年版)

【交流之窗】

《子衿》的抒情主人公是一位热恋中的少女。"青青子衿""青青子佩",以恋人的衣饰借代恋人。少女想象着和恋人相关的所有的细节,可知其相思萦怀之情。望穿秋水，不见恋人，浓浓的爱意不由得转化为惆怅与幽怨："纵然我没有去找你，你为何就不能捎个音信？纵然我没有去找你，你为何就不能主动前来？"她在城楼上因久候恋人不至而心烦意乱，来来回回地走个不停，觉得虽然只有一天不见面，却好像分别了几个月那么漫长。相思的甜蜜和哀愁在此诗中表现得淋漓尽致。

古诗两首

上 邪

汉乐府民歌

汉时乐府机关采集整理

上邪！我欲与君相知，长命无绝衰。
山无陵，江水为竭，冬雷震震，夏雨雪，天地合，乃敢与君绝！

（选自《古诗名篇鉴赏》，吉林出版集团，2011年版）

【交流之窗】

《上邪》中的抒情主人公指天发誓，首先直率地表达了"与君相知，长命无绝衰"的愿望，转而从"与君绝"的角度落笔，连用五件不可能发生的事情来表明自己爱的决心。这把主人公至死不渝的爱情强调得无以复加。此人真是烈性！此情真是真挚！

涉江采芙蓉

《古诗十九首》之一

梁萧统（501—531），南朝梁代文学家，梁武帝萧衍长子。他从无名氏《古诗》中选录十九首编入《文选》。

涉江采芙蓉，兰泽多芳草。
采之欲遗谁？所思在远道。

还顾望旧乡,长路漫浩浩。
同心而离居,忧伤以终老!

(选自《古诗十九首与乐府诗选评》,上海古籍出版社,2010年版)

【交流之窗】

　　这是一首关于思念的忧伤的诗。两汉时期,千千万万的学子离乡游学求宦。这些游子在宦途无望、流落他乡的孤单失意中,苦苦地思念着亲故。为何采芙蓉?按江南民歌常用的谐音双关手法,"芙蓉"暗示着"夫容",这是女子思夫的口吻。"还顾望旧乡,长路漫浩浩。"却又是游子口吻。此诗笔致交错,和李清照的"一种相思,两处闲愁"有异曲同工之妙。

宋词三首

江城子

苏 轼

⊙苏轼 王博绘

苏轼(1037—1101),字子瞻,又字和仲,号东坡居士,世称苏东坡、苏仙。

　　十年生死两茫茫,不思量,自难忘。千里孤坟,无处话凄凉。纵使相逢应不识,尘满面,鬓如霜。
　　夜来幽梦忽还乡,小轩窗,正梳妆。相顾无言,惟有泪千行。料得年年肠断处,明月夜,短松冈。

（选自《苏轼词集》,上海古籍出版社,2009年版）

【交流之窗】

　　这是在爱妻王弗死后十年苏东坡写的感怀诗。阴阳相隔,重逢只能期于梦中。
　　在红尘中爱的最高境界是什么?执子之手、相濡以沫、生死相许。这样的爱情,这样的温暖融入了彼此生命,纵然十年生死两茫茫,也铭记于心。

鹊桥仙

秦 观

秦观(1049—1100),字少游,一字太虚,号淮海居士。北宋文学家、词人。

　　纤云弄巧,飞星传恨,银汉迢迢暗度。金凤玉露一相逢,便胜却人间无数。

柔情似水，佳期如梦，忍顾鹊桥归路！两情若是久长时，又岂在朝朝暮暮！

（选自《秦观词全集》，崇文书局，2015年版）

【交流之窗】

《鹊桥仙》歌咏牛郎织女的爱情故事。"两情若是久长时，又岂在朝朝暮暮"是最有影响的一句：只要两情至死不渝，又何必贪求卿卿我我的朝欢暮乐？这一与众不同、振聋发聩之笔，使全词升华到新的思想高度。作者否定的是男欢女爱的庸俗生活，歌颂的是纯粹忠贞的爱情。

卜算子

李之仪

李之仪（约1035—1117），北宋词人。字端叔，自号姑溪居士、姑溪老农。

我住长江头，君住长江尾。日日思君不见君，共饮长江水。
此水几时休，此恨何时已。只愿君心似我心，定不负相思意。

（选自《李之仪及其诗词创作研究》，中国社会科学出版社，2013年版）

【交流之窗】

最真挚的情感适合用最质朴的言语说出，《卜算子·我住长江头》便是如此。作者用江水写出双方空间阻隔和情思联系，以江水之悠悠不断，喻相思之绵绵不已，最后以己之钟情期望对方，真挚恋情，倾口而出。全词以长江水为抒情线索，语言明白如话，句式复叠回环，感情深沉真挚，深得民歌精髓，体现出灵秀隽永、玲珑晶莹的风格。

钗头凤两首

钗头凤·红酥手

陆 游

陆游(1125—1210),字务观,号放翁,南宋爱国诗人。

红酥手,黄縢酒,满城春色宫墙柳。东风恶,欢情薄,一怀愁绪,几年离索。错,错,错!

春如旧,人空瘦,泪痕红浥鲛绡透。桃花落,闲池阁,山盟虽在,锦书难托。莫,莫,莫!

钗头凤·世情薄

唐 婉

唐婉(1128—1156),字蕙仙,自幼文静灵秀,才华横溢。她是陆游的第一任妻子。

世情薄,人情恶,雨送黄昏花易落。晓风干,泪痕残,欲笺心事,独语斜阑。难,难,难!

人成各,今非昨,病魂常似秋千索。角声寒,夜阑珊,怕人寻问,咽泪装欢。瞒,瞒,瞒!

(选自《陆游词集》,上海古籍出版社,2011年版)

【交流之窗】

公元1144年,陆游与舅父之女唐婉结婚,两人感情甜蜜。陆母怕陆与唐沉醉于二人世界而影响陆的登科进官,她以婚后三年未有子为由,逼陆与唐婉离婚。十年之后，陆回到老家，偶到绍兴有名的沈园去游玩，在这里遇见了昔日恋人唐婉。昨日情梦，今日痴怨，陆游感慨万千，于是在壁上题了《钗头凤》。传说，第二年春天，唐婉来到沈园，徘徊在曲径回廊，看见陆游的题词，于是和了一首词，题在陆游的词后。此词表达了旧情难忘而又难言的忧伤情愫。不久之后，唐婉便郁郁而死。

这是恶婆婆拆散恩爱夫妻的典型事例。在新世纪里成长起来的新青年有着比较强烈的个人界限感，父母对子女恋爱和婚姻的介入力量相对而言越来越小。但如何处理婆媳关系，却是一个永恒的话题。

元曲两首

摸鱼儿·雁丘词

元好问

元好问(1190—1257),字裕之,号遗山,金末元初著名文学家和历史学家,文坛盟主。

问世间,情为何物,直教生死相许?
天南地北双飞客,老翅几回寒暑。
欢乐趣,离别苦,就中更有痴儿女。
君应有语:
渺万里层云,千山暮雪,只影向谁去?
横汾路,寂寞当年箫鼓,荒烟依旧平楚。
招魂楚些何嗟及,山鬼暗啼风雨。
天也妒,未信与,莺儿燕子俱黄土。
千秋万古,为留待骚人,狂歌痛饮,来访雁丘处。

(选自《元好问诗词选——古典诗词名家》,中华书局,2005年版)

【交流之窗】

在用情至深之人眼中,情是天地间大事,分量与生死相当。真可谓:"问世间,情为何物,直教生死相许?"这句话的来历是什么呢?

当年,元好问去并州赴试,途中遇到一个捕雁者。这个捕雁者告诉元好问一件奇事:他今天设网捕雁,捕得一只,另一只脱网而逃。岂料脱网之雁并不飞走,而是在上空盘旋一阵,然后投地而死。元好问看看捕雁者手中的两只雁,一时心绪难平,便花钱买下这两只雁,把它们葬在汾河岸边,垒上石头做记号,取名"雁丘",并写下了这首《雁丘词》。

古人认为,情至极处,"生者可以死,死者可以生"。"生死相许"是何等的深情!

我侬词

管道昇

管道昇(1262—1319),字仲姬,一字瑶姬,元代著名的女性书法家、画家、诗词创作家。

你侬我侬,忒煞情多,情多处,热似火。
把一块泥,捻一个你,塑一个我。
将咱两个一齐打破,用水调和,再捻一个你,再塑一个我。
我泥中有你,你泥中有我。与你生同一个衾,死同一个椁。

(选自《赵孟頫与管道昇》,中华书局,2004年版)

【交流之窗】

元代江南大才子赵孟頫是继苏东坡之后诗文书画无所不能的全才,他的楷书被称为"赵体",对明清书法的影响很大。他的妻子叫管道昇,是女才子,善画竹,著有《墨竹谱》传世。

当时社会上的名士纳妾成风,赵孟頫也不甘寂寞想纳妾,而他不好向妻子明说,于是作了首小词给妻子:"我为学士,你做夫人,岂不闻王学士有桃叶、桃根,苏学士有朝云、暮云。我便多娶几个吴姬、越女无过分,你年纪已四旬,只管占住玉堂春。"劝妻子只管占住正房元配的位子就够了。管氏读后,便也填写了一首《我侬词》,赵孟頫看后便打消了他原本要纳妾的念头。这被人们传为一段夫妻恩爱佳话。

离思

元 稹

元稹（779—831），唐朝著名诗人、文学家，和白居易共同倡导新乐府运动，世称"元白"。

曾经沧海难为水，除却巫山不是云。
取次花丛懒回顾，半缘修道半缘君。

（选自《元稹集》，中华书局，1982年版）

【交流之窗】

《离思》是唐代诗人元稹为亡妻而作。"曾经沧海难为水，除却巫山不是云。"看过浩浩渺渺的沧海，别处的水便再难惊艳他的眼眸；见过云蒸霞蔚的巫山之云，别处的云从此便黯然失色。以沧海之水和巫山之云隐喻爱情之深广笃厚。除了记忆中的那个她，再没有谁能激起诗人心中的波澜了。

我愿意是急流

裴多菲　兴万生　译

裴多菲·山陀尔（1823—1849），匈牙利的爱国诗人和英雄，匈牙利伟大的革命诗人，匈牙利民族文学的奠基人，在瑟克什堡大血战中同沙俄军队作战时牺牲，年仅26岁。

我愿意是急流，
山里的小河，
在崎岖的路上、
岩石上经过……
只要我的爱人
是一条小鱼，
在我的浪花中
快乐地游来游去。

我愿意是荒林，
在河流的两岸，
对一阵阵的狂风，
勇敢地作战……
只要我的爱人
是一只小鸟，
在我的稠密的
树枝间做窠，鸣叫。

我愿意是废墟，
在峻峭的山岩上，
这静默的毁灭
并不使我懊丧……

只要我的爱人
是青青的常春藤，
沿着我荒凉的额，
亲密地攀援上升。

我愿意是草屋，
在深深的山谷底，
草屋的顶上
饱受风雨的打击……
只要我的爱人
是可爱的火焰，
在我的炉子里，
愉快地缓缓闪现。

我愿意是云朵，
是灰色的破旗，
在广漠的空中，
懒懒地飘来荡去，
只要我的爱人
是珊瑚似的夕阳，
傍着我苍白的脸，
显出鲜艳的辉煌。

（选自《裴多菲诗歌精选》，北岳文艺出版社，2010年版）

【交流之窗】

　　急流和小鱼、荒林和小鸟、废墟和常青藤、草屋和炉中火焰、云朵破旗和夕阳，这些意象很好地诠释了"我"与爱人之间相爱相依的关系。即使我的世界是荒芜的、寂寥的，但只要有你，便是充满生机的、光彩明丽的！多么好的爱情啊！

鲁迅说："裴多菲是伟大的抒情诗人，匈牙利的爱国者；所著诗歌，绝妙人世；我向来是很爱裴多菲·山陀尔的人和诗的。"总的来说，裴多菲诗歌最大的特色是"纵言自由，诞放激烈"，他是一个"为爱而歌，为国而死"的民族诗人。

爱情是一个光明的字

纪伯伦　冰　心　译

纪·哈·纪伯伦(Khalil Gibran, 1883—1931)，黎巴嫩诗人、小说家。

爱情是一个光明的字，
被一只光明的手，
写在一张光明的纸上。

爱情是情人之间的一层面纱。
不肯原谅女人细微过失的男人，
永远不会享有她那美好的德行。

爱所给予的，只是他自己；
爱所取的，也只是取自他自己。
爱不占有，也不会为人所占。
因为爱身是自足的。

情人只拥抱了他们之间的一种东西，
而没有真正互相拥抱。

留下一点空间，让天风在爱之间舞蹈。
彼此相爱，但不要让爱成为束缚。
让爱成为灵魂两岸之间流动的海洋。

斟满彼此的酒杯，但不要同饮一杯。
把你的面包给对方，但不要吃同一个面包。
一同唱歌、跳舞、欢乐，但要保有自我。

就好像琵琶的弦是分开的,但同奏一首曲子。

献出你们的心,但不要把自己的心交给对方保管。
要站在一起,但不要挨得太近;
因为庙宇的支柱是分开竖立的,
橡树和柏树也不在彼此的阴影下生长。

(选自《我的心只悲伤七次:纪伯伦经典散文诗选》,江苏文艺出版社,2012年版)

【交流之窗】

纪·哈·纪伯伦被称为"艺术天才""黎巴嫩文坛骄子",是阿拉伯文学的主要奠基人。

电视连续剧中常常会出现这样的台词:"我把我的心交给你啦!""你就是我的全世界!"但纪伯伦说:"献出你们的心,但不要把自己的心交给对方保管。""庙宇的支柱是分开竖立的",只有这样,白色大理石的大殿才能屹立不倒。请阅读《爱情是一个光明的字》和《致橡树》这两首诗,找找相同点,说说你对成熟的爱情的理解。

致橡树

舒 婷

舒婷,原名龚佩瑜,1952年出生,中国当代女诗人,朦胧诗派的代表人物。

我如果爱你——
绝不像攀援的凌霄花,
借你的高枝炫耀自己;
我如果爱你——
绝不学痴情的鸟儿,
为绿荫重复单调的歌曲;
也不止像泉源,
常年送来清凉的慰藉;
也不止像险峰,
增加你的高度,衬托你的威仪。
甚至日光。
甚至春雨。
不,这些都还不够!
我必须是你近旁的一株木棉,
作为树的形象和你站在一起。
根,紧握在地下,
叶,相触在云里。
每一阵风过,
我们都互相致意,
但没有人
听懂我们的言语。
你有你的铜枝铁干,
像刀,像剑,

也像戟；
我有我红硕的花朵，
像沉重的叹息，
又像英勇的火炬。
我们分担寒潮、风雷、霹雳；
我们共享雾霭、流岚、虹霓，
仿佛永远分离，
却又终身相依。
这才是伟大的爱情，
坚贞就在这里：
爱——
不仅爱你伟岸的身躯，
也爱你坚持的位置，足下的土地。

（选自《舒婷的诗》，人民文学出版社，2012年版）

【交流之窗】

  1975年，舒婷和老诗人蔡其矫散步聊天，蔡其矫说，漂亮的女孩子，没有才气；有才气的女孩子又不漂亮；又漂亮又有才气的女孩子，又很凶悍。他觉得找一个十全十美的女孩子很难。舒婷听了后很生气，觉得那是大男子主义思想，男性与女性应当是平等的。当天晚上，她就写了首诗《橡树》交给蔡其矫，后来发表时，才改作《致橡树》。

  比肩而立，各自以独立的姿态深情相望的橡树和木棉，是我国爱情诗中一组崭新的意象。木棉摆脱了旧式女性纤柔、娇弱这些性格模式的束缚，有着刚健充盈的生命气息，这正是诗人独立自重的人格理想的化身。

那一天

仓央嘉措

仓央嘉措（1683—?），六世达赖喇嘛，我国藏族著名的诗人。

那一天，
我闭目在经殿的香雾中，
蓦然听见你诵经中的真言；

那一月，
我摇动所有的经筒，
不为超度，
只为触摸你的指尖；

那一年，
磕长头匍匐在山路，
不为觐见，
只为贴着你的温暖；

那一世，
转山转水转佛塔，
不为修来世，
只为途中与你相见；

那一月，
我轻转过所有经筒，
不为超度，
只为触摸你的指纹；

那一年，
我磕长头拥抱尘埃，
不为朝佛，
只为贴着你的温暖；

那一世，
我细翻遍十万大山，
不为修来世，
只为路中能与你相遇；

只是，就在那一夜，我忘却了所有，
抛却了信仰，舍弃了轮回，
只为，那曾在佛前哭泣的玫瑰，
早已失去旧日的光泽。

（选自《世间最美的情郎》，九州出版社，2014年版）

【交流之窗】

　　那一天、那一月、那一年、那一世，我走遍千山万水，只为途中与你相见。一生一世，每时每刻，都在追寻爱的足迹，在爱情面前愿意低下自己高贵的头颅，只是为了贴近你的温度。唯有情痴方能写出此般诗句。此诗的作者便是著名的六世达赖喇嘛。

　　"住进布达拉宫，我是雪域最大的王。流浪在拉萨街头，我是世间最美的情郎。"仓央嘉措虽有达赖喇嘛之名，却并无实权。第巴独掌大权已久，达赖喇嘛只能作为傀儡存在。生活上遭到禁锢，政治上受人摆布，仓央嘉措内心抑郁，索性纵情声色。这既是他对自由与爱情的向往，也是他对清规戒律和政治阴谋的反抗。传说，一到晚上他就化名达桑旺波，以贵族公子的身份，流连于拉萨街头的酒家、民居。仓央嘉措是藏族最著名的诗人之一，他所写的诗歌有的以手抄本问世，有的以木刻版印出，有的以口头形式流传，足见藏族人民喜爱之深。

席慕蓉诗两首

席慕蓉

席慕蓉,1943年出生,当代画家、诗人、散文家。

山　月

我曾踏月而来
只因你在山中
山风拂发拂颈拂裸露的肩膀
而月光衣我以华裳

月光衣我以华裳
林间有新绿似我青春模样
青春透明如醇酒可饮可尽可别离
但终我俩多少物换星移的韶华
却总不能将它忘记

更不能忘记的是那一轮月
照了长城照了洞庭而又在那夜照进山林

从此悲哀粉碎
化做无数的音容笑貌
在四月的夜里袭我以郁香
袭我以次次春回的惆怅

(选自《席慕蓉经典作品》,当代世界出版社,2007年版)

【交流之窗】

　　文学的诸多体裁中，最纯粹最精美的，是诗。人类的众多情感中，最美好最旖旎的，是爱情。所以，诗歌似乎是表达爱情最好的方式。席慕蓉的诗歌总体来说比较年轻化，像青少年时期的爱情。"林间有新绿似我青春模样"，"青春透明如醇酒可饮可尽可别离"，《山月》读起来有扑面而来的青春气息。青春模样的你我相遇却别离，虽斗转星移，却永世难忘那一抹新绿。我们在成长的路上不断回首，是因为在蝇营狗苟的成人世界里怀念爱情最原本的模样。

在黑暗的河流上

灯火灿烂　是怎样美丽的夜晚
你微笑前来缓缓指引我渡向彼岸
（今夕何夕兮搴①舟中流
今日何日兮得与王子同舟）

那满涨的潮汐
是我胸怀中满涨起来的爱意
怎样美丽而又慌乱的夜晚啊
请原谅我不得不用歌声
向俯视着我的星空轻轻呼唤

星群集聚的天空　总不如
坐在船首的你光华夺目
我几乎要错认也可以拥有靠近的幸福
从卑微的角落远远仰望
水波荡漾　无人能理解我的悲伤
（蒙羞被好兮　不訾②诟耻
心几烦而不绝兮　得知王子）

所有的生命在陷身之前
不是不知道应该闪避应该逃离
可是在这样美丽的夜晚里啊
藏着一种渴望却绝不容许

只求只求能得到你目光流转处
一瞬间的爱怜　从心到肌肤
我是飞蛾奔向炙热的火焰
燃烧之后，必成灰烬
但是如果不肯燃烧，往后
我又能剩下些什么呢
除了一颗逐渐粗糙逐渐碎裂
逐渐在尘埃中失去了光泽的心

我于是扑向烈火
扑向命运在暗处布下的诱惑
用我清越的歌　用我真挚的诗
用一个自小温顺羞怯的女子
一生中所能为你准备的极致

在传说里他们喜欢加上美满的结局
只有我才知道　隔着雾湿的芦苇
我是怎样目送着你渐渐远去
（山有木兮木有枝　心悦君兮君不知）

当灯火逐盏熄灭　歌声停歇
在黑暗的河流上被你遗落了的一切
终于只能成为
星空下被多少人静静传诵着的
你的昔日　我的昨夜

【注解】

①搴(qiān)：拔。搴舟，犹言荡舟。

②訾(zī)：考虑。

一九八六年六月十一日

（选自席慕蓉诗集《时光九篇》，作家出版社，2010年版）

【交流之窗】

少男少女们大概都明白暗恋的滋味：你偷偷地爱恋着一个人，他在你心中是如此的光彩夺目，你在角落用如水的目光滋养着他，怀着胆怯羞涩的心不敢开口……

这样的故事在古代就曾发生过，请看楚国民歌《越人歌》："今夕何夕兮搴舟中流，今日何日兮得与王子同舟。蒙羞被好兮不訾诟耻。心几烦而不绝兮得知王子。山有木兮木有枝，心悦君兮君不知。"

相传《越人歌》是中国第一首译诗。鄂君子皙泛舟河中，打桨的越女爱慕他，用越语唱了一首歌，鄂君请人用楚语译出。鄂君在明白了越女的心意之后，就微笑着把她带回去了。

《在黑暗的河流上》是席慕蓉根据春秋时期楚国民歌《越人歌》改编的。和古曲相比，此诗叙事性更强，情感表达更细致一些。

为什么我爱你,先生

艾米莉·狄金森　江　枫 译

艾米莉·狄金森(1830—1886),被视为二十世纪现代主义诗歌的先驱之一。

为什么我爱你,先生?
因为——
风,从不要求小草回答,
为什么他经过
她就不能不动摇。
因为他知道,而你,
你不知道——
我们不知道——
我们有这样的智慧
也就够了。

闪电,从不询问眼睛,
为什么,他经过时,它要闭上——
因为他知道,它说不出——
有些道理——
难以言传——
高尚的人宁愿,会意——
日出,先生,使我不能自已——
因为他是日出,我看见了——
所以,于是——
我爱你——

(选自《艾米莉·狄金森精选诗集》,辽宁人民出版社,2016年版)

【交流之窗】

　　这首诗写于1862年,当时诗人正陷在苦恋中。在爱情袭来之时,冷静与理性完全退到了一边,她只能听凭爱情的指引,身不由己。题目虽然是"为什么我爱你,先生",不过诗人并没有回答这个问题,因为在她看来这个问题根本就不应该存在,爱情的发生就是自然而然,不可解释的。诗人借用两种自然现象传达出她所感受到的爱情的强大力量,也透露了她不能自已的深情。

当你老了

威廉·巴特勒·叶芝　　飞　白　译

叶芝(1865—1939)，爱尔兰诗人、剧作家和散文家，是"爱尔兰文艺复兴运动"的领袖，曾于1923年获得诺贝尔文学奖。

当你老了，白发苍苍，睡意蒙眬，
在炉前打盹，请取下这本诗篇，
慢慢吟诵，梦见你当年的双眼，
那柔美的光芒与青幽的晕影；

多少人真情假意，爱过你的美丽，
爱过你欢乐而迷人的青春，
唯独一人爱你朝圣者的心，
爱你日益凋谢的脸上的哀戚；

当你佝偻着，在灼热的炉栅边，
你将轻轻诉说，带着一丝伤感：
逝去的爱，如今已步上高山，
在密密星群里埋藏它的赧颜。

（选自《世界诗库·第2卷》，花城出版社，1994年版）

【交流之窗】

二十三岁的叶芝对美丽的女演员茅德·冈一见钟情，之后叶芝一次次热烈地向茅德·冈求婚，但一次次被拒。叶芝对她的爱慕终生不渝。茅德·冈回忆道："他是一个像女人一样的男子，我拒绝了他，将他还给了世界。"

凤求凰

司马相如

司马相如(约公元前179年—前118年),字长卿,蜀郡成都人,西汉大辞赋家。

其一

有美一人兮,见之不忘。
一日不见兮,思之如狂。
凤飞翱翔兮,四海求凰。
无奈佳人兮,不在东墙。
将琴代语兮,聊写衷肠。
何日见许兮,慰我彷徨。
愿言配德兮,携手相将。
不得於飞兮,使我沦亡。

其二

凤兮凤兮归故乡,遨游四海求其凰。
时未遇兮无所将,何悟今兮升斯堂!
有艳淑女在闺房,室迩人遐①毒我肠。
何缘交颈为鸳鸯,胡颉颃②兮共翱翔!
凰兮凰兮从我栖,得托孳尾③永为妃。
交情通意心和谐,中夜相从知者谁?
双翼俱起翻高飞,无感我思使余悲。

【注解】

①室迩人遐：迩，近；遐，远。

②颉颃（xié háng）：鸟上下飞。

③孳（zī）尾：孳，指哺乳；尾，指交尾。孳尾指鸟兽将生子。

（选自《司马相如作品注译》，四川人民出版社，2007年版）

【交流之窗】

据《史记·司马相如列传》记载：司马相如应好友临邛令王吉之邀，前往作客。当地头号富翁卓王孙之女卓文君才貌双全，精通音乐，青年寡居。卓王孙举行数百人的盛大宴会，王吉与相如以贵宾身份应邀参加。席间，相如演奏两首琴曲，意欲以此挑动文君。"文君窃从户窥之，心悦而好之，恐不得当也。既罢，相如乃使人重赐文君侍者通殷勤。文君夜亡奔相如，相如乃与驰归成都。"

这两首诗，据说就是相如弹琴歌唱的《凤求凰》。因《史记》未载此辞，陈朝徐陵编《玉台新咏》始见收录，唐《艺文类聚》、宋《乐府诗集》等书亦收载，故近人或疑乃两汉琴工假托司马相如所作。

梁山伯与祝英台

张 读

张读(1834—?），唐代人，字圣用，有《宣室志》《新唐书志》及《四库总目提要》)传于世。

英台，上虞祝氏女，伪为男装游学，与会稽梁山伯者同肄业。山伯字处仁。祝先归。二年，山伯访之，方知其为女子，怅然如有所失。告其父母求聘，而祝已字马氏子矣。山伯后为鄞令，病死，葬鄮（mào）城西。祝适马氏，舟过墓所，风涛不能进。问知有山伯墓，祝登号恸，地忽自裂陷。祝氏遂并埋焉。晋丞相谢安，奏表其墓曰义妇冢。

(选自《宣室志》，上海古籍出版社，2012年版)

【交流之窗】

说起"化蝶"，中国人都非常熟悉：出身富裕人家的祝英台反抗传统社会对女子的不平等待遇，争取与男子一同受教育的机会，继而挑战"门当户对""父母之命媒妁之言"的观念，与同窗三年的平民子弟梁山伯相恋。这对鸳鸯虽不能结为夫妻，但两人的真情，终究感动天与地！

结婚记

三 毛

三毛(1943—1991),中国现代作家,流浪的散文家。

一

去年冬天的一个清晨,荷西和我坐在马德里的公园里。那天的气候非常寒冷,我将自己由眼睛以下都盖在大衣下面,只伸出一只手来丢面包屑喂麻雀。荷西穿了一件旧的厚夹克,正在看一本航海的书。

"三毛,你明年有什么大计划?"他问我。

"没什么特别的,过完复活节以后想去非洲。"

"摩洛哥吗?你不是去过了?"他又问我。

"去过的是阿尔及利亚,明年想去的是撒哈拉沙漠。"

荷西有一个很大的优点,任何三毛所做的事情,在别人看来也许是疯狂的行为,在他看来却是理所当然的。所以跟他在一起也是很愉快的事。

"你呢?"我问他。

"我夏天要去航海,好不容易念书,服兵役,都告一个段落了。"他将手举起来放在颈子后面。

"船呢?"我知道他要一条小船已经好久了。

"黑稣父亲有条帆船借我们,明年去希腊爱琴海,潜水去。"

我相信荷西,他过去说出来的事总是做到的。

"你去撒哈拉预备住多久?去做什么?"

"总得住个半年一年吧!我要认识沙漠。"这个心愿是我自小念地理以后就有的了。

"我们六个人去航海,将你也算进去了,八月赶得回来吗?"

我将大衣从鼻子上拉下来,很兴奋地看着他。"我不懂船上的事,你派我什么工作？"口气非常高兴。

"你做厨子兼摄影师，另外我的钱给你管，干不干？"

"当然是想参加的，只怕八月还在沙漠里回不来，怎么才好？我两件事都想做。"真想又捉鱼又吃熊掌。

荷西有点不高兴，大声叫："认识那么久了，你总是东奔西跑，好不容易我服完兵役了，你又要单独走，什么时候才可以跟你在一起？"

荷西一向很少抱怨我的，我奇怪地看了他一眼，一面将面包屑用力撒到远处去，被他一大声说话，麻雀都吓飞了。

"你真的坚持要去沙漠？"他又问我一次。

我重重地点了一下头，我很清楚自己要做的事。

"好。"他负气地说了这个字，就又去看书了。荷西平时话很多，烦人得很，但真有事情他就决不讲话。

想不到今年二月初，荷西不声不响申请到一个工作（就正对着撒哈拉沙漠去找事）。他卷卷行李，却比我先到非洲去了。

我写信告诉他："你实在不必为了我去沙漠里受苦，况且我就是去了，大半时间也会在各处旅行，无法常常见到你——"

荷西回信给我："我想得很清楚，要留住你在我身边，只有跟你结婚，要不然我的心永远不能减去这份痛楚的感觉。我们夏天结婚好么？"

信虽然很平实，但是我却看了快十遍，然后将信塞在长裤口袋里，到街上去散步了一个晚上，回来就决定了。

今年四月中旬，我收拾了自己的东西，退掉马德里的房子，也到西属撒哈拉沙漠里来了。当晚荷西住在他工作的公司的宿舍里，我住在小镇阿雍，两地相隔来回也快一百里路，但是荷西天天来看我。

"好，现在可以结婚了。"他很高兴，容光焕发。

"现在不行，给我三个月的时间，我各处去看看，等我回来了我们再结婚。"我当时正在找机会由沙哈拉威（意思就是沙漠里的居民）带我一路经过大漠到西非去。

"这个我答应你，但总得去法院问问手续，你又加上要入籍的问题。"我们讲好婚后我两个国籍。

于是我们一同去当地法院问问怎么结婚。秘书是一位头发全白了的西班牙先生，他说："要结婚吗？唉，我们还没办过，你们晓得此地沙哈拉威结婚是他们自己风俗。我来翻翻法律书看——"他一面看书又一面说：

"公证结婚，啊，在这里——这个啊，要出生证明，单身证明，居留证明，法院公告证明……这位小姐的文件要由贵国出，再由贵国驻葡公使馆翻译证明，证明完了再转西班牙驻葡领事馆公证，再经西班牙外交部，再转来此地审核，审核完毕我们就公告十五天，然后再送马德里你们过去户籍所在地法院公告……"

我生平最不喜欢填表格办手续，听秘书先生那么一念，先就烦起来了，轻轻地对荷西说："你看，手续太多了，那么烦，我们还要结婚吗？"

"要。你现在不要说话嘛！"他很紧张，接着他问秘书先生："请问大概多久我们可以结婚？"

"咦，要问你们自己啊！文件齐了就可公告，两个地方公告就得一个月，另外文件寄来寄去嘛——我看三个月可以了。"秘书慢吞吞地将书合起来。

荷西一听很急，他擦了一下汗，结结巴巴地对秘书先生说："请您帮忙，不能快些么？我想越快结婚越好，我们不能等——"

这时秘书先生将书往架子上一放，一面飞快地瞄了我的腰部一眼。我很敏感，马上知道他误会荷西的话了，赶快说："秘书先生，我快慢都不要紧，有问题的是他。"一讲完发觉这话更不伦不类，赶快住口。

荷西用力扭我的手指，一面对秘书先生说："谢谢，谢谢，我们这就去办，再见，再见。"讲完了，拉着我飞云似的奔下法院三楼，我一面跑一面咯咯笑个不停，到了法院外面我们才停住不跑了。

"什么我有问题，你讲什么嘛！难道我怀孕了。"荷西气得大叫。我笑得不能回答他。

二

三个月很快地过去了。荷西在这段时间内努力赚钱，同时动手做家具，另外将他的东西每天搬一些来我的住处。我则背了背包和相机，跑了许多游牧民族的帐篷，看了许多不同而多彩的奇异风俗，写下了笔记，整理了幻灯片，也交了许多沙哈拉威朋友，甚至开始学阿拉伯文。日子过得有收获而愉快。

当然，我们最积极的是在申请一张张结婚需要的文件，这件事最烦人，现在回想起来都要发高烧。

天热了，我因为住的地方没有门牌，所以在邮局租了一个信箱，每天都要走一小时左右去镇上看信。来了三个月，这个小镇上的人大半都认识了，尤其是邮局和法院，因为我天天去跑，都成朋友了。

那天我又坐在法院里面，天热得像火烧似的令人受不了。秘书先生对我说："好，最后马德里公告也结束了，你们可以结婚了。"

"真的？"我简直不能相信这场文件大战已结束了。

"我替你们安排好了日子。"秘书笑眯眯地说。"什么时候？"我赶紧问他。

"明天下午六点钟。"

"明天？你说明天？"我口气好似不太相信，也不开心。秘书老先生有点生气，好似我是个不知感激的人一样。他说："荷西当初不是说要快，要快？"

"是的，谢谢你，明天我们来。"我梦游似的走下楼，坐在楼下邮局的石阶上，望着沙漠发呆。

这时我看到荷西公司的司机正开吉普车经过，我赶快跑上去叫住他："穆罕默德·沙里，你去公司吗？替我带口信给荷西，请告诉他，他明天跟我结婚，叫他下了班来镇上。"穆罕默德·沙里抓抓头，奇怪地问我："难道荷西先生今天不知道明天自己要结婚吗？"

我大声回答他："他不知道，我也不知道。"司机听了看着我，露出好怕的样子，将车子歪歪扭扭地开走了。我才发觉又讲错话了，他一定以为我等结婚等疯了。

荷西没有等下班，他一下就飞车来了。"真的是明天？"他不相信，一面进门一面问。

"是真的，走，我们去打电报回家。"我拉了他又出门去。"对不起，临时通知你们，我们事先也不知道明天结婚，请原谅——"荷西的电报长得像写信。

我呢，用父亲的电报挂号，再写："明天结婚三毛。"才几个字。我知道父母收到电报不知要多么安慰和高兴，多年来令他们受苦受难的就是我这个浪子。我是很对不起他们的。"喂，明天你穿什么？"荷西问我。

"还不知道,随便穿穿。"我仍在想。

"我忘了请假,明天还得上班。"荷西口气有点懊恼。"去嘛,反正下午六点才结婚,你早下班一小时正好赶回来。"我想当天结婚的人也可以去上班嘛。

"现在我们做什么,电报已经发了。"他那天显得呆呆的。"回去做家具,桌子还没钉好。我的窗帘也还差一半。"我真想不出荷西为什么好似有点失常。

"结婚前一晚还要做工吗?"看情形他想提早庆祝,偷懒嘛。

"那你想做什么?"我问他。

"想带你去看电影,明天你就不是我女朋友了。"

于是我们跑去唯一的一家五流沙漠电影院看了一场好片子《希腊左巴》,算做跟单身的日子告别。

三

第二天荷西来敲门时我正在睡午觉,因为来回提了一大桶淡水,累得很。已经五点半了。他进门就大叫:"快起来,我有东西送给你。"口气兴奋得很,手中抱着一个大盒子。我光脚跳起来,赶快去抢盒子,一面叫着:"一定是花。""沙漠里哪里变得出花来嘛!真是的。"他有点失望我猜不中。

我赶紧打开盒子,撕掉乱七八糟包着的废纸。哗!露出两个骷髅的眼睛来,我将这个意外的礼物用力拉出来,再一看,原来是一副骆驼的头骨,惨白的骨头很完整地合在一起,一大排牙齿正龇牙咧嘴地对着我,眼睛是两个大黑洞。

我太兴奋了,这个东西真是送到我心里去了。我将它放在书架上,口里啧啧赞叹:"唉,真豪华,真豪华。"荷西不愧是我的知音。

"哪里搞来的?"我问他。

"去找的啊!沙漠里快走死了,找到这一副完整的,我知道你会喜欢。"他很得意。这真是最好的结婚礼物。"快点去换衣服,要来不及了。"荷西看看表开始催我。

我有许多好看的衣服,但是平日很少穿。我伸头去看了一下荷西,他穿了一件深蓝的衬衫，大胡子也修剪了一下。好，我也穿蓝色的。我找了一件淡蓝细麻布的长衣服。虽然不是新的，但是它自有一种朴实优雅的风味。鞋子仍是一双凉鞋，头发放下来，戴了一顶草编的阔边帽子，没有花，去厨房拿了一把香菜别在帽子上，没有用皮包，两手空空的。荷西打量了我一下："很好，田园风味，这么简单反而好看。"于是我们锁了门，就走进沙漠里去。

由我住的地方到小镇上快要四十分钟，没有车，只好走路去。漫漫的黄沙，无边而庞大的天空下，只有我们两个渺小的身影在走着，四周寂寥得很，沙漠，在这个时候真是美丽极了。

"你也许是第一个走路结婚的新娘。"荷西说。

"我倒是想骑匹骆驼呼啸着奔到镇上去，你想那气势有多雄壮，可惜得很。"我感叹着不能骑骆驼。

还没走到法院，就听见有人说："来了，来了，"一个不认识的人跳上来照相。我吓了一跳，问荷西："你叫人来拍照？"

"没有啊，大概是法院的。"他突然紧张起来。

走到楼上一看，法院的人都穿了西装，打了领带，比较之下荷西好似是个来看热闹的人。

"完了，荷西，他们弄得那么正式，神经嘛！"我生平最怕装模作样的仪式，这下逃不掉了。

"忍一下，马上就可以结完婚的。"荷西安慰我。秘书先生穿了黑色的西装，打了一个丝领结。"来，来，走这边。"他居然不给我擦一下脸上流下来的汗，就拉着我进礼堂。再一看，小小的礼堂里全是熟人，大家都笑眯眯的，望着荷西和我。天啊！怎么都会知道的。

法官很年轻，跟我们差不多大，穿了一件黑色缎子的法衣。

"坐这儿，请坐下。"我们像木偶一样被人摆布着。荷西的汗都流到胡子上了。

我们坐定了，秘书先生开始讲话："在西班牙法律之下，你们婚后有三点要遵守，现在我来念一下，第一、结婚后双方必须住在一起——"

我一听，这一条简直是废话嘛！滑天下之大稽，那时我一个人开始闷笑起来，以后他说什么，我完全没有听见。后来，我听见法官叫我的名字——"三毛女士"。我赶快回答他："什么？"那些观礼的人都笑起来，

"请站起来。"我慢慢地站起来。"荷西先生,请你也站起来。"真啰苏,为什么不说:"请你们都站起来。"也好省些时间受苦。

这时我突然发觉,这个年轻的法官拿纸的手在发抖,我轻轻碰了一下荷西叫他看。这里沙漠法院第一次有人公证结婚,法官比我们还紧张。

"三毛,你愿意做荷西的妻子么?"法官问我。我知道应该回答——"是"。不晓得怎么的却回答了——"好!"法官笑起来了。又问荷西,他大声说:"是。"我们两人都回答了问题。法官却好似不知下一步该说什么好,于是我们三人都静静地站着,最后法官突然说:"好了,你们结婚了,恭喜,恭喜。"

我一听这拘束的仪式结束了,人马上活泼起来,将帽子一把拉下来当扇子扇。许多人上来与我们握手,秘书老先生特别高兴,好似是我们的家长似的。突然有人说:"咦,你们的戒指呢?"我想对啦!戒指呢?转身找荷西,他已在走廊上了,我叫他:"喂,戒指带来没有?"荷西很高兴,大声回答我:"在这里。"然后他将他的一个拿出来,往自己手上一套,就去追法官了,口里叫着:"法官,我的户口名簿!我要户口名簿!"他完全忘了也要给我戴戒指。

结好婚了,沙漠里没有一家像样的饭店,我们也没有请客的预算,人都散了,只有我们两个不知做什么才好。

"我们去国家旅馆住一天好不好?"荷西问我。

"我情愿回家自己做饭吃,住一天那种旅馆我们可以买一星期的菜。"我不主张浪费。

于是我们又经过沙地回家去。

锁着的门外放着一个大蛋糕,我们开门进去,将蛋糕的盒子拿掉,落下一张纸条来——新婚快乐——合送的是荷西的很多同事,我非常感动,沙漠里有新鲜奶油蛋糕吃真是太幸福了。更可贵的是蛋糕上居然有一对穿着礼服的新人,着白纱的新娘眼睛还会一开一闭。我童心大发,一把将两个娃娃拔起来,一面大叫:"娃娃是我的。"荷西说:"本来就是你的嘛!我难道还抢这个。"于是他切了一块蛋糕给我吃,一面替我补戴戒指,这时我们的婚礼才算真的完毕了。这就是我结婚的经过。

(选自《撒哈拉的故事》,北京十月文艺出版社,2013年)

【交流之窗】

没有繁文缛节,没有尘世喧嚣,三毛和荷西在撒哈拉沙漠结了一个与众不同的婚。虽形式朴实无华,但两人之间有朴实无华的真情流动。三毛的好,一半在文字,一半在她独特的生活方式。她满足了我们对生活的幻想——从撒哈拉沙漠的生活,到和荷西的爱情。这是个自由随性的女子,有着浪漫不羁的灵魂,她的文字非常自然,如同她的性情。遥远、轻盈、自在、浪漫,这大概是三毛的散文带给我们的最好的体验了。

写给张兆和的情书

沈从文

沈从文(1902—1988),原名沈岳焕,湖南凤凰人,中国著名作家。

"求你将我放在你心上如印记,带在你臂上如戳记。"我念诵着雅歌来希望你,我的好人。

你的眼睛还没掉转来望我,只起了一个势,我早惊乱得同一只听到弹弓弦子响中的小雀。我是这样怕与你灵魂接触,因为你太美丽了的原故。

但这只小雀它愿意常常在弓弦响声下惊惊惶惶乱窜,从惊乱中它已找到更多的舒适快活了。

在青玉色的中天里,那些闪闪烁烁底星群,有你底眼睛存在:因你底眼睛也正是这样闪烁不定,且不要风吹。

在山谷中的溪涧里,那些清莹透明底出山泉,也有你底眼睛存在:你眼睛我记着比这水还清莹透明,流动不止。

我侥幸又见到你一度微笑了,是在那晚风为散放的盆莲旁边。这笑里有清香,我一点都不奇怪,本来你笑时是有种比清香还能沁人心脾的东西!

我见到你笑了,还找不出你的泪来。当我从一面篱笆前过身,见到那些嫩紫色牵牛花上附着的露珠,便想:倘若是她有什么不快事缠上了心,泪珠不是正同这露珠一样美丽,在凉月下会起虹彩吗?

我是那么想着,最后便把那朵牵牛花上的露珠用舌子舔干了。

怎么这人哪,不将我泪珠穿起?你必不会这样来怪我,我实在没有这种本领。我头发白的太多了,纵使我能,也找不到穿它的东西!

病渴的人,每日里身上疼痛,心中悲哀,你当真愿意不愿给渴了的人一点甘露喝?

这如像做好事的善人一样,可怜路人的渴涸,济以茶汤。恩惠将附在这路人心上,做好事的人将蒙福至于永远。

我日里要做工,没有空闲。在夜里得了休息时,便沿着山涧去找你。

我不怕虎狼,也不怕伸着两把钳子来吓我的蝎子,只想在月下见你一面。

碰到许多打起小小火把夜游的萤火,问它,"朋友朋友,你曾见过一个人吗?"它说,"你找那个人是个什么样子呢?"

我指那些闪闪烁烁的群星,"哪,这是眼睛"。

我指那些飘忽白云,"哪,这是衣裳"。

我要它静心去听那些涧泉和音,"哪,她声音同这一样。"

我末了把刚从花园内摘来那朵粉红玫瑰在它眼前晃了一下,"哪,这是脸"。

这些小东西,虽不知道什么叫做骄傲,还老老实实听我所说的话。但当我问它听清白没有,只把头摇了摇就想跑。

"怎么,究竟见不见到呢?"——我赶着它追问。

"我这灯笼照我自己全身还不够!先生,放我吧,不然,我会又要绊倒在那些不忠厚的蜘蛛设就的圈套里……虽然它也不能奈何我,但我不愿意同它麻烦。先生,你还是问别个吧,再扯着我会赶不上她们了。"——它跑去了。

我行步迟钝,不能同它们一起遍山遍野去找你——但凡是山上有月色流注到的地方我都到了,不见你底踪迹。

回过头去,听那边山下有歌声飘扬过来,这歌声出于日光只能在墙外徘徊的狱中。我跑去为他们祝福:

你那些强健无知的公绵羊啊!

神给了你强健却吝了知识:

每日和平守分地咀嚼主人给你们的窝窝头,疾病与忧愁永不凭附于身;你们是有福了——阿门!

你那些懦弱无知的母绵羊啊!

神给了你温柔却吝了知识:

每日和平守分地咀嚼主人给你们的窝窝头,失望与忧愁永不凭附于身;你们也是有福了——阿门!

世界之霉一时侵不到你们身上,你们但和平守分的生息在圈牢里:能证明你主人底恩惠——

同时证明了你主人底富有;你们都是有福了——阿门!

当我起身时,有两行眼泪挂在脸上。为别人流还是为自己流呢?我自己还要问他人。但这时除了中天那轮凉月外，没有能做证明的人。

我要在你眼波中去洗我的手，摩到你的眼睛，太冷了。

倘若你的眼睛真是这样冷，在你鉴照下，有个人的心会结成冰。

一九二五年作

（选自《沈从文妙语录》，新星出版社，2011年版）

【交流之窗】

"我行过许多地方的桥，看过许多次的云，喝过许多种类的酒，却只爱过一个正当最好年龄的人。"

沈从文在北大教书时，有一个英语系的女生慕名前来听课，这个皮肤黑黑却清秀美丽的女生就是张兆和。她是学校公认的校花，男生都喊她黑牡丹，她调皮地把男生写给她的情书编号，如"青蛙一号""青蛙二号"。她把这些情书保存起来，一个都不回。她出身名门，父亲张武龄是位富商，同时也热衷教育，和蔡元培、胡适等人关系密切，家里四位女儿分别取名：元和、允和、兆和、充和，都非常优秀。

沈从文给张兆和写了很多的情书，张兆和对沈从文谈不上喜欢，顶多是欣赏。当时他们俩的事闹得沸沸扬扬，沈从文还一度嚷嚷着要自杀。在沈从文情书的攻势下，张兆和的心理防线开始松动，她在日记里写道："他这不顾一切的爱，却深深地感动了我，在我离开这世界以前，在我心灵有一天知觉的时候，我总会记着，记着这世上有一个人，他为了我把生活的均衡失去，他为了我，舍弃了安定的生活而去在伤心中刻苦自己。"

后来沈从文提亲，在得到张兆和父亲明确的答复后，二姐张允和欢喜地给沈从文发了封电报，就一字："允"。张兆和怕他看不懂，又自己加发了一封："乡下人，来喝杯甜酒吧！"一九三三年九月九日，沈从文与张兆和在北平的中央公园举行了婚礼。

有人说，写《源氏物语》的紫式部的笔端旖旎得可以开出花来，用这句话概括沈从文的情书也是恰当的。请阅读此文，感受一代才子沈从文细腻的笔触和真挚的感情。

再忆萧珊

巴 金

巴金(1904—2005),原名李尧棠,字芾甘。四川成都人,作家、翻译家、社会活动家,被誉为"二十世纪中国文学的良心"。

昨夜梦见萧珊,她拉住我的手,说:"你怎么成了这个样子?"我安慰她:"我不要紧。"她哭起来。我心里难过,就醒了。

病房里有淡淡的灯光。每夜临睡前,陪伴我的儿子或者女婿总是把一盏开着的台灯放在我的床脚。夜并不静,附近通宵施工,似乎在搅拌混凝土。此外我还听见知了的叫声。在数九的冬天哪里来的蝉叫?原来是我的耳鸣。

这一夜是我儿子值班,他静静地睡在靠墙放的帆布床上。

过了好一阵子他翻了一个身。

我醒着,我在追寻萧珊的哭声。耳朵倒叫得更响了。……我终于轻轻地唤出了萧珊的名字:"蕴珍"。我闭上眼睛。房间马上变换了。

在我们家中,楼下寝室里,她睡在我旁边另一张床上,小声嘱咐我:"你有什么委屈,不要瞒住我,千万不能吞在肚里啊!"……

在中山医院的病房里,我站在床前,她含泪地望着我说:"我不愿离开你。没有我,谁来照顾你啊?"……

在中山医院的太平间,担架上一个带人形的白布包,我弯下身子接连拍着,无声地哭唤:"蕴珍,我在这里,我在这里……"我用铺盖蒙住脸。我真想大叫两声。我快要给憋死了。

"我到哪里去找她?"我连声追问自己。我又回到了华东医院的病房,耳边仍是早已习惯的耳鸣。

她离开我十二年了。十二年,多么长的日日夜夜。每次我回到家门口,眼前就出现一张笑脸,一个亲切的声音向我迎来,可是走进院子,却只见一些高高矮矮的、没有花的绿树。

上了台阶,我环顾四周,她最后一次离家的情景还历历在目:她穿得整整齐齐,有些急躁,有点伤感,又似乎充满希望,走到门口还回头张望。……仿佛车子才开走不久,大门刚刚关上。不,她不是从这两扇绿色大铁门出去的,以前门铃也没有这样悦耳的声音。十二年前更不会有开门进来的挎书包的小姑娘。……为什么偏偏她的面影不能在这里再现?为什么不让她看见活泼可爱的小端端?

我仿佛还站在台阶上等待着车子的驶近,等待着一个人回来。这样长的等待。十二年了。甚至在梦里我也听不见她那清脆的笑声。我记得的只是孩子们捧着她的骨灰盒回家的情景。这骨灰盒起初给放在楼下我的寝室内、床前五斗橱上。

后来"文革"收场,给封闭了十年的楼上她的睡房启封,我又同骨灰盒一起搬上二楼,她仍然伴着我度过无数的长夜。我摆脱不了那些做不完的梦。总是那一双泪汪汪的眼睛。总是那一副前额皱成"川"字的愁颜。总是那无限关心的叮咛劝告。好像我有满腹的委屈瞒住她,好像我摔倒在泥淖中不能自拔,好像我又给打翻在地让人踏上一脚。……每夜每夜,我都听见床前骨灰盒里她的小声呼唤,她的低声哭泣。

怎么我今天还做这样的梦?怎么我现在还甩不掉那种种精神的枷锁?悲伤没有用。

我必须结束那一切梦景。我应当振作起来,哪怕是最后的一次。骨灰盒还放在我的家中,亲爱的面容还印在我的心上,她不会离开我,也从未离开我。做了十年的"牛鬼",我并不感到孤单。我还有勇气迈步走向我的最终目标——死亡。我的遗物将献给国家,我的骨灰将同她的骨灰搅拌在一起,撒在园中给花树作肥料。

……闹钟响了。听见铃声,我疲倦地睁大眼睛。应当起床了。床头小柜上的闹钟是我从家里带来的。我按照冬季的作息时间:六点半起身。儿子帮忙我穿好衣服,扶我下床。他不知道前一夜我做了些什么梦,醒了多少次。

(选自《随想录》,人民文学出版社,2014年版)

【交流之窗】

有人说,巴金既专一又多情。作家萧乾则说他"写恋爱,但不谈恋爱"。冰心评价道:"巴金最可佩服之处,就是他对恋爱和婚姻的态度上的严肃和专一。他对萧珊的爱情是严肃、真挚而专一的,这是他最可佩之一。巴金一生的爱情,只和一个叫萧珊的女人有关。"

1936年,年仅三十二岁的巴金已在文学创作和翻译两方面声誉卓著。巴金收到了许多书信,不少是追求他的女性写来的。一天他又拆开了一封信,里面一个女孩子的照片掉了出来。他拾起照片看了看,这女孩剪着一头短发,戴着花边草帽,有着和善的笑容。他翻过背面,上面写着"给我敬爱的先生留个纪念"。这个女孩的来信一直最多,笔迹娟秀,落款总是"一个十几岁的女孩"。她的信给巴金留下了特别的印象。他们通信了大半年,却从未见过面。她就是萧珊。

1944年5月,萧珊和巴金决定结婚。此时巴金已经四十岁了,而萧珊只有二十六岁。相恋的八年,他们在烽火连天中几度离散、几度相聚,天南地北,两情依依。患难与共的岁月,早已把他们的命运紧紧连在了一起。

"文革"中,巴金不知向萧珊隐瞒了多少自己所遭受的迫害,而萧珊也替巴金受了很多罪。作为他的妻子,萧珊也被关进"牛棚",挂上"牛鬼蛇神"的纸牌,并被派去扫大街,受周围不明事理的人辱骂和折磨。萧珊因肠癌过世后,她的骨灰一直放在巴金的卧室里,她的译作也放在床头,巴金时常对着这些物品出神。晚年的巴金写了《怀念萧珊》《再忆萧珊》《一双美丽的眼睛》等文章纪念她,情真意切、感人肺腑。

宝黛初会

曹雪芹

曹雪芹（约1715—约1763），名霑，字梦阮，号雪芹，中国最伟大的文学家之一。

一语未了，只听外面一阵脚步响，【甲戌侧批：与阿凤之来相映而不相犯。】丫鬟进来笑道："宝玉来了！"【甲戌侧批：余为一乐。】黛玉心中正疑惑着："这个宝玉，不知是怎生个惫懒人物，懵懂顽童？"【甲戌侧批：文字不反，不见正文之妙，似此应从《国策》得来。】倒不见那蠢物【甲戌侧批：这蠢物不是那蠢物，却有个极蠢之物相待。妙极！】也罢了。心中想着，忽见丫鬟话未报完，已进来了一位年轻的公子：头上戴着束发嵌宝紫金冠，齐眉勒着二龙抢珠金抹额，穿一件二色金百蝶穿花大红箭袖，束着五彩丝攒花结长穗宫绦，外罩石青起花八团倭锻排穗褂，登着青缎粉底小朝靴。面若中秋之月，【甲戌眉批：此非套"满月"，盖人生有面扁而青白色者，则皆可谓之秋月也。用"满月"者不知此意。】色如春晓之花。【甲戌眉批："少年色嫩不坚牢"，以及"非天即贫"之语，余犹在心。今阅至此，放声一哭。】鬓若刀裁，眉如墨画，面如桃瓣，目若秋波。虽怒时而若笑，即嗔视而有情。【甲戌侧批：真真写杀。】项上金螭璎珞，又有一根五色丝绦，系着一块美玉。黛玉一见，便吃一大惊，心下想道："好生奇怪，倒像在那里见过一般，何等眼熟到如此！"【甲戌侧批：正是想必在灵河岸上三生石畔曾见过。】只见这宝玉向贾母请了安，贾母便命："去见你娘来。"宝玉即转身去了。一时回来，再看，已换了冠带：头上周围一转的短发，都结成小辫，红丝结束，共攒至顶中胎发，总编一根大辫，黑亮如漆，从顶至梢，一串四颗大珠，用金八宝坠角，身上穿着银红撒花半旧大袄，仍旧带着项圈、宝玉、寄名锁、护身符等物，下面半露松花撒花绫裤腿，锦边弹墨袜，厚底大红鞋。越显得面如敷粉，唇若施脂，转盼多情，语言常笑。天然一段风骚，全在眉梢，平生万种情思，悉堆眼角。看其外貌最是极好，却难知其底细。后人有《西江月》二词，批宝玉极恰，【甲戌眉批：二词更妙。最可厌野史"貌如潘安""才如子建"等语。】其词曰：

无故寻愁觅恨，有时似傻如狂。纵然生得好皮囊，腹内原来草莽。潦倒不通世务，愚顽怕读文章。行为偏僻性乖张，那管世人诽谤！

富贵不知乐业，贫穷难耐凄凉。可怜辜负好韶光，于国于家无望。天下无能第一，古今不肖无双。寄言纨绔与膏粱：莫效此儿形状！【甲戌眉批：末二语最紧要。只是纨绔膏粱，亦未必不见笑我玉卿。可知能效一二者，亦必不是蠢然纨绔矣。】

贾母因笑道："外客未见，就脱了衣裳，还不去见你妹妹！"宝玉早已看见多了一个姊妹，便料定是林姑妈之女，忙来作揖。厮见毕归坐，细看形容，【甲戌眉批：又从宝玉目中细写一黛玉，直画一美人图。】与众各别：两弯似蹙非蹙笼烟眉，【甲戌侧批：奇眉妙眉，奇想妙想。】一双似喜非喜含露目。【甲戌侧批：奇目妙目，奇想妙想。】态生两靥之愁，娇袭一身之病。泪光点点，娇喘微微。闲静时如姣花照水，行动处似弱柳扶风。【甲戌侧批：至此八句是宝玉眼中。】心较比干多一窍，【甲戌侧批：此一句是宝玉心中。甲戌眉批：更奇妙之至！多一窍固是好事，然未免偏僻了，所谓"过犹不及"也。】病如西子胜三分。【甲戌侧批：此十句定评，直抵一赋。甲戌眉批：不写衣裙妆饰，正是宝玉眼中不屑之物，故不曾看见。黛玉之举止容貌，亦是宝玉眼中看、心中评。若不是宝玉，断不能知黛玉是何等品貌。】宝玉看罢，因笑【甲戌眉批：黛玉见宝玉写一"惊"字，宝玉见黛玉写一"笑"字，一存于中，一发乎外，可见文于下笔必推敲的准稳，方才用字。】道：【甲戌侧批：看他第一句是何话。】"这个妹妹我曾见过的。"【甲戌侧批：疯话。与黛玉同心，却是两样笔墨。观此则知玉卿心中有则说出，一毫宿滞皆无。】贾母笑道："可又是胡说，你又何曾见过他？"宝玉笑道："虽然未曾见过他，然我看着面善，心里就算是旧相识，【甲戌侧批：一见便作如是语，宜乎王夫人谓之疯疯傻傻也。】今日只作远别重逢，亦未为不可。"【甲戌侧批：妙极奇语，全作如是等语。无怪人谓曰痴狂。】贾母笑道："更好，更好。【甲戌侧批：作小儿语瞒过世人亦可。】若如此，更相和睦了。"【甲戌侧批：亦是真话。】宝玉便走近黛玉身边坐下，又细细打量一番，【甲戌侧批：与黛玉两次打谅一对。】因问："妹妹可曾读书？"【甲戌侧批：自己不读书，却问别人，妙！】黛玉道："不曾读，只上了一年学，些须认得几个字。"宝玉又道："妹妹尊名是那两个字？"黛玉便说了名。宝玉又问表字,黛玉道:"无字。"宝玉笑道:"我送妹妹一妙字,莫若'颦颦'二字极妙。"探春【甲戌侧批:写探春。】便问何出。宝玉道:"《古今人物通考》上说:'西方有石名黛,可代画眉之墨。'况这林妹妹眉尖若蹙,用取这两个字,岂不两妙!"探春笑道:"只恐又是你的杜撰。"宝玉笑道:"除《四书》外,杜撰的太多,偏只我是杜撰不成?"【甲戌侧批:如此等语,焉得怪彼世人谓之怪?只瞒不过批书者。】又问黛玉:"可也有玉没有?"【甲戌侧批:奇极怪极,痴极愚极,焉得怪人目为痴哉?】众人不解其语,黛玉便忖度着:"因他有玉,故问我有也无。"【甲戌眉批:奇之至,怪之至,又忽将黛玉亦写成一极痴女子,观此初会二人之心,则可知以后之事矣。】因答道:"我没有那个。想来那玉是一件罕物,岂能人人有的。"宝玉听了,登时发作起痴狂病来,摘下那玉,就狠命摔去,【甲戌侧批:试问石兄:此一摔,比在青埂峰下萧然坦卧何如?】骂道:"什么罕物,连人之高低不择,还说'通灵'不'通灵'呢!我也不要这劳什子了!"吓的众人一拥争去拾玉。贾母急的搂了宝玉道:"孽障!【甲戌侧批:如闻其声,恨极语却是疼极语。】你生气,要打骂人容易,何苦摔那命根子!"【甲戌侧批:一字一千斤重。】宝玉满面泪痕泣【甲戌侧批:千奇百怪,不写黛玉泣,却反先写宝玉泣。】道:"家里姐姐妹妹都没有,单我有,我说没趣,如今来了这么一个神仙似的妹妹也没有,可知这不是个好东西。"【甲戌眉批:"不是冤家不聚头"第一场也。】贾母忙哄他道:"你这妹妹原有这个来的,因你姑妈去世时,舍不得你妹妹,无法处,遂将他的玉带了去了。一则全殉葬之礼,尽你妹妹之孝心,二则你姑妈之灵,亦可权作见了女儿之意。因此他只说没有这个,不便自己夸张之意。你如今怎比得他?还不好生慎重带上,仔细你娘知道了。"说着,便向丫鬟手中接来,亲与他带上。宝玉听如此说,想一想大有情理,也就不生别论了。【甲戌侧批:所谓小儿易哄,余则谓"君子可欺以其方"云。】

当下,奶娘来请问黛玉之房舍。贾母说:"今将宝玉挪出来,同我在套间暖阁儿里,把你林姑娘暂安置纱橱里。等过了残冬,春天再与他们收拾房屋,另作一番安置罢。"宝玉道:"好祖宗,【甲戌侧批:跳出一小儿。】我就在纱橱外的床上很妥当,何必又出来闹的老祖宗不得安静。"贾母想了一想说:"也罢了。"每人一个奶娘并一个丫头照管,余者在外间上夜听唤。一面早有熙凤命人送了一顶藕合色花帐,并几件锦被缎褥之类。

黛玉只带了两个人来：一个是自幼奶娘王嬷嬷，一个是十岁的小丫头，亦是自幼随身的，名唤作雪雁。【甲戌侧批：新雅不落套，是黛玉之文章也。】贾母见雪雁甚小，一团孩气，王嬷嬷又极老，料黛玉皆不遂心省力的，便将自己身边的一个二等丫头，名唤鹦哥【甲戌眉批：妙极！此等名号方是贾母之文章。最厌近之小说中，不论何处，满纸皆是红娘、小玉、娇红、香翠等俗字。】者与了黛玉。外亦如迎春等例，每人除自幼乳母外，另有四个教引嬷嬷，除贴身掌管钗钏盥沐两个丫鬟外，另有五六个洒扫房屋来往使役的小丫鬟。当下，王嬷嬷与鹦哥陪侍黛玉在碧纱橱内。宝玉之乳母李嬷嬷，并大丫鬟名唤袭人【甲戌侧批：奇名新名，必有所出。】者，陪侍在外面大床上。

原来这袭人亦是贾母之婢，本名珍珠。【甲戌侧批：亦是贾母之文章。前鹦哥已伏下一鸳鸯，今珍珠又伏下一琥珀矣。以下乃宝玉之文章。】贾母因溺爱宝玉，生恐宝玉之婢无竭力尽忠之人，素喜袭人心地纯良，克尽职任，遂与了宝玉。宝玉因知他本姓花，又曾见旧人诗句上有"花气袭人"之句，遂回明贾母，更名袭人。这袭人亦有些痴处，【甲戌侧批：只如此写又好极！最厌近之小说中，满纸"千伶百俐""这妮子亦通文墨"等语。】服侍贾母时，心中眼中只有一个贾母，如今服侍宝玉，心中眼中又只有一个宝玉。只因宝玉性情乖僻，每每规谏宝玉，心中着实忧郁。【蒙侧批：我读至此，不觉放声大哭。】

是晚，宝玉李嬷嬷已睡了，他见里面黛玉和鹦哥犹未安息，他自卸了妆，悄悄进来，笑问："姑娘怎么还不安息？"黛玉忙让："姐姐请坐。"袭人在床沿上坐了。鹦哥笑道："林姑娘正在这里伤心，【甲戌侧批：可知前批不谬。】自己淌眼抹泪【甲戌侧批：黛玉第一次哭却如此写来。甲戌眉批：前文反明写宝玉之哭，今却反如此写黛玉，几被作者瞒过。这是第一次算还，不知下剩还该多少？】的说：'今儿才来，就惹出你家哥儿的狂病，倘或摔坏了那玉，岂不是因我之过！'【甲戌侧批：所谓宝玉知己，全用体贴功夫。蒙：我也心疼，岂独颦颦！】因此便伤心，我好容易劝好了。"袭人道："姑娘快休如此，将来只怕比这个更奇怪的笑话儿还有呢！若为他这种行止，你多心伤感，只怕你伤感不了呢。快别多心！"【蒙侧批：后百十回黛玉之泪，总不能出此二语。"月上窗纱人到塌，窗上影儿先进来"，笔未到而境先到矣。〔应知此非伤感，来还甘露水也。〕】黛玉道："姐姐们说的，我记着就是了。究竟那玉不知是怎么个来历？上面还有字迹？"袭人道："连一家子也不知来历，上头还有现成的眼儿，听得说，落草时是从他口里掏出来的。【甲戌侧批：癞僧幻术亦太奇矣。蒙侧批：天生带来美玉，有现成可穿之眼，岂不可爱，岂不可惜！】等我拿来你看便知。"黛玉忙止道："罢了，此刻夜深，明日再看也不迟。"【甲戌侧批：总是体贴，不肯多事。蒙侧批：他天生带来的美玉，他自己不爱惜，遇知己替他爱惜，连我看书的人也着实心疼不了，不觉背人一哭，以谢作者。】大家又叙了一回，方才安歇。

（选自《脂砚斋重评石头记甲戌本第三回》，人民文学出版社，2010年版）

【交流之窗】

1987年，央视版《红楼梦》播出后，人们讨论一个问题："愿意娶林黛玉还是薛宝钗？"很多人喜欢大方懂事的薛宝钗，而不大喜欢总是哭哭啼啼的林黛玉。其实只有认真读过原著，才能透过黛玉多愁善感的表象深入了解她。从小在脂粉堆里长大见过无数美女的宝玉，为何对林黛玉情有独钟？为何弱水三千，只取一瓢饮？那是因为黛玉和宝玉在精神上有很多共鸣。请看《宝黛初会》，在这一回中，两人的性格特点已经初步呈现。

罗密欧与朱丽叶（节选）

莎士比亚　　朱生豪　译

⊙ 莎士比亚　黄苏绘

威廉·莎士比亚（William Shakespeare，1564—1616），英国文学史上最杰出的戏剧家，欧洲文艺复兴时期最伟大的作家，全世界最卓越的文学家之一。

第三场同前。凯普莱特家坟茔所在的墓地。
帕里斯及侍童携鲜花火炬上。

帕　里　斯　孩子，把你的火把给我；走开，站在远远的地方；还是灭了吧，我不愿给人看见。你到那边的紫杉树底下直躺下来，把你的耳朵贴着中空的地面，地下挖了许多墓穴，土是松的，要是有跟跄的脚步走到坟地上来，你准听得见；要是听见有什么声息，便吹一个唿哨通知我。把那些花给我。照我的话去做，走吧。

侍　　　童　（旁白）我简直不敢独自一个人站在墓地上，可是我要硬着头皮试一下。（退后）

帕　里　斯　这些鲜花替你铺盖新床；
　　　　　　惨啊，一朵娇红永萎沙尘！
　　　　　　我要用沉痛的热泪淋浪，
　　　　　　和着香水浇溉你的芳坟；
　　　　　　夜夜到你墓前散花哀泣，
　　　　　　这一段相思啊永无消歇！（侍童吹口哨）
　　　　　　这孩子在警告我有人来了。哪一个该死的家伙在这晚上到这儿来打扰我在爱人墓前的凭吊？什么！还拿着火把来吗？——让我躲在一旁看看他的动静。（退后）
罗密欧及鲍尔萨泽持火炬铁锄等上。

罗　密　欧　把那锄头跟铁钳给我。且慢，拿着这封信；等天一亮，你就把它送给我的父亲。把火把给我。听好我的吩咐，无论你听见什么瞧见什么,都远远地站着不许动,免得妨碍我的事情;要是动一动,我就要你的命。我所以要跑下这个坟墓里去,一部分的原因是要探望探望我的爱人,可是主要的理由却是要从她的手指上取下一个宝贵的指环,因为我有一个很重要的用途。所以你赶快给我走开吧;要是你不相信我的话,胆敢回来窥伺我的行动,那么,我可以对天发誓,我要把你的骨骼一节一节扯下来,让这饥饿的墓地上散满了你的肢体。我现在的心境非常狂野,比饿虎或是咆哮的怒海都要凶猛无情,你可不要惹我性起。

鲍尔萨泽　少爷,我走就是了,决不来打扰您。
罗 密 欧　这才像个朋友。这些钱你拿去,愿你一生幸福。再会,好朋友。
鲍尔萨泽　(旁白)虽然这么说,我还是要躲在附近的地方看着他。他的脸色使我害怕,我不知道他究竟打算做出什么事来。(退后)
罗 密 欧　你无情的泥土,吞噬了世上最可爱的人儿,我要掰开你的馋吻,(将墓门掘开)索性让你再吃一个饱!
帕 里 斯　这就是那个已经放逐出去的骄横的蒙太古,他杀死了我爱人的表兄,据说她就是因为伤心他的惨死而夭亡的。现在这家伙又要来盗尸掘墓了,待我去抓住他。(上前)万恶的蒙太古!停止你的罪恶的工作,难道你杀了他们还不够,还要在死人身上发泄你的仇恨吗?该死的凶徒,赶快束手就捕,跟我见官去!
罗 密 欧　我果然该死,所以才到这儿来。年轻人,不要激怒一个不顾死活的人,快快离开我走吧;想想这些死了的人,你也该胆寒了。年轻人,请你不要激动我的怒气,使我再犯一次罪。啊,走吧!我可以对天发誓,我爱你远过于爱我自己。因为我来此的目的,就是要跟自己作对。别留在这儿,走吧;好好留着你的性命,以后也可以对人家说,是一个疯子发了慈悲,叫你逃走的。
帕 里 斯　我不听你这种鬼话。你是一个罪犯,我要逮捕你。
罗 密 欧　你一定要激怒我吗?那么好,来,朋友!(二人格斗)

侍　　童　哎哟,主啊!他们打起来了,我去叫巡逻的人来!(下)
帕 里 斯　(倒下)啊,我死了!——你倘有几分仁慈,打开墓门来,把我放在朱丽叶的身旁吧!(死)
罗 密 欧　好,我愿意成全你的志愿。让我瞧瞧他的脸:啊,茂丘西奥的亲戚,尊贵的帕里斯伯爵!当我们一路上骑马而来的时候,我的仆人曾经对我说过几句话,那时我因为心绪烦乱,没有听得进去。他说些什么?好像他告诉我说帕里斯本来预备娶朱丽叶为妻。他不是这样说吗?还是我做过这样的梦?或者是我神经错乱,听见他说起朱丽叶的名字,所以发生了这种幻想?啊!把你的手给我,你我都是记录在厄运的黑册上的人,我要把你葬在一个胜利的坟墓里。一个坟墓吗?啊,不!被杀害的少年,这是一个灯塔,因为朱丽叶睡在这里,她的美貌使这一个墓窟变成一座充满光明的欢宴的华堂。死了的人,躺在那儿吧,一个死了的人把你安葬了。(将帕里斯放入墓中)人们临死的时候,往往反会觉得心中愉快,旁观的人便说这是死前的一阵回光返照。啊!这也就是我的回光返照吗?啊,我的爱人!我的妻子!死虽然已经吸去了你呼吸中的芳蜜,却还没有力量摧残你的美貌。你还没有被他征服,你的嘴唇上、面庞上,依然显着红润的美艳,不曾让灰白的死亡进占。提伯尔特,你也裹着你的血淋淋的殓衾躺在那儿吗?啊!你的青春葬送在你仇人的手里,现在我来替你报仇了,我要亲手杀死那杀害你的人。原谅我吧,兄弟!啊!亲爱的朱丽叶,你为什么依然这样美丽?难道那虚无的死亡,那枯瘦可憎的妖魔,也是个多情的种子,所以把你藏匿在这幽暗的洞府里做他的情妇吗?为了防止这样的事情,我要永远陪伴着你,再不离开这漫漫长夜的幽宫。我要留在这儿,跟你的侍婢,那些蛆虫们在一起。啊!我要在这儿永久安息下来,从我这厌倦人世的凡躯上挣脱厄运的束缚。眼睛,瞧你的最后一眼吧!手臂,作你最后一次的拥抱吧!嘴唇,啊!你呼吸的门户,用一个合法的吻,跟网罗一切的死亡订立一个永久的契约吧!来,苦味的向导,绝望的领港人,现在赶快把你的厌倦于风涛的船舶向那巉岩上冲撞过去吧！为了我的爱人，我干了这一杯！（饮药）啊！卖药的人果然没有骗我，药性很快地发作了。我就这样在这一吻中死去。（死）

劳伦斯神父持灯笼、锄、锹自墓地另一端上。

劳 伦 斯　上天保佑我！我这双老脚今天晚上怎么老是在坟堆里绊来跌去的！那边是谁？

鲍尔萨泽　是一个朋友，也是一个跟您熟识的人。

劳 伦 斯　祝福你！告诉我，我的好朋友，那边是什么火把，向蛆虫和没有眼睛的骷髅浪费着它的光明？照我辨认起来，那火把亮着的地方，似乎是凯普莱特家里的坟茔。

鲍尔萨泽　正是，神父。我的主人，您的好朋友，就在那儿。

劳 伦 斯　他是谁？

鲍尔萨泽　罗密欧。

劳 伦 斯　他来多久了？

鲍尔萨泽　足足半点钟。

劳 伦 斯　陪我到墓穴里去。

鲍尔萨泽　我不敢，神父。我的主人不知道我还没有走。他曾经对我严词恐吓，说要是我留在这儿窥伺他的动静，就要把我杀死。

劳 伦 斯　那么你留在这儿，让我一个人去吧。恐惧降临到我的身上。啊！我怕会有什么不幸的祸事发生。

鲍尔萨泽　当我在这株紫杉树底下睡了过去的时候，我梦见我的主人跟另外一个人打架，那个人被我的主人杀了。

劳 伦 斯　（趋前）罗密欧！嗳哟！嗳哟！这坟墓的石门上染着些什么血迹？在这安静的地方，怎么横放着这两柄无主的血污的刀剑？（进墓）罗密欧！啊，他的脸色这么惨白！还有谁？什么！帕里斯也躺在这儿，浑身浸在血泊里？啊！多么残酷的时辰，造成了这场凄惨的意外！那小姐醒了。（朱丽叶醒）

朱 丽 叶　啊，善心的神父！我的夫君呢？我记得很清楚我应当在什么地方，现在我正在这地方。我的罗密欧呢？（内喧声）

劳 伦 斯　我听见有什么声音。小姐，赶快离开这个密布着毒气腐臭的死亡的巢穴吧，一种我们所不能反抗的力量已经阻挠了我们的计划。来，出去吧。你的丈夫已经在你的怀中死去，帕里斯也死了。来，我可以替你找一处地方出家做尼姑。不要耽误时间盘问我，巡夜的人就要来了。来，好朱丽叶，去吧。（内喧声又起）我不敢再等下去了。

朱丽叶　去，你去吧！我不愿意走。（劳伦斯下）这是什么？一只杯子，紧紧地握在我的忠心的爱人的手里？我知道了，一定是毒药结果了他的生命。唉，冤家！你一起喝干了，不留下一滴给我吗？我要吻着你的嘴唇，也许这上面还留着一些毒液，可以让我当作兴奋剂服下而死去。（吻罗密欧）你的嘴唇还是温暖的！

巡丁甲　（在内）孩子，带路。在哪一个方向？

朱丽叶　啊，人声吗？那么我必须快一点了结。啊，好刀子！（攫住罗密欧的匕首）这就是你的鞘子；（以匕首自刺）你插了进去，让我死了吧。（扑在罗密欧身上死去）

巡丁及帕里斯侍童上。

侍　童　就是这儿，那火把亮着的地方。

巡丁甲　地上都是血。你们几个人去把墓地四周搜查一下，看见什么人就抓起来。（若干巡丁下）好惨！伯爵被人杀了躺在这儿，朱丽叶胸口流着血，身上还是热热的好像死得不久，虽然她已经葬在这里两天了。去，报告亲王，通知凯普莱特家里，再去把蒙太古家里的人也叫醒了，剩下的人到各处搜搜。（若干巡丁续下）我们看见这些惨事发生在这个地方，可是在没有得到人证以前，却无法明了这些惨事的真相。

若干巡丁率鲍尔萨泽上。

巡丁乙　这是罗密欧的仆人，我们看见他躲在墓地里。

巡丁甲　把他好生看押起来，等亲王来审问。

若干巡丁率劳伦斯神父上。

巡丁丙　我们看见这个教士从墓地旁边跑出来，神色慌张，一边叹气一边流泪。他手里还拿着锄头铁锹，都给我们拿下来了。

巡丁甲　他有很重大的嫌疑。把这教士也看押起来。

亲王及侍从上。

亲　王　什么祸事在这样早的时候发生，打断了我的清晨的安睡？

凯普莱特、凯普莱特夫人及余人等上。

凯普莱特　外边这样乱叫乱喊,是怎么一回事?

凯普莱特夫人　街上的人们有的喊着罗密欧,有的喊着朱丽叶,有的喊着帕里斯,大家沸沸扬扬地向我们家里的坟上奔去。

亲　　王　这么许多人为什么发出这样惊人的叫喊?

巡　丁　甲　王爷,帕里斯伯爵被人杀死了躺在这儿;罗密欧也死了;已经死了两天的朱丽叶,身上还热着,又被人重新杀死了。

亲　　王　用心搜寻,把这场万恶的杀人命案的真相调查出来。

巡　丁　甲　这儿有一个教士,还有一个被杀的罗密欧的仆人,他们都拿着掘墓的器具。

凯普莱特　天啊!——啊,妻子!瞧我们的女儿流着这么多的血!这把刀弄错了地方了!瞧,它的空鞘子还在蒙太古家小子的背上,它却插进了我的女儿的胸前!

凯普莱特夫人　嗳哟!这些死的惨象就像惊心动魄的钟声,警告风烛残年的我,快要不久于人世了。

蒙太古及余人等上。

亲　　王　来,蒙太古,你起来虽然很早,可是你的儿子倒下得更早。

蒙　太　古　唉!殿下,我的妻子因为悲伤小儿的远逐,已经在昨天晚上去世了;还有什么祸事要来跟我这老头子作对呢?

亲　　王　瞧吧,你就可以看见。

蒙　太　古　啊,你这不孝的东西!你怎么可以抢在你父亲的前面,自己先钻到坟墓里去呢?

亲　　王　暂时停止你们的悲恸,让我把这些可疑的事情审问明白,知道了详细的原委以后,再来领导你们放声一哭吧;也许我的悲哀还要远远胜过你们呢!——把嫌疑犯带上来。

劳　伦　斯　时间和地点都可以作不利于我的证人。在这场悲惨的血案中,我虽然是一个能力最薄弱的人,但却是嫌疑最重的人。我现在站在殿下的面前,一方面要供认我自己的罪过,一方面也要为我自己辩解。

亲　　王　那么,快把你所知道的一切说出来。

劳　伦　斯　我要把经过的情形尽量简单地叙述出来,因为我的短促的残生还不及一段冗繁的故事那么长。死了的罗密欧是死了的朱丽叶的丈夫,她是罗密欧的忠心的妻子,他们的婚礼是由我主持的。就在他们秘密结婚的那天,提伯尔特死于非命,这位才作新郎的人也从这城里被放逐出去。朱丽叶是为了他,不是为了提伯尔特,才那样伤心憔悴。你们因为要替她解除烦恼,把她许婚给帕里斯伯爵,还要强迫她嫁给他。她就跑来见我,神色慌张地要我替她想个办法避免这第二次的结婚,否则她就要在我的寺院里自杀。所以我就根据我的医药方面的学识,给她一服安眠的药水。它果然发生了我所预期的效力,她一服下去就像死了一样昏沉过去。同时我写信给罗密欧,叫他就在这一个悲惨的晚上到这儿来,帮助把她搬出她寄寓的坟墓,因为药性一到时候便会过去。可是替我带信的约翰神父却因遭到意外,不能脱身,昨天晚上才把我的信原样带了回来。那时我只好按照预先算定她醒来的时间,一个人前去把她从她家族的墓茔里带出来,预备把她藏匿在我的寺院里,等有方便再去叫罗密欧来。不料我在她醒来以前几分钟到这儿来的时候,尊贵的帕里斯和忠诚的罗密欧已经双双惨死了。她一醒过来,我就请她出去,劝她安心忍受这一种出自天意的变故。可是那时我听见了纷纷的人声,吓得逃出了墓穴。她在万分绝望之中不肯跟我去,看样子她是自杀了。这是我所知道的一切,至于他们两人的结婚,她的乳母也是知道的。要是这一场不幸的惨祸,是由我的疏忽所造成,那么我这条老命愿受最严厉的法律的制裁,请您让它提早几点钟牺牲了吧。

亲　　王　我一向知道你是一个道行高尚的人。罗密欧的仆人呢?你有什么话说?

鲍尔萨泽　我把朱丽叶的死讯通知了我的主人,因此他从曼多亚急急地赶到这里,到了这座坟茔的前面。这封信他叫我一早送去给我家老爷。当他走进墓穴里的时候,他还恐吓我,说要是我不离开他赶快走开,他就要杀死我。

亲　　王　把那封信给我,我要看看。叫巡丁来的那个伯爵的侍童呢?

	喂,你的主人到这地方来做什么?
侍　　童	他带了花来散在他夫人的坟上。他叫我站得远远的,我就听他的话。不一会儿工夫,来了一个拿着火把的人把坟墓打开了。后来我的主人就拔剑跟他打了起来,我就奔去叫巡丁。
亲　　王	这封信证实了这个神父的话,讲起他们恋爱的经过和她的去世的消息。他还说他从一个穷苦的卖药人手里买到一种毒药,要把它带到墓穴里来准备和朱丽叶长眠在一起。这两家仇人在哪里?——凯普莱特!蒙太古!瞧你们的仇恨已经受到了多大的惩罚,上天借手于爱情,夺去了你们心爱的人。我因为忽视你们的争执,也已经丧失了一双亲戚。大家都受到惩罚了。
凯普莱特	啊,蒙太古大哥!把你的手给我。这就是你给我女儿的一份聘礼,我不能再作更大的要求了。
蒙太古	但是我可以给你更多的。我要用纯金替她铸一座像,只要维洛那一天不改变它的名称,任何塑像都不会比忠贞的朱丽叶那一座更为卓越。
凯普莱特	罗密欧也要有一座同样富丽的金像卧在他情人的身旁。这两个在我们的仇恨下惨遭牺牲的可怜的人儿!
亲　　王	清晨带来了凄凉的和解, 太阳也惨得在云中躲闪。 大家先回去发几声感慨, 该恕的、该罚的再听宣判。 古往今来多少离合悲欢, 谁曾见这样的哀怨辛酸!(同下)

(选自《罗密欧与朱丽叶》,人民文学出版社,2001年版)

【交流之窗】

《罗密欧与朱丽叶》是莎士比亚著名的正剧。本剧曾被多次改编成歌剧、交响曲、芭蕾舞剧、电影及电视作品。法国作曲家古诺曾将此剧谱写为歌剧,著名的音乐剧《西城故事》由此剧改编。俄国作曲家柴可夫斯基谱有《罗密欧与朱丽叶幻想序曲》,作曲家普罗高菲夫则为该剧编写芭蕾舞乐曲。这些作品都受到大众的欢迎。

　　本文节选了罗密欧和朱丽叶为爱殉情的部分。两个年轻人的爱情因为家族激烈的矛盾冲突而变得举步维艰,此幕具有强烈的戏剧性,张力十足,感人肺腑。

● 理性之光

论爱情

培根 何新译

弗朗西斯·培根（Francis Bacon, 1561—1626），英国文艺复兴时期散文家、哲学家。

舞台上的爱情比生活中的爱情要美好得多。因为在舞台上，爱情只是喜剧和悲剧的素材，而在人生中，爱情却常常招来不幸。它有时像那位诱惑人的魔女，有时又像那位复仇的女神。

你可以看到，一切真正伟大的人物（无论是古人、今人，只要是其英名永铭于人类记忆中的），没有一个是因爱情而发狂的人：因为伟大的事业抑制了这种软弱的感情。只有罗马的安东尼和克劳底亚是例外。前者本性就好色荒淫，然而后者却是严肃多谋的人。所以爱情不仅会占领开旷坦阔的胸怀，有时也能闯入壁垒森严的心灵——假如守御不严的话。

埃皮克拉斯曾说过一句笑话："人生不过是一座大戏台。"似乎本应努力追求高尚事业的人类，却只应像玩偶奴隶般地逢场作戏。虽然爱情的奴隶并不同于那班只顾吃喝的禽兽，但毕竟也只是眼目色相的奴隶，而上帝赐人以眼睛本来是有更高尚的用途的。

过度的爱情追求，必然会降低人本身的价值。例如，只有在爱情中，才总是需要那种浮夸谄媚的辞令。而在其他场合，同样的辞令只能招人耻笑。古人有一句名言："最大的奉承，人总是留给自己的。"——只有对情人的奉承要算例外。因为甚至最骄傲的人，也甘愿在情人面前自轻自贱。所以古人说得好："就是神在爱情中也难保持聪明。"情人的这种弱点不仅在外人眼中是明显的，就是在被追求者的眼中也会很明显——除非她（他）也在追求他（她）。所以，爱情的代价就是如此，不能得到回爱，就会得到一种深藏于心的轻蔑，这是一条永真的定律。

由此可见，人们应当十分警惕这种感情。因为它不但会使人丧失其他，而且可以使人丧失自己本身。至于其他方面的损失，古诗人早告诉我们,那追求海伦的人,是放弃了财富和智慧的。

　　当人心最软弱的时候,爱情最容易入侵,那就是当人春风得意、忘乎所以和处境窘困、孤独凄零的时候,虽然后者未必能得到爱情。人在这样的时候最急于跳入爱情的火焰中。由此可见,"爱情"实在是"愚蠢"的儿子。但有一些人,即使心中有了爱,仍能约束它,使它不妨碍重大的事业。因为爱情一旦干扰情绪,就会阻碍人坚定地奔向既定的目标。

　　我不懂是什么缘故,许多军人更容易堕入情网,也许这正像他们嗜爱饮酒一样,是因为危险的生活更需要欢乐的补偿。

　　人心中可能普遍具有一种博爱倾向,若不集中于某个专一的对象身上,就必然施之于更广泛的大众,使他成为仁善的人,像有的僧侣那样。

　　夫妻的爱,使人类繁衍。朋友的爱,给人以帮助。但那荒淫纵欲的爱,却只会使人堕落毁灭啊!

（选自《培根论人生——培根随笔选》,上海人民出版社,1983年版）

【交流之窗】

　　理性与感性是人性中永恒存在的两极,《房龙地理》中有这样一段话:"如果说人类相对于其他生物而言有着不可取代的优势,那么这唯一的优势便是非凡的理性天赋。"培根也认为爱情是愚蠢的儿子,人们应当警惕这种感情。用理性驾驭感性,用理智管理爱情,你同意吗?

爱

罗 素 刘 勃 译

伯特兰·罗素（1872—1970），是英国哲学家、数理逻辑学家、历史学家，无神论者，也是20世纪西方最著名、影响最大的学者和和平主义社会活动家之一。

  缺乏热情的主要原因之一是感到自己不被人爱，相反，觉得自己被人爱的感觉比其他任何东西都更能提高人的热情。一个人感到自己不被人爱有多种原因。他也许认为自己是个可怕的人，因而没有一个人会喜欢；他也许从孩提时代起便不得不习惯于得到比其他孩子更少的爱；或者事实上他就是一个谁也不爱的人。但是在最后这种情况下，其原因很可能在于早期不幸引起的自信心的缺乏。感到自己不被人爱的人会因此而采取不同的态度。为了赢得别人的喜爱，他也许会不遗余力，做出种种出人意料的亲昵举动。在这种情况下，他很可能不会成功，因为这种亲昵举动的动机很容易被对方识破，而人类天性却偏偏容易将爱给予那些对此要求最低的人。因此，那种试图通过乐善好施的行为追逐爱的人，最终会因人们的忘恩负义而生幻灭之感。他从来没有想过，他试图去购买的爱，其价值远远大于他给予的物质恩惠，因为实际上两者的价格是不平等的，他反而以这种错觉作为自己行动的基础。另一个人，也发现自己不受欢迎，也许就会对世界报复，通过挑起战争和革命，或者通过运用犀利的笔杆，像斯威夫特一样。这是一种对厄运的英勇反击，他的性格要如此坚强，以至于可以与整个世界作对。极少有人具备如此高强的本领。绝大多数的人，不论男女，如果感到自己不被人爱，只能陷入怯弱的失望之中，仅仅在偶然的一丝羡慕和怨恨之中叹吁一番，于是这些人的生活变得极端的自私自利，爱的缺失使他们缺乏一种安全感，而本能地回避这一感觉，结果造成了他们任凭习惯来左右自己的生活。对于那些使自己成为单调生活的奴隶的人来说，他们的行为大多由对冷酷的外在世界的恐惧所激起，他们以为如果他们沿着早已走过的路走下去，就能避免撞上这个世界。

比起那些在生活中总感到不安全的人来，那些带着安全感面对生活的人要幸福得多，只要这种安全感没有给他们带来灾难。在绝大多数的，虽然并不是所有的情况下，安全感本身有助于一个人逃脱危险，而另一个人也许会屈从于它。如果你要走过一块狭窄的木板，而底下是万丈深渊，如果你这时害怕了，反而比你不怕时更容易失足。生活之路也是如此。一个无所畏惧的人当然也会遭遇到突发的灾难，但在经过了一番艰苦的拼搏之后，他可能会安全无恙，毫毛无损，而另一个人则可能在荆棘之中暗自悲伤。不言而喻，这种有益的自信心具有无数的形式，有的人对高山充满信心，有的人对大海不屑一顾，也有人在蓝天上翱翔自如。然而对生活的一般自信，更多地来自人们需要多少爱就接受多少爱的习惯。我打算在本章讨论的就是这一作为热情之源的心理习惯。

是接受的爱，而不是给予的爱，才产生了这一安全感——虽然它主要来自相互的爱。严格说来，不仅爱，而且敬仰也有同样的效果。一些职业本身就能够保证人们的敬仰，因而从事这一职业的人，如演员、牧师、演说家和政治家，越来越依赖于别人的喝彩。当他们从大众那儿获得了他们应得的那份赞誉，他们的生活充满了热情，否则，他们便会感到不快。甚至独处一隅、自我封闭起来。大众的热情对于他们来说，犹如少数人的盛情厚意之于别人。父母喜欢孩子，而孩子则将他们的爱当作自然法则来接受。虽然这种爱对于孩子的幸福至关重要，但他并不看重它。他想像着大千世界，想像着他的历程中的冒险，想着他长大后将碰上的奇遇。不过，总有这么一种感觉存在于所有这些对外界关注的背后，这种感觉是：一旦灾难临头，父母就会尽其爱心来保护他。不管出于何种原因，一个缺乏父母之爱的孩子，很可能胆小怯弱，不爱冒险，他总感到惧怕，不敢再以欢快的心情去探究外部世界。这样的孩子可能在令人吃惊的小小年纪里就开始了对生与死、人类的命运等问题沉思默想。他变得性格内向，郁郁寡欢，以至于最后便从一种哲学或神学中寻求虚假的慰藉。世界是个乱哄哄的场所，包含着快乐之事，也包含着许多出自偶然的不愉快之事。试图为它勾画出一个理性的框架或模式的愿望，从根本上说，乃是一种惧怕的结果，实际上就是一种广场恐惧症或说对开阔场地的惧怕，在四周是墙的书斋里，胆怯的学生感到很安全。如果他能够使自己相信外部世界也是同样地安全,那么当他不得不走上大街时,他就会感到实在、安全。而如果他以前得到更多的爱,他就不会像现在这样惧怕外部世界了,也不会非得去创造一个只存在于他的信念中的理想世界。

然而,并不是所有的爱都具有这种促进冒险精神的作用。被给予的爱本身必须是坚强的而非懦弱的,希望对方优越多于希望对方安全,虽然绝不是彻底不顾安全。一个胆小的母亲或保姆,她总是告诫孩子们要警惕灾祸,她总认为所有的狗都咬人,所有的母牛都是公牛。这么做会使孩子们产生与她自己一样的胆怯心理,会使他们感到,除非她近在咫尺,否则他们就不会安全。对一个占有欲过度膨胀的母亲来说,孩子的这种感觉也许使她高兴,因为她希望孩子依赖自己,而不希望看到孩子有自立的能力。在这种情况下,她的孩子在以后的岁月里会愈来愈糟,远甚于他没有得到半点爱的结局。早期形成的心理习惯往往会延续到生命的结束。有不少人在恋爱时,就开始寻找一处远离尘嚣的所在,在那儿,他们自信能让别人羡慕、称赞,而事实上他们并不可爱,也没有什么值得称赞的。对于许多男人来说,家是躲避现实的避难所:正是在家里,他们不再有各种恐惧和胆怯的心理,而尽享天伦之乐,他们想从妻子那儿得到以前在不明智的母亲身上可以得到的东西,但是当妻子把他们看成大孩子时,他们又会惊诧莫名。

要给最完美的爱下个定义,实在不是一件容易的事,因为很显然,其中包括了某种保护性的成分。对于我们钟爱的人的损害,我们不会无动于衷的。然而,我认为,对不幸的担忧,相对于给予不幸的同情,在爱中所起的作用应该越小越好。为他人的担忧仅仅略胜于为我们自身的担忧,而且这种担忧不过是对占有欲的庇护。通过激起别人对自己的担忧,人们希望能获得对他们的更为彻底的控制。当然,这就是男人为什么喜欢胆怯的女子的原因之一,因为通过保护她们,他们就拥有了她们。要表示多少分量的焦虑挂念才不会使受惠者受害,取决于受害者的性格:坚强而富于冒险精神的人能够忍受大量的关心而不受其害,反之,一个懦弱的人应该让他不要奢望这种关心。

接受的爱有两种功能,至今我们还只谈及了安全这一种,但在成人的生活中,还有一种更为本质的生物性的爱,即亲本性。不能激发性爱,对任何为男子或女子而言,都是极为不幸的厄运,因为这剥夺了生活赋予他或她的最大的乐趣。这一剥夺迟早会挫伤他们的热情，造成性格的内倾。但是很常见的是，在孩提时代由不幸造成的性格缺陷往往又成了日后求爱失败的原因。比起女子来，男子在这点上更真实，因为总的来说，女子往往爱慕男子的性格，而男子则追求女子的外貌。就这点而言，我们就不得不承认男子不及女子，因为大体说来，男子在女子身上所发现的那些可爱的品质，远不如女子在男子身上发现的可爱本质那样值得去追求。不过，我不敢肯定，获得完美的性格比获得漂亮的外表容易。但不管怎样，女子更懂得、并且更加乐意遵循获得漂亮外表的必需的步骤，而男子对于追求完美性格的步骤也不像女子那么了解。

我们至此已经论述了以人为对象的爱，我现在想谈谈那种给予之爱。它同样有两种，一种也许是生活热情的最重要的表现；另一种则是恐惧感的表现。前者在我看来是值得称道的，而后者充其量只不过是一种安慰剂而已。如果你在晴朗的天气里，沿着一条风景如画的堤岸乘船航行，你会赞美堤岸并且为之陶醉。这种陶醉完全是一种源自外部的快乐，它与你自己的任何渴求毫无关系。另一方面，如果你的船只失事了，你拼命游向堤岸，这时，你就对它产生了一种新的爱：它意味着浪涛之中的安然无恙，美丑变得无关宏旨。对于船只安然无恙的人的感情来说越美好的爱，对于船只失事的人的感情来说则越糟糕。第一种爱仅仅在一个人安全时才有可能，或者说无论如何，这种爱对困扰他的危险视若无睹，相反，后一种爱比其他情况下的爱更加主观和自私，因为被爱者的价值这时仅在于其提供的援助，而不是其内在的品质。但我并不认为这种爱在生活中没有合法的地位，事实上，几乎一切真实的爱都是上述两者的混合物，而且只要这种爱确实消除了不安全感，它便会使人再次对世界感兴趣，而当危险临近、惧怕滋生的时候，这一兴趣却被掩盖了。不过，在承认这种爱在生活中的地位的同时，我们必须坚持认为，这种爱远不如第一种爱，因为它基于恶魔般的恐惧感，也因为它更加自私。在完美的爱的沐浴下，一个人应该期盼崭新的欢乐，而不是逃避旧日的不幸。

完美之爱给彼此以生命的活力；在爱中，每个人都愉快地接受爱，又自然而然地奉献爱；由于这种相互幸福的存在，每个人便会觉得世界其乐无穷。但在一种并不少见的爱中，一个人汲取着他人的生命之精华，接受别人奉献出的爱却毫无回报。有些生命力极强的人就属于这一类型，他们从一个又一个牺牲品那儿榨取生命，使自己壮实起来、得意非凡，而那些他们赖以生存的人则日见消瘦、颓废、意气沉沉。这类人把别人当作达到自己目的的手段，而从不认为他们是目的本身。在某一时刻，或许他们认为自己是爱那些人的，但从根本上说，他们对那些人毫无兴致，而只关心能鼓动其活动的、也许是毫无人格的刺激物。不言而喻，这是由他们本性中的某种缺陷造成的。但要对此做出诊断或医治，并不是一件容易的事。这通常是与极大的野心相伴随的一种特征。我认为，这种特征源自这么一种观点，这种观点对什么使人幸福具有极其片面的认识。彼此真正关怀的爱是真正的幸福的最重要的因素之一，它不仅是彼此幸福的手段，也是共同幸福的接合点。一个人，无论他在事业上的成就有多大，如果他把自己封闭在铁墙之内而无法扩展这种彼此关怀的爱，那么他便失去了生活的最大快乐。将爱排斥于自身之外的念头，一般来说是某种愤怒或对人类仇恨的结果，这种愤怒和仇恨产生的原因不外乎青年时代的不幸遭遇，或成年生活中的不公正待遇，或其他任何导致迫害狂的因素。过分膨胀的自我好比一座监狱，如果你想享受充分的生活乐趣，就必须从中逃脱出去。拥有真正的爱是逃脱自我樊篱的标志之一。仅仅接受别人的爱是不够的，还应该把这接受到的爱释放出去，给予别人以爱。只有当这二者平等时，爱才能发挥它最佳的作用。

对相互之爱的发展的任何阻碍，不管是心理的还是社会的，都是极端邪恶的。世界曾经受到了、并正在受着这种阻碍。人们迟迟不表示钦佩，生怕用错了地方；迟迟不奉献爱心，生怕自己将来会遭到他们向之表示爱的人或者苛刻的社会的责难。谨小慎微，假借着道德的名义或者普遍智慧的名义，风行世上，结果在爱被关注的地方，慷慨风范与冒险精神噤若寒蝉。所有这一切都极易造成懦弱或对人类的仇视，因为很多人活了一辈子，还不知道什么才是自己真正的、根本的需要，而且十有八九丧失了以快乐和宽广的胸怀对待世界所不可或缺的条件。读者诸君千万别以为，那些没有道德的人在这方面比有道德的人好。在性关系中，几乎没有什么能被称为真正的爱了；而常见的是，其中往往有着一种根本上的敌视冲突。他或她，每个人都要隐匿起自己的秘密，都在极力保存住根本上的孤独和彼此间的距离，因而，这种性关系是一株不结果实的树。在这种生活中，一切都是毫无意义的。我并不是说应该小心地避免性关系，因为在达到这一目的的必要步骤中,可能有机会产生一种更有价值、更深刻的爱。但我确实认为,只有那种毫无保留的、双方的人格共同升华的性关系,才有着真正的价值。在各种谨小慎微之中,对爱的过分小心或许是真正的幸福的最大敌人。

(选自《幸福之路》,华夏出版社,2013年)

【交流之窗】

　　这篇文章也许不如爱情故事吸引人,但是静下心来阅读,你会发现此文中有很多对人生有指导意义的真知灼见。

　　学者罗素认为,不同的人有不同的生活态度,究其根源,是因为爱。有爱的人自信,有安全感;缺爱的人缺乏生命的热情,容易失败。作者从家庭成长的角度诠释爱的重要性,我们可以观照父母爱自己的方式,思考他们的爱是否正确,是否能很好地促进我们的人格发展。最后两段中阐释了完美的爱情:接受和奉献,只有当这二者平等时,爱才能发挥它最佳的作用,完美之爱会给彼此生命的活力。大胆地去爱吧,敞开心扉去接受,真心诚意去奉献,愿我们在尘世得到幸福!

恋爱和求婚

林语堂

林语堂（1895—1976），福建龙溪人，原名和乐，后改玉堂，又改语堂，中国现代著名作家、学者、翻译家、语言学家，新道家代表人物。

有一个问题可以发生：中国女子既属遮掩深藏，则恋爱的罗曼斯如何还会有实现的可能？或则可以这样问：年轻人的天生的爱情，怎么样儿的受经典的传统观念的影响？在年轻人，罗曼斯和恋爱差不多是寰宇类同的，不过由于社会传统的结果，彼此心里的反应便不同。无论妇女怎样遮掩，经典教训却从来未能逐出爱神。恋爱的性质容貌或许可以变更，因为恋爱是情感的流露，本质上控制着感觉，它可以成为内心的微鸣。文明有时可以变换恋爱的形式，但也绝不能抑制它。"爱"永久存在着，不过偶尔所蒙受的形象，由于社会与教育背景之不同而变更。"爱"可以从珠帘而透入，它充满于后花园的空气中，它拽撞着小姑娘的心坎。或许因为还缺少一个爱人的慰藉，她不知道什么东西在她心头总是烦恼着她。或许她倒并未看中任何一个男子，但是她总觉得恋爱着男子，因为她是爱着男子，故而爱着生命。这使她更精细地从事刺绣而幻化的觉得好像她正跟这一幅虹彩色的刺绣恋爱着，这是一个象征的生命，这生命在她看来是那么美丽。大概她正绣着一对鸳鸯，绣在送给一个爱人的枕套上，这种鸳鸯总是同栖同宿，同游同泊，其一为雌，其一为雄。倘若她沉浸于幻想太厉害，她便易于绣错了针脚，重新绣来，还是非错误不可。她很费力地拉着丝线，紧紧地，涩涩地，真是太滞手，有时丝线又滑脱了针眼。她咬紧了她的樱唇而觉得烦恼，她沉浸于爱的波涛中。

这种烦恼的感觉，其对象是很模糊的，真不知所烦恼的是什么；或许所烦恼的是在于春，或在于花，这种突然的重压的身世孤寂之感，是一个小姑娘的爱苗成熟的天然信号。由于社会与社会习俗的压迫，小姑娘们不得不竭力掩盖住她们的这种模糊而有力的愿望，而她们的潜意识的年轻的幻梦总是永续地行进着。可是婚前的恋爱在古时中国是一个禁果,公开求爱真是事无前例,而姑娘们又知道恋爱便是痛苦。因此她们不敢让自己的思索太放纵于"春""花""蝶"这一类诗中的爱的象征,而假如她受了教育,也不能让她多费工夫于诗,否则她的情愫恐怕会太受震动。她常忙碌于家常琐碎以卫护她的感情之圣洁,譬如稚嫩的花朵之保护自身,避免狂蜂浪蝶之在未成熟时候的侵袭。她愿意静静地守候以待时机之来临,那时恋爱变成合法,而用结婚的仪式来完成正当的手续。谁能逃避纠结的情欲的便是幸福的人。但是不管一切人类的约束,天性有时还是占了优势。因为像世上的一切禁果,两性吸引力的敏锐性,机会以尤少而尤高。这是造物的调剂妙用。照中国人的学理,闺女一旦分了心,什么事情都将不复关心。这差不多是中国人把妇女遮掩起来的普遍心理背景。

  小姑娘虽则深深遮隐于闺房之内,她通常对于本地景况相差不远的可婚青年,所知也颇为熟悉,因而私心常能窃下主意,孰为可许,孰不惬意。倘因偶然的机会她遇到了私心默许的少年,纵然仅仅是一度眉来眼去,她已大半陷于迷惑,而她的那一颗素来引以为自傲的心儿,从此不复安宁。于是一个秘密求爱的时期开始了。不管这种求爱一旦泄露即为羞辱,且常因而自杀;不管她明知这样的行为会侮蔑道德规律,并将受到社会上猛烈的非难,她还是大胆地去私会她的爱人。而且恋爱总能找出进行的路径的。

  在这两性的疯狂样的互相吸引过程中,那真很难说究属男的挑动女的,抑是女的挑动男的。小姑娘有许多机敏而巧妙的方法可以使人知道她的临场。其中最无罪的方法为在屏风下面露出她的红绫鞋儿。另一方法为夕阳斜照时站立游廊之下。另一方法为偶尔露其粉颊于桃花丛中。另一方法为灯节晚上观灯。另一方法为弹琴(古时的七弦琴),让隔壁少年听她的琴挑。另一方法为请求她的弟弟的教师润改诗句,而利用天真的弟弟权充青鸟使者,暗通消息;这位教师倘属多情少年,便欣然和复一首小诗。另有多种交通方法为利用红娘(狡黠使女),利用同情之姑嫂,利用厨子的妻子,也可以利用尼姑。倘两方面都动了情,总可以想法来一次幽会。这样的秘密聚会是极端不健全的:年轻的姑娘绝不知道怎样保护自身于一刹那;而爱神,本来怀恨放浪的卖弄风情的行为,乃挟其仇雠之心以俱来。爱河多涛,恨海难填,此固为多数中国爱情小说所欲描写者。

她或许竟怀了孕！其后随之以一，热情的求爱与私通时期，软绵绵的，辣泼泼的，情不自禁，却就因为那是偷偷摸摸的勾当，尤其觉得可爱可贵，惜乎，通常此等幸福，终属不耐久啊！

在这种场合，什么事情都可以发生。少年或小姑娘或许会拂乎本人的意志而与第三者缔婚，这个姑娘既已丧失了贞操，那该是何等悔恨。或则那少年应试及第，被显宦大族看中了，强制地把女儿配给他，于是他娶了另一位夫人。或则少年的家族或女子的家族阖第迁徙到遥远的地方，彼此终身不得复谋一面。或则那少年一时寓居海外，并无意背约，可是中间发生了战事，因而形成无期的延宕。至于小姑娘困守深闺，则只有烦闷与孤零的悲郁。倘若这个姑娘真是多情种子，她是患一场重重的相思病（相思病在中国爱情小说中真是异样的普遍），她的眼神与光彩的消失，真是急坏了爹娘，爹娘鉴于眼前的危急情形，少不得追根究底问个清楚，终至依了她的愿望而成全了这桩婚事，俾挽救女儿的生命，以后两口儿过着幸福的一生。

"爱"在中国人的思想中因而与涕泪、惨愁，与孤寂相糅合，而女性遮掩的结果，在中国一切诗中，掺进了凄婉悲忧的调子。唐以后，许许多多情歌都是含着孤零消极无限的悲伤，诗的题旨常为闺怨，为弃妇，这两个题目好像是诗人们特别爱写的题目。

符合于通常对人生的消极态度，中国的恋爱诗歌吟咏别恨离愁，无限凄凉，夕阳雨夜，空闺幽怨，秋扇见捐，暮春花萎，烛泪风悲，残枝落叶，玉容憔悴，揽镜自伤。这种风格，可以拿林黛玉临死前，当她得悉了宝玉与宝钗订婚的消息所吟的一首小诗为典型，字里行间，充满着不可磨灭的悲哀：

> 侬今葬花人笑痴，
> 他年葬侬知是谁？

但有时这种姑娘运气好，也可以成为贤妻良母。中国的戏曲，故通常都殿以这样的煞尾："愿天下有情人都成眷属。"

（选自《中国人的生活智慧》，新星出版社，2015年版）

【交流之窗】

中国古代的爱情故事比较模式化,常常是才子佳人,书生小姐,月上柳梢头,人约黄昏后。《红楼梦》里贾母认为书里戏里的爱情是写书人编出来的,那我们来看看幽默诙谐的林语堂先生怎样评述中国古典爱情故事。

你如何看待中国传统爱情模式?有着现代思维的你,如果穿越回古代,可能会和这样的爱情模式有什么样的矛盾呢?你觉得中国传统爱情模式有哪些可以整改?

关于恋爱——给傅敏的信

傅 雷

⊙ 傅雷 武更年绘

傅雷(1908—1966),中国著名的翻译家、作家、教育家、美术评论家,中国民主促进会的重要缔造者之一。

亲爱的孩子:

很高兴知道你有了一个女友,也高兴你现在就告诉我们,让我们有机会多指导你。对恋爱的经验和文学艺术的研究,朋友中数十年悲欢离合的事迹和平时的观察思考,使我们在儿女的终身大事上能比别的父母更有参加意见的条件,帮助你过这一人生的大关。

首先,态度和心情都尽可能地冷静,否则观察不会准确。初期交往容易感情冲动,单凭印象,只看见对方的优点,看不出缺点,便是与同性朋友相交也不免如此,对异性更是常有的事。感情激动时期不仅会耳不聪,目不明,看不清对方;自己也会无意识地只表现好的一方面,把缺点隐藏起来。保持冷静还有一个好处,就是不至于为了谈恋爱而荒废正业,或是影响功课,或是浪费时间,或是损害健康,或是遇到或大或小的波折时扰乱心情。

所谓冷静,不但表面的行动,尤其内心和思想都要做到这点,是很难。人总是人,感情上来,不容易控制,年轻人没恋爱经验更难保持身心的平衡。同时与各人的气质有关。我生平总不能临事沉着,极易激动,这是我的大缺点。幸而事后还能客观分析,周密思考,才不至于使当场的意气继续发展,闹得不可收拾。我告诉你这一点,让你知道如临时不能克制,过后必须由理智来控制大局;该纠正的就纠正,该向人道歉的就道歉,该收蓬时就收蓬。总而言之,以上二点归纳起来只是:感情必须由理智控制。要做到,必须下一番苦功在实际生活中长期锻炼。

我一生从来不曾有过"恋爱至上"的看法。"真理至上""道德至上""正义至上",这种种都应当作立身的原则。恋爱不论在如何狂热的高潮阶段也不能侵犯这些原则。朋友也好，爱人也好，一遇到重大关头，与真理、道德、正义等等有关问题，决不能让步。

其次，人是最复杂的动物，观察决不可简单化，而要耐心、细致、深入，经过相当的时间、各种不同的事故和场合。处处要把客观精神和大慈大悲的同情心结合起来。对方的优点，要认清是不是真实可靠的，是不是你自己想象出来的，或者是夸大的。对方的缺点，要分出是不是与本质有关。与本质有关的缺点，不能因为其他次要的优点多而加以忽视。次要的缺点也得辨别是否能改，是否发展下去会影响品性或日常生活。人人都有缺点，谈恋爱的男女双方都是如此。问题不在于找一个全无缺点的对象，而是要找一个双方缺点都能各自认识，各自承认，愿意逐渐改，同时能彼此容忍的伴侣（此点很重要。有些缺点双方都能容忍；有些则不能容忍，日子一久即造成裂痕）。最好双方尽量自然，不要做作，各人都拿出真面目来，优缺点一齐让对方看到。必须彼此看到了优点，也看到了缺点，觉得都可以相忍相让，不会影响大局的时候，才谈得上进一步的了解；否则只能做一个普通的朋友。可是要完全看出彼此的优缺点，需要相当时间，也需要各种大大小小的事故来考验；绝对急不来！更不能轻易下结论！（不论是好的结论或坏的结论）唯有极坦白，才能暴露自己；而暴露自己的缺点总是越早越好，越晚越糟！为了求恋爱成功而尽量隐藏自己的缺点的人其实是愚蠢的。当然，在恋爱中不自觉地表现出自己的光明面，不知不觉隐藏自己的缺点，不在此例。因为这是人的本能，而且也证明爱情能促使我们进步，往善与美的方向发展，正是爱情的伟大之处，也是古往今来的诗人歌颂爱情的主要原因……

事情主观上固盼望必成，客观方面仍须有万一不成的思想准备。为了避免失恋等等的痛苦，这一点"明智"我觉得一开头就应当充分掌握……

一切不能急，越是事关重要，越要心平气和，态度安详，从长考虑，细细观察，力求客观！感情冲上高峰很容易，无奈任何事物的高峰（或高潮）都只能维持一个短时间，要久而弥笃地维持长久的友谊可很难了……

除了优缺点，两人性格脾气是否相投也是重要因素。刚柔、软硬、缓急的差别要能相互适应调剂。还有许多表现在举动、态度、言笑、声音……之间说不出也数不清的小习惯，在男女之间也有很大作用，要弄清这些，就得冷眼旁观，慢慢哑摸。所谓经得起考验乃是指有形无形的许许多多批评与自我批评（对人家一举一动所引起的反应即是无形的批评）。诗人常说爱情是盲目的，但不盲目的爱情毕竟更健全更可靠。

　　人生观、世界观问题你都知道，不用我谈了。人的雅俗和胸襟气量也是要非常注意的。据我的经验：雅俗与胸襟往往带先天性的，后天改造很少能把低的往高的水平上提；故交往期间应该注意对方是否有胜于自己的地方，将来可帮助我进步，而不至于反过来使我往后退。你自幼看惯家里的作风，想必不会忍受量窄心浅的性格。

　　以上谈的全是笼笼统统的原则问题……

　　长相身材虽不是主要考虑点，但在一个爱美的人也不能过于忽视。

　　交友期间，尽量少送礼物、少花钱：一方面表明你的恋爱观念与物质关系极少牵连，另一方面也是考验对方。

1962年3月8日

（选自《傅雷家书》，译林出版社，2016年版）

【交流之窗】

　　傅雷以长者的身份观照子女的恋爱，提出理性的指导意见。有这样睿智又开明的父母的确是幸事。青春期的我们在刚刚接触恋爱的时候特别容易犯什么样的错误？我们能在长者身上学到哪些好的爱情经验？

爱，有时候是一种错觉

周国平

周国平，1945年出生，中国社会科学院哲学研究所研究员，中国当代著名学者、作家、哲学研究者。

你翻阅他的人生履历，追寻着他的足迹，感受着他的喜怒哀乐，并为着他的开心而开心，为着他的忧郁而忧郁。

你以为这就是爱了。

你读他的文字，欣赏着他的才气，喜欢听他的言谈欢笑，喜欢贴近他的感觉，甚至为着他愿意与你说话，而欣喜异常。

你以为这就是爱了。

你对自己说你是愿意做他的新娘的，愿意与他携手百年，愿意为他置一处温暖的家，让他从此不再漂泊，愿意为他生儿育女共享天伦。

你以为这就是爱了。

不可否认，你的确对他动情动心了。

只是，某一天，当他离你而去，最开初，你有过思念，有过失落，甚至有过惆怅与痛楚。但是，随后的日子，你忘记得很快。另一处风景闯入你的视野，代替了先前所有的思念，你觉得相形之下，你更爱眼前的风景。

你欣赏着眼前这个他，喜欢着眼前这个他，并时常幻想着与这个他共结连理。亦如当初对先前的他，感觉是惊人的相似。

这个时候，偶尔想起先前的他，你只是笑笑，笑自己当初的幼稚与天真，你说，那不是爱，那只是自己给自己编织的情网，你喜欢垂钓爱情，钓的是自己的感觉和自己的血肉。

可是，你又如何把握眼前这一份感觉，就真的是爱了呢？

或许，你喜欢的只是他头上的光环，喜欢的只是打败身边那些仰慕者的感觉。

因为年轻，你耐不住寂寞；因为年轻，你争强好胜；因了年轻，你酷爱着征服。你用征服男人,来见证着你的魅力;征服男人,也带给你做女人的快乐。

正如某人所说,你爱的不是他这个人本身,而是恋爱的感觉,你需要有一种恋爱的味道恋爱的气息恋爱的热闹充斥你年轻的生命过程,消耗你过剩的精力。因此,你不断地制造着爱的对象,制造着爱的感觉,你爱着爱他的感觉,爱着想念他的味道,爱着为他写情书的激动,同时还爱着被他冷落被他粗暴地教训的酸涩,爱着因为他喜欢众多女人和众多女人喜欢他而引发的醋味。你沉迷在这种爱的痛快之中,无法自拔。

这,其实是爱的错觉。

爱的错觉,让你忽略了一样,最现实的一样,那便是与他真实相守一辈子,那些平平淡淡岁月里,柴米油盐的琐碎;那些风霜雪雨来临时,生命要承受的刀光剑影。对这些,你没有想过,或许你想过,却只是轻描淡写地以为那很简单。

在你看来,有爱就够了。

可是,有爱是绝对不够的。纸上谈兵似的恋情,无异于画饼充饥;只沉浸在甜言蜜语中的恋情,是经不起时间和霜雪考验的。

爱的错觉是一场爱的作秀,在某个时候,会切割青春,会捣碎你美好的理想,然后把灰暗的色泽涂抹在你生命的天空,以至于影响到你以后的爱情观价值观人生观。更有甚者,你或许还会把这种错觉变成一把利刃,在你自以为爱着的人身上,留下深深的创口。是的,爱的错觉往往在你的爱没有得到你渴望得到的回应时,变成怨恨,继而在某一段时间,那个你自以为深爱的人,会沦为你诅咒的对象。大凡成不了恋人,便成为仇敌,都是爱的错觉下的畸形产物。

爱源于一种感觉,这感觉有些像海市蜃楼,美则美矣,却太虚幻。是的,说爱是很容易的事情,写一封情书也不是很难,做出一个爱的口头承诺也仅仅是开出一张空头支票。或许你精于的其实只是恋爱的技巧,你自以为成熟的只是将爱写成词,谱成曲,然后非常张扬地放声歌唱。可是,你是否知道,爱的过程却是长久的跋涉,除了花前月下,除了卿卿我我,除了肌肤上的亲吻爱抚,还有义务、责任,那些东西看起来一点儿也不浪漫,甚至是沉重的,却需要你付出毕生的精力;你是否知道,最真实动人的情书,不是写在纸上,不是唱在嘴里,却是复印在你每天为你和他组合的那个家的操劳之中。因此，真正的恋爱，是从组合了家才开始的，开初的一切，都只是爱的序幕，厚实而精彩的内容，在以后的章节。

那么，当你以为自己爱了的时候，不妨让自己暂时地远离，把心里升腾的爱火人为地灭一灭，然后重新打量你自以为爱着的对象，看看自己是不是具有足够懂得他的能力，至少是不是愿意努力地去了解他、理解他，并始终欣赏着他。然后，你还需把他所有的优点全部抛开，只看他的缺点，并尽可能放大他的缺点，再问问自己，你能不能够包容？在今后的岁月里，你会不会因了他的这些缺点不仅没有改变，反而膨胀，而轻易地离弃？你是否愿意无论贫富、疾病、环境恶劣、人生失意失利，都一心一意忠贞不渝地爱护他，在人生的旅程中永远与他心心相印相依相偎，直至白头偕老？

请把每种情形都好好地思虑一遍，并认真地在心里演绎一次。

然后你可以做出肯定或否定的回答了。

（选自《周国平文集》，陕西人民出版社，2006年版）

【交流之窗】

很多时候你以为自己爱了，很爱很爱，深陷爱情不能自拔，但是，时过境迁，幡然醒悟，那不过是一个美丽的错误。那到底什么才是真爱呢？

爱情问题

史铁生

史铁生(1951—2010),中国作家、散文家。中国作家协会全国委员会委员,北京作家协会副主席,中国残疾人联合会副主席。

一

有人说,世界上,每分每秒都有贝多芬的乐曲在奏响在回荡,如果真有外星人的话,他们会把这声音认作地球的标志(就像土星有一道美丽的环),据此来辨认我们居于其上的这颗星星。这是个浪漫的想象。何妨再浪漫些呢?若真有外星人,外星人爷爷必定会告诉外星人孙子,这声音不过是近二百年来才出现的,而比这声音古老得多的声音是"爱情"。爱情,几千年来人类以各种发音说着、唱着、赞美着和向往着它,缠绵激荡片刻不息。因此,外星人爷爷必定会纠正外星人孙子:爱情——这声音,才是银河系中那颗美丽星星的标志呢。

二

但,爱情是什么?爱情,都是什么呢?

大约不会有人反对:美满的爱情必要包含美妙的性(注:本文中的"性"意指性吸引、性行为、性快乐),而美满的性当然要以爱情为前提。因为世上还有一种叫作"友爱"的情感,以及一种叫作"嫖娼"和一种叫作"施暴"的行为。因而大约也就不会有人反对:爱情不等于性,性也不能代替爱情。如同红灯区里的男人或女人都不能代替爱人。

这差不多能算一种常识。

问题是:那个不等同于性的爱情是什么?那个性所不能代替的爱情

是什么？包含性并且大于性的那个爱情，到底是怎么一种事？

三

也许爱情，就是友爱加性吸引？

就算这机械的加法并不可笑，但是，为什么你的异性朋友不止十个，而爱人却只有一个（或同时只有一个）呢？因为只有一个对你产生性吸引？是吗？

也许有人是。可我不是。我不是而且我相信，像我这样不止从一个异性那儿感受到吸引的人很多，像我这样不止被一个美丽女人惊呆了眼睛和惊动了心的男人很多，像我这样公开或暗自赞美过两个以上美妙异性的人肯定占着人类的多数。

证明其实简单：你还没有看见你的爱人之时你早已看见了异性的美妙，你被异性惊扰和吸引之后你才开始去寻找爱人。你在寻找一个事先并不确定的异性做你的爱人，这说明你在选择。你在选择，这说明对你有性吸引力的异性并不只有一个。那么，选择的根据是什么？

若仅仅是性，便没有什么爱情发生，因而那是动物界司空见惯的事件，与本文无关。你的根据当然是爱情。

但是爱情是什么，眼下还不知道。

现在只知道了一件事：性吸引从来不是一对一的，从来是多向的，否则物种便要在无竞争中衰亡。

四

我读过一篇小说，写一对恋人（或夫妻）出门去，走在街上、走进商店、坐上公共汽车和坐进餐厅里，女人发现男人的目光常常投向另外的女人（一些漂亮或性感的女人），于是她从扫兴到愤怒终至离开了那男人。这篇小说明显是嘲讽那个男人，相信他不懂得爱情和不忠于爱情。

但该小说作者的这一判断只有一半的可能是对的，只有一半的可能是，那个男人尚未走出一般动物的行列。另外一半的可能是那个女人不懂爱情。首先她没弄清性与爱的分别，性是多指向的，而性的多指向未必不可以与爱的专一共存。其次她把自己仅仅放在了性的位置上,因为只有在这个位置上她与另外那些女人才是可比的。第三,那男人没有因为众多的性吸引而离开她,她可想过这是为什么吗?她显然没想过,因为倒是她仅仅为了性妒忌而离开了她的恋人或丈夫。

恋人们或夫妻们,应该承认性吸引的多向性,应该互相允许(公开或暗自)赞赏其他异性之魅力。但是!但是恋人们或夫妻们,可以承认和允许多向的性行为么?不,当然不,至少我不,至少当今绝对多数的人都——不!这,是为什么?这是一个最严重也最有价值的问题。

五

毫无疑问,是因为爱情,因为必须维护爱情的神圣与纯洁,因为专一的爱情才受到赞扬。但是,这就有点奇怪,这就必然引出两个不能含混过去的问题:一是,爱情既然是一种美好的情感,为什么要专一?为什么只能对一个人?为什么必须如此吝啬?为什么这吝啬或自私倒要受到赞扬,和被誉为神圣与纯洁?

二是,性吸引既然是多向的,为什么性行为不应该也是多向的?

为什么性行为要受到限制,而且是以爱情(神圣与纯洁)的名义来限制?为什么对性的态度,竟是对爱情忠贞与否的(一个很重要的)证明?为什么多向的性吸引可与爱情共存,而多向的性行为便被视为对爱情的不忠?

六

先说第二个问题。

这不忠的观念,可能是源于早先的把爱情与婚姻、家庭混为一谈,源于婚姻、家庭所关涉的财产继承。所以这不忠,曾经主要是一个经济问题,现在则不过是旧观念的遗留问题。这不无道理。但,这么简单么?那么在今天,爱情已不等同于婚姻、家庭,已常常与经济无涉,这不忠的观念是否就没有了基础就很快可以消逝了呢?或者这不忠的观念,仅仅是出于动物式的性争夺,在宽厚豁达和更为进步的人那儿已不存在?

我知道一位现代女性，她说只要她的丈夫是爱她的，她丈夫的性对象完全可以不限于她，她说她能理解，她说她自己并不喜欢这样但是她能理解她的丈夫，她说："只要他爱我，只要他仍然是爱我的，只要他对别人不是爱，他只爱我。"可是，当那男人真的有了另外的性对象而且这样的事情慢慢多起来时，这位现代女性还是陷入了痛苦。

不，她并不推翻原来的诺言，她的痛苦不是因为旧观念的遗留，更不是性忌妒，而是一个始料未及的问题："可我怎么能知道，他还是爱我的？"她说，虽然他对她一如既往，但是她忽然不知道为什么他还是爱她的。她不知道在他眼里和心中，她与另外那些女人有什么不同。

她不知道为什么她不是与另外那些女人一样，也仅仅是他的一个性对象？她问："什么能证明爱情？"一如既往的关心、体贴、爱护、帮助……这些就是爱情的证明么？可这是母爱、父爱、友爱、兄弟姐妹之爱也可以做到的呀。但是爱情，需要证明，需要在诸多种爱的情感中独树一帜，表明那不是别的，那正是爱情！

什么，能证明爱情？

七

曾有某出版社的编辑，约我就爱情之题写一句话。我想了很久，写了：没有什么能够证明爱情，爱情是孤独的证明。

这句话很可能引出误解，以为就像一首旧民谣中所表达的愿望，爱情只是为了排遣寂寞。（那首旧民谣这样说：小小子儿，坐门墩儿，哭着喊着要媳妇儿。要媳妇儿干吗呀？点灯说话儿，吹灯就伴儿，早上起来梳小辫儿。）不，孤独并不是寂寞。无所事事你会感到寂寞，那么日理万机如何呢？你不再寂寞了但你仍可能孤独。孤独也不是孤单。门可罗雀你会感到孤单，那么门庭若市怎样呢？你不再孤单了但你依然可能感到孤独。孤独更不是空虚和百无聊赖。孤独的心必是充盈的心，充盈得要流溢出来要冲涌出去，便渴望有人呼应他、收留他、理解他。孤独不是经济问题也不是生理问题，孤独是心灵问题，是心灵间的隔膜与歧视甚或心灵间的战争与戕害所致。那么摆脱孤独的途径就显然不能是日理万机或门庭若市之类，必须是心灵间戕害的停止、战争的结束、屏障的拆除，是心灵间和平的到来。心灵间的呼唤与呼应、投奔与收留、坦露与理解，那便是心灵解放的号音，是和平的盛典，是爱的狂欢。那才是孤独的摆脱，是心灵享有自由的时刻。

但是这谈何容易，谈何容易！

让我们记起人类社会是怎样开始的吧。那是从亚当和夏娃偷吃了禁果于是知道了善恶之日开始的，是从他们各自用树叶遮挡起生殖器官以示他们懂得了羞耻之时开始的。善恶观（对与错、好与坏、伟大与平庸与渺小等等），意味着价值和价值差别的出现。羞耻感（荣与辱，扬与贬，歌颂与指责与唾骂等等），则宣告了心灵间战争的酿成，这便是人类社会的独有标记，这便是原罪吧，从那时起，每个人的心灵都要走进千万种价值的审视、评判、褒贬，乃至误解中去（枪林弹雨一般），每个人便都不得不遮挡起肉体和灵魂的羞处，于是走进隔膜与防范，走进了孤独。但从那时起所有的人就都生出了一个渴望：走出孤独，回归乐园。

那乐园就是，爱情。

八

寻找爱情，所以不仅仅是寻找性对象，而根本是寻找乐园，寻找心灵的自由之地。这样看来，爱情是可以证明的了。自由可以证明爱情。自由或不自由，将证明那是爱情或者不是爱情。

自由的降临要有一种语言来宣告。文字已经不够，声音已经不够，自由的语言是自由本身。解铃还须系铃人。孤独是从遮掩开始的，自由就要从放弃遮掩开始。孤独是从防御开始的，自由就要从拆除防御开始。孤独是从羞耻开始的，自由就要从废除羞耻开始。孤独是从衣服开始，从规矩开始，从小心谨慎开始，从距离和秘密开始，那么自由就要从脱去衣服开始，从破坏规矩开始，从放浪不羁开始，从消灭距离和泄露秘密开始……（我想，相视如仇一定是爱的结束，相敬如宾呢，则可能还不曾有爱。）

性行为是一种语言。在爱人们那儿，坦露肉体已不仅仅是生理行为的揭幕，更是心灵自由的象征；炽烈地贴近已不单单是性欲的催动，更是心灵的相互渴望；狂浪的交合已不只是繁殖的手段，而是爱的仪式。爱的仪式不能是自娱，而必得是心灵间的呼唤与应答。爱的仪式，并不发生在一个与世隔绝的孤岛,爱的仪式是百年孤独中的一炬自由之火。在充满心灵战争的人间,唯这儿享有自由与和平。这儿施行与外界不同甚或相反的规则,这儿赞美赤身裸体,这儿尊敬神魂颠倒,这儿崇尚礼崩乐坏,这儿信奉敞开心扉。这就是爱的仪式。爱的表达。

爱的宣告。爱的倾诉。爱之祈祷或爱之祭祀。

九

君王与嫔妃、嫖客与娼妓、爱人与爱人,其性行为之方式的相同点想必很多,那是由于身体的限制。但其性行为之方式的不同点肯定更多,因为,就便是相同的行动也都流溢着不同的表达,那是源自心灵的创造。

譬如哭,是忧伤还是矫情,一望可知。譬如笑,是欢欣还是敷衍,一望可知。譬如西门庆和查泰莱夫人的情人,其境界的大不同一读可知。这很像是人们用着相同的文字,而说着不同的话语。相同的文字大家都认得,不同的话语甚至不能翻译。

顺便想道:什么是淫荡呢?在不赞成禁欲的人看来,并没有淫荡的肉身,只有淫荡的心计。只要是爱的表达(譬如查泰莱夫人与其情人),一切礼崩乐坏的作为都是真理,并无淫荡可言。而若有爱之外的指向(譬如西门庆),再规范再八股的行动也算流氓。

十

性是爱的仪式,爱情有多么珍重,性行为就要多么珍重。好比,总不能在婚礼上奏哀乐吧,总不能为了收取祭品就屡屡为亲娘老子行葬礼吧。仪式,大约有着图腾的意味,是要虔敬的。改变一种仪式,意味着改变一种信念,毁坏一种仪式就是放弃一种相应的信念。

性行为,可以是爱的仪式,当然也可以是不爱的告白。

这就是为什么,对性的态度,是对爱情忠贞与否的一个重要证明。

这就是为什么,性要受到限制,而且是以爱情的名义。

爱情,不是自然事件,不是荒野上交媾的季节。爱情是社会事件,在亚当夏娃走出伊甸园之后发生,爱情是在相互隔膜的人群里爆发的一种理想,并非一种生理的分泌。所以性不能代替爱情。所以爱情包含性又大于性。

十一

再说第一个问题:爱情既然是美好的感情,为什么要专一为什么不该多向呢?为什么不该在三个以至一万个人之间实现这种感情呢?好东西难道不应该扩大倒应该缩小到只是一对一?多向的爱情,正可与多向的性吸引相和谐,多向的性行为何已不能仍然是爱的仪式呢?那岂不是在更大的范围里摆脱孤独么?岂不是在更大的范围里敞开心扉,实现心灵的自由与和平么?这难道不是更美好的局面?

不能说这不是一个美好的理想。这差不多与世界大同类似,而且不单是在物质享有上的大同。在我想来,这更具有理想的意味。至少,以抽象的逻辑而论,没有谁能说出这样的局面有什么不美和不好。若有不美和不好,则必是就具体的不能而言。问题就在这儿,不是不该,而是不能。不是理想的不该,不是逻辑的不通,也不是心性的不欲,而是现实的不能。

为什么不能?

非常奇妙:不能的原因,恰恰就是爱情的原因。简而言之:孤独创造了爱情,这孤独的背景,恰恰又是多向爱情之不能的原因。倘万众相爱可如情侣,孤独的背景就要消失,于是爱情的原因也将不在。

孤独的背景即是我们生存的背景;这与悲观和乐观无涉,这是闭上眼睛也能感受到的事实,所以爱情应当珍重,爱情神圣。

倘有三人之恋,我看应当赞美,应当感动,应当颂扬。这与所谓第三者绝无相同,与群婚、滥交、纳妾、封妃更是天壤之别。唯其可能性微乎其微。更别说四。

十二

我知道有一位性解放人士,他公开宣称他爱着很多女人,不是友爱而是包含性且大于性的爱情,他的宣称不是清谈,他宣称并且实践。这实践很可能值得钦佩。但不幸,此公还有一个信条:诚实。

(这原不需特别指出,爱情嘛,没有诚实还算什么?)于是苦恼就来了,他发现他走进了一个二律背反的处境:要保住众多爱情就保不住诚实,要保住诚实就保不住众多爱情。因为在他众多地诚实了之后,众多的爱人都冲他嚷:要么你别爱我,要么你只爱我一个!于是他好辛苦:对A瞒着B,对B瞒着C,对C瞒着AB,对B瞒着AC……于是他好荒唐:本意是寻找自由与和平,结果却得到了束缚和战争,本意要诚实结果却欺瞒,本意要爱结果他好孤独。他说他好孤独,我想他已开始成人。他或者是从动物进化成人了,或者是从神仙下凡成人了,总之他看见了人的处境。这处境是:心与心的自由难得,肉与肉的自由易取。这可能是因为,心与心的差别远远大于肉与肉的差别,生理的人只分男女,心灵的人千差万别。这处境中自由的出路在哪儿?我想无非两路:放弃爱情,在欺瞒中去满足多向的性欲,麻醉掉孤独中的心灵,和做爱情的信徒,知道他非常有限,因而祈祷因而虔敬,不恶其少恶其不存,唯其存在,心灵才注满希望。

十三

不过真正的性解放人士,可能并不轻视爱,倒是轻视性。他们并不把性与爱联系在一起,不认为性有爱之仪式的意义,为什么吃不是爱的告白呢?性也不必是。性就是性如同吃就是吃,都只是生理的需要与满足,爱情嘛,是另一回事。这不失为一个聪明的主张。你可以有神圣的专注的爱情,同时也可以有随意的广泛的性行为,既然爱与性互不相等,何妨更明朗些,把二者彻底分割开来对待呢?真的,这不见得不是一个好主意,性不再有自身之外的意义,性就可以从爱情中解放出来,像吃饭一样随处可吃,不再引起其他纠葛了。但是,爱,还包含性么?当然包含,爱人,为什么不能也在一块吃顿饭呢?

爱情的重要是敞开心扉不是吗,何须以敞开肉体作其宣布?敞开肉体不过是性行为一项难免的程序,在哪儿吃饭不得先有个碗呢?所以我看,这主张不是轻视了爱,而是轻视了性,倘其能够美满就真是人类的一次伟大转折。

但是这样,恐怕性又要失去光彩,被轻视的东西必会变得乏味,唾手可得的东西只能使人舒适不能令人激动,这道理相当简单,就像绝对的自由必会葬送自由的魅力。据说在性解放广泛开展的地方,同时广泛地出现着性冷漠,我信这是真的,这是必然。没有了心灵的相互渴望,再加上肉体的沉默(没有另外的表达),性行为肯定就像按时地服药了。假定这不重要,但是爱呢? 爱情失去了什么没有?

爱情失去了一种最恰当的语言。这语言随处滥用,在爱的时候可还能表达什么呢? 还怎么能表达这不同于吃饭和服药的爱情呢? 正所谓"假作真时真亦假,无为有处有还无"了。爱情,必要有一种语言来表达,心灵靠它来认同,自由靠它来拓展,和平靠它来实现,没有它怎么行? 而且它,必得是不同寻常的、为爱情所专用的。这样的语言总是要有的,不是性就得是其他。不管具体是什么,也一样要受到限制,不可滥用,滥用的结果不是自由而是葬送自由。

既然这样,作为爱的语言或者仪式,就没有什么别的东西能够优于性。因为,性行为的方式,天生酷似爱。其呼唤和应答,其渴求和允许,其拆除防御和解除武装,其放弃装饰和坦露真实,其互相敞开与贴近,其相互依靠与收留,其随心所欲及轻蔑规矩,其携力创造并共同享有,其极乐中忘记你我刹那间仿佛没有了差别,其一同赴死的感觉但又一起从死中回来,曾经分离但现在我们团聚,我们还要分离但我们还会重逢……这些形式都与爱同构。说到底,性之中原就埋着爱的种子,上帝把人分开成两半,原是为了让他们体会孤独并崇尚爱情吧,上帝把性和爱联系起来,那是为了,给爱一种语言或一个仪式,给性一个引导或一种理想。上帝让繁衍在这样的过程里面发生,不仅是为了让一个物种能够延续,更是为了让宇宙间保存住一个美丽的理想和美丽的行动。

十四

可为什么,性,常常被认为是羞耻的呢? 我想了好久好久,现在才有点明白: 禁忌是自由的背景,如同分离是团聚的前提。

这是一个永恒的悖论。

这是一切"有"的性质,否则是"无"。

我们无法谈论"无",我们以"有"来谈论"无"。

我们无法谈论"死",我们以"生"来谈论"死"。

我们无法谈论"爱情",我们以"孤独"来谈论"爱情"。

一个永恒的悖论,就是一个永恒的距离,一个永恒孤独的现实。

永恒的距离,才能引导永恒的追寻。永恒孤独的现实,才能承载永恒爱情的理想。所以在爱的路途上,永恒的不是孤独也不是团聚,而是祈祷。

祈祷。

一切谈论都不免可笑,包括企图写一篇以"爱情问题"为题的文章。某一个企图写这样一篇文章的人,必会在其文章的结尾处发现:问题永远比答案多。除非他承认:爱情的问题即是爱情的答案。

(选自《史铁生散文集——爱情问题》,凤凰出版社,2011年版)

【交流之窗】

高中语文教材中有史铁生的《我与地坛》,我们可以感觉到,这位有着浓厚思辨精神的作家对一些人生重大的命题,比如生、死、爱、欲……有着很多细致的思考。他抓住这些问题,反反复复地思考,一点一点地剖析,把这些道理说得平实,说得透彻。原本貌似禁忌的话题,在这里变得严肃、真诚。你对爱情有什么样的认识呢?